Liebe mit Umleitung

FSC
www.fsc.org
MIX
Papier aus ver-
antwortungsvollen
Quellen
Paper from
responsible sources
FSC® C105338

Bibliografische Information der Deutschen Nationalbibliothek:
Die Deutsche Nationalbibliothek verzeichnet diese Publikation in der
Deutschen Nationalbibliografie; detaillierte bibliografische Daten
sind im Internet über dnb.dnb.de abrufbar.

© 2020 Hohenforst, Marianne
Herstellung und Verlag: BoD – Books on Demand, Norderstedt
ISBN: 9783752626940

Marianne Hohenforst

Liebe mit Umleitung

PROLOG

„Ich glaube, so glücklich habe ich Dich noch nie gesehen."

Kirsten verwischt einen Klecks Haarwachs zwischen den geschickten Händen und zupft mit Engelsgeduld – und eben dem Wachs - aus Cecis widerspenstigen blonden Strähnen eine kleidsame Frisur. „Also ich wäre heute unheimlich nervös, aber Du! Ich staune – die Ruhe in Person."

Vorwitzige Sonnenstrahlen tanzen über den hellen Teppich und werfen unzählige übermütige Lichtpunkte auf die Möbel des gemütlichen Hotelzimmers. Die beiden Frauen vor dem großen Spiegel scheinen in goldenes Licht getaucht.

Kirsten zeigt sich wie immer in flippiger Aufmachung – das Muster der Strümpfe stellt ein unregelmäßiges Spinnennetz dar, das bunte Flatterkleid erinnert an frühere Hippiezeiten und im linken Ohrläppchen räkelt sich breit grinsend ein silberner Frosch.

Die Friseurmeisterin hat sich noch nie darum gekümmert, ob ihr Outfit zu einem bestimmten Anlass passt oder nicht. Kirsten ist immer sie selbst und damit basta! Wen es stört, muss sich schließlich nicht näher mit ihr befassen und solche Menschen braucht Kirsten dann auch nicht.

Ceci mag die herzliche und unkomplizierte Art der Freundin. Außerdem kennt Kirsten jedes ihrer Haare beim Vor- und Zunamen – ihre bloße Anwesenheit genügt und die Frisur sitzt! (Gab es da nicht mal eine Werbung?...)

Ceci hat sich heute richtig in Schale geworfen. Statt ihrer geliebten sportlich-saloppen Kleidung trägt sie vornehmsilbergraue Seide und fühlt sich damit irgendwie verkleidet. Kritisch betrachtet sie sich im Spiegel und hofft, dass Kirsten endlich mit ihrem Werk zufrieden und fertig wird. „Meinst Du nicht, ich hätte doch was Anderes anziehen sollen?"

5

Die Antwort muss ihr Kirsten vorerst schuldig bleiben. Mit einem heftigen Ruck fliegt die Tür auf und – stürmisch wie immer – wirbelt Angelika herein.

„Ja sag mal! Wie könnt ihr hier nur so ruhig sitzen? Es wird höchste Zeit! Und das darfst du wörtlich nehmen! Ihr habt schließlich schon lange genug gewartet." Ihre und Cecis Blicke begegnen sich im Spiegel und Ceci lacht über den Wirbelwind. „Dann wird es auf die paar Minuten wohl auch nicht mehr ankommen. Also: Immer mit der Ruhe!"

Bewundernd nickt sie der Freundin im Spiegel zu. „Gut siehst du aus. Ich kenne niemanden außer dir, der Pink wirklich tragen kann." Und wirklich ist Angelikas locker fallender Hosenanzug die ideale Ergänzung für den dunklen Lockenkopf und die fast schwarzen Augen, die aus ihrem noch urlaubsgebräunten Gesicht leuchten.

Verlegen wehrt diese ab – Lob ist nicht ihr Ding. „Hör bloß auf, mir Komplimente zu machen! Dabei siehst du heute selbst aus wie eine Prinzessin." - „Ach ja! Meinst du nicht auch, ich hätte doch…" Aber Ceci wird auch jetzt keine Antwort auf ihre Frage bekommen.

„Vielleicht würden die Damen freundlichst ihre angeregte Diskussion um ein paar Minuten verschieben?" Kirsten ist ungnädig über die Störung und die Freundinnen ziehen eilig die Köpfe ein. Doch nach einigen letzten Handgriffen scheint die Herrin über Kamm und Bürste einigermaßen zufrieden mit ihrem Werk.

Fein modellierte blonde Strähnen geben Cecis hübschem Gesicht mit den großen grauen Augen einen gefälligen Rahmen. „Fertig! Was meinst du, Angelika?"

Über Cecis Kopf hinweg nicken sich die Frauen im Spiegel zu. „Naja, muss man wohl so lassen! Schöner wird sie nicht!" neckt Angelika und weicht im letzten Moment der Bürste aus, die Ceci mit Schwung in ihre Richtung wirft.

6

„Verpasst!" Triumphierend schwenkt Angelika das Wurfgeschoss, dann umarmt sie rasch die Freundin. „Danke, dass ich heute dabei sein darf!" – „Na das wäre ja wohl noch schöner! Schließlich waren und sind wir doch immer füreinander da."

Kirsten räuspert sich etwas verlegen und zieht mit Schwung den Frisierumhang von Cecis Kostümjacke. „Jetzt aber los!" kommandiert sie in die aufkommende Rührseligkeit.

Doch Ceci atmet tief durch: „So Mädels, ich schmeiße ich euch jetzt raus. Bevor es ernst wird, muss ich ein paar Minuten für mich haben und abschalten."

Sofort ist Angelika alarmiert „Du wirst es dir doch nicht noch im letzten Moment anders überlegen? Man hat darüber ja schon die tollsten Dinge gehört." Ceci prustet vor Lachen: „Keine Panik! Nichts liegt mir ferner! Einfach nur eine kurze Pause."

Gerne geben Angelika und Kirsten nicht nach, aber Ceci ist hartnäckig und so sie hat gleich darauf das schöne Zimmer für sich allein. Endlich kann sie ungestört ihren Gedanken nachhängen.

Weit öffnet sie das große Fenster. Die Dächer ihrer Lieblingsstadt funkeln im Sonnenlicht und scheinen die schmale Gestalt in der obersten Etage des altehrwürdigen Hotels zu grüßen. Sogar den breiten, kühlen Fluss kann sie von ihrem Aussichtspunkt erkennen.

Salzburg! Eigentlich so etwas wie ihre zweite Heimat. Hier fühlte sie sich ihrer großen Liebe immer verbunden, so oft sie auch voneinander getrennt waren.

Cecis Herz klopft jetzt so laut und aufgeregt, dass sie meint, man müsse es bis hinunter ins Hotelfoyer hören. Die wunderbare Aussicht nimmt sie kaum mehr wahr – weit fliegen ihre Gedanken über Stadt und Fluss zurück in die Vergangenheit.

Ein Überraschungsgast

„Das ist Paul." Rolf stellt Ceci und ihren Eltern den schmalen dunkelhaarigen Mann mit dem ausgesprochen mürrischen Gesichtsausdruck und den spöttisch funkelnden Augen vor. „Er kommt aus Österreich. Seine Mutter und meine Eltern kennen sich schon seit Jahren. Er ist derzeit bei seiner hessischen Verwandtschaft zu Besuch und möchte uns Grüße von zuhause ausrichten." Hinter dem Rücken des Gastes zieht Rolf eine Grimasse und rollt die Augen.

Paul reicht eine schmale Hand mit erstaunlich kräftigem Druck und deutet eine höfliche Verbeugung an. „Sehr erfreut. Entschuldigung, dass ich den Familienrat störe." Cecis verlegen gemurmelte Antwort geht unter in der ebenso lautstarken wie herzlichen Begrüßung durch Margarete, Cecis zukünftiger Schwiegermutter. Paul zuckt richtig zusammen.

Na, das kann ja heiter werden! Sehr begeistert scheint der Gute nicht zu sein von seiner Aufgabe als Grußbote! Aber Cecis zukünftige Schwiegereltern freuen sich überschwänglich über den Besuch.

Paul ist in die kleine Kaffeerunde geplatzt, zu der Rolfs Mutter eingeladen hatte, um im Familienkreis die Einzelheiten der geplanten Hochzeit von Ceci und Rolf zu besprechen.

Das Meiste zu dieser aufregenden Angelegenheit hatten die beiden Mütter bis eben schon ausführlich diskutiert und aufnotiert und die Herren Väter waren gerade sehr erleichtert dabei, sich in das kleine Zimmer von Carl, Rolfs Vater, zurückzuziehen, als der Besuch geklingelt hatte. Jetzt sitzen alle etwas unschlüssig um die leer gegessene Kuchenplatte herum. Wenigstens eine Tasse Kaffee kann Paul noch angeboten werden.

„Ja, einen Kaffee nehme ich gerne." Rolf holt eine Tasse und Ceci schenkt ein. „Ich hätte doch vorher anrufen sollen!"

8

denkt Paul laut, während er ohne Scheu Sahne und Zucker heranzieht. „Das ist mir jetzt richtig peinlich, so aufdringlich zu sein."

Wider Willen muss Ceci lächeln - diesem charmanten österreichischen Zungenschlag kann sie einfach nicht widerstehen. Paul erwidert das Lächeln unbefangen und mit einem leichten Kopfnicken. Ihre Hände berühren sich über der Zuckerschale und Ceci spürt verblüfft, dass sie rot wird.

„Jetzt sind sie also der Erste, der alle Neuigkeiten zu der großen Feier erfährt." Auch Cecis Mutter mag den österreichischen Dialekt und bezieht den sympathischen jungen Mann einfach in die Unterhaltung mit ein.

Fragend schaut sich Paul um und sein Blick bleibt bei Rolf hängen. „Erzähl!" fordert er ihn auf und nimmt einen großen Schluck des schon reichlich abgekühlten Kaffees. Ceci unterdrückt ein Grinsen über Pauls mühsam beherrschtes Gesicht, als diesem klar wird, dass er statt des angebotenen Kaffees doch besser ein Mineralwasser genommen hätte.

„Wir heiraten!" Rolf hakt Ceci unter – reichlich besitzergreifend, wie ihr scheint. Paul würgt an dem lauwarmen Gebräu. „Na das ist ja mal eine erfreuliche Nachricht. Herzlichen Glückwunsch! Meine Mutter wird geradezu aus dem Häuschen sein, wenn ich ihr das erzähle."

Das ist Margaretes Stichwort. Sie erkundigt sich eingehend nach ihrer lieben österreichischen Freundin und verwickelt den Besucher in ein angeregtes Gespräch. Carl und Cecis Vater Friedrich nutzen die Gelegenheit und verschwinden aufatmend in Carls Arbeitszimmer. Cecis Mutter und Rolf räumen leere Tassen und Teller in die Küche. Marianne wirft ihrer Tochter zwar auffordernde Blicke zu, aber Ceci ignoriert sie und bleibt bei der zukünftigen Schwiegermutter und dem Besuch sitzen. Die Unterhaltung ist ihr dabei überhaupt nicht wichtig, aber der leichte Dialekt und die warme Stimme des jungen Mannes gefallen ihr, also sitzt sie einfach nur da und hört zu.

9

Dabei erfährt sie viel von Elli, Pauls Mutter und dem kleinen Ort, in dem sie wohnt und wo auch Paul sich oft aufhält. „Lebst Du denn bei Deiner Mutter?" fragt Ceci neugierig. „I wo! Dem Paul ist das zu spießig!" stichelt Margarete boshaft „Nicht wahr, mein Lieber?"

Paul lächelt fein und übergeht den ironischen Unterton. „Ich arbeite in Innsbruck." wendet er sich zu Ceci „Das wäre schon ein bissel weit zu fahren jeden Tag. So haben wir beide, meine Mutter und ich, unsere Freiheiten und ich besuche sie oft. Außerdem streiten wir dadurch entschieden weniger!"

Die letzten Worte hört Cecis Mutter, die gerade aus der Küche kommt. Liebevoll legt sie ihrer Tochter die Arme von hinten um den Hals „Da können wir leider nicht mitreden!" – „Richtig!" Ceci langt über ihren Kopf und wuschelt Mariannes Kurzhaarfrisur, was die Mutter zum üblichen Protest veranlasst. „Wir bekommen einfach keinen Streit. Das können wir drehen wie wir wollen!"

„Beneidenswert!" seufzt Paul „Bei uns fliegen manchmal die Fetzen. Elli und ich sind eben Sturköpfe und Einzelgänger." – „Sturköpfe stimmt!" nickt Margarete, die ihre Freundin lange und gut kennt. Auch Rolf brummelt Zustimmung, die sich aber genau so gut auch auf Paul beziehen kann.

Dieser wirft einen prüfenden Blick auf seine sportliche Armbanduhr. „Ich werde mich jetzt verabschieden. Morgen muss ich wieder zurück nach Österreich." Margarete fühlt sich offensichtlich unbehaglich, dass der Besuch so sang- und klanglos wieder verschwinden soll.

Da kommt ihr eine Idee: „Warum unternehmt ihr jungen Leute nicht noch etwas zusammen? Den Rest der Hochzeitsvorbereitungen können wir Alten auch ohne Euch besprechen."

Rolf verzieht das Gesicht, als hätte er in eine Zitrone gebissen und auch Paul macht nicht den Eindruck, als wäre er über diesen Vorschlag sehr erfreut. Die Beiden scheinen nicht gerade die besten Freunde zu sein, stellt Ceci fest.

10

Aber darüber setzt sie sich einfach hinweg: „Gute Idee! Wir könnten doch in den Biergarten gehen" schlägt sie vor, denn sie weiß, dass sich heute dort einige ihrer Freunde treffen und sie hofft, dass in dieser fröhlichen Gesellschaft der Tag einen netten Ausklang findet.

Ein unergründlicher Blick der spöttischen dunklen Augen trifft sie. „Warum eigentlich nicht?" Irgendwas irritiert Ceci eindeutig an diesem Blick! Sehr zu ihrem Ärger spürt sie wieder einmal die aufsteigende Röte im Gesicht. Wann wird sie endlich so erwachsen sein, dass sie diese Unsicherheit hinter sich lässt?

Kurz darauf fahren die Drei gemeinsam zum Biergarten und finden - wie von Ceci erhofft – einige der Freunde an den langen Tischen unter den Kastanien sitzen. Wieder übernimmt Rolf die Vorstellung und Paul wird ohne Umschweife im Freundeskreis aufgenommen. Bald ist er in ein intensives Gespräch mit seinen Tischnachbarn vertieft.

Ceci ordert dunkles Bier für sich und ihre beiden Begleiter. Es kommt aus der Hausbrauerei am Ort und schmeckt sehr gut. Paul hebt ihr das Glas entgegen. Sein Gesicht ist nach dem ersten Schluck voll zustimmender Überraschung. „Heh! Das ist aber süffig!" Ceci lacht und setzt sich neben ihn auf einen freien Platz.

Überrascht stellt sie fest, wie gut der österreichische Besuch in die fröhliche Runde passt. Die Stimmung wird immer lockerer und die nächste Bierrunde übernimmt Paul. Launige Worte fliegen über den Tisch hin und her und es wird viel gelacht.

Zu vorgerückter Stunde legt Ceci ihrem Nachbarn die Hand auf den Arm: „Kann es sein, dass Du eigentlich nicht erfreut darüber warst, bei uns den Botschafter deiner Mutter zu spielen".

Damit hat sie offensichtlich in ein Wespennest gestochen! Die dunklen Augen sprühen Blitze und der bisher nur leichte österreichische Spracheinschlag verstärkt sich deutlich. Ganz empört ist er: „Weißt Du, ich hab wirklich nix gegen deine zukünftige Familie, aber meine Mutter singt seit Jahren Rolfs hohes Loblied! ‚Margaretes Sohn ist sooo fleißig - jetzt ist er schon mit seinem Studium fertig! Du kannst dich zu nix entscheiden – hängst nur so an der Uni rum'.

Und seitdem Margarete ihr erzählt hat, Rolf hätte so eine wunderbare Freundin - womit sie nebenbei gesagt, völlig Recht hat! Ich gratuliere dir! -" verbeugt er sich über den Tisch in Rolfs Richtung "ist es besonders schlimm, weil ich immer noch solo bin. Ich höre meine liebe Mama schon lamentieren, wenn ich erzähle, dass ihr demnächst sogar heiratet: ‚Du wirst nie eine Frau abbekommen. Immer sitzt du nur hinter irgendwelchen Büchern und rennst in Opern und Konzerte."

Paul muss seinen Monolog zwecks Luftholens unterbrechen. Rolf, der dem Vortrag mit immer düster werdendem Gesicht gefolgt ist, sieht seine Chance und faucht mit hochroten Wangen zurück:

„Und meine Eltern loben dich ständig über den grünen Klee. Ich höre immer nur: ‚Nimm dir doch mal ein Beispiel an dem liiieben Paul. Der ist sooo gebildet und vielseitig interessiert. Und du? Nie wirst du erwachsen, immer noch spielst du in dieser Rockband oder Fußball, Fußball, Fußball. Wie es Ceci überhaupt mit dir aushält, wundert uns immer wieder. Sie hat bestimmt was Besseres verdient!'."

In der eben noch fröhlichen Runde breitet sich Verlegenheit aus. Ceci schaut von einem der beiden Streithähne zum anderen, die sich da über den Tisch hinweg angiften und lacht sie kurz entschlossen einfach aus!

„Hallo ihr beiden beleidigten Leberwürste! Merkt ihr eigentlich nix? Wo ist denn euer Problem? Ist doch ganz klar: Eure Erzeuger spielen euch gegeneinander aus. Und ihr fallt auch noch darauf herein!"

Die angespannte Situation löst sich in herzhaftem Lachen. Rolf klopft Pauls Schulter, bis der einigermaßen schmerzhaft das Gesicht verzieht und ordert die nächste Runde. Aber jetzt, wo

12

es eigentlich erst so richtig lustig wird, muss sich Paul nun endgültig verabschieden. Er hat Bedenken dass sich seine Verwandtschaft sonst Sorgen macht, wo er denn wohl so lange abgeblieben ist.

Widerstrebend klopft er zum Abschied auf den langen Holztisch und winkt in die Runde: „Wenn ich wenigstens einen Hausschlüssel mitgenommen hätte. Aber so wartet meine Tante auf mich und sie geht relativ früh zu Bett. Ich muss jetzt los, sonst gibt sie noch eine Vermisstenmeldung an die Polizei!"

„Das nächste Mal musst du unbedingt länger bleiben und auch bei uns Station machen." Rolfs blonde Locken tanzen in eifriger Bewegung über der Stirn. Paul umarmt Ceci herzlich und schüttelt dann Rolfs Hand. „Das mache ich. War ein richtig schöner Abend mit euch." Auch die Freunde winken ihm zum Abschied nach.

Am großen Tor dreht er aber noch mal um. „Hast du was vergessen?" Ceci ist aufgesprungen und läuft ihm entgegen. „Nein, nix vergessen. Ich wollte dich nur noch rasch fragen, woher eigentlich dein Name kommt?" will er von Ceci wissen. Also erklärt sie es ihm:

„In meiner Geburtsurkunde steht Cäcilie. Aber schon im Kindergarten haben mich alle verspottet, weil der Name so ausgefallen und altmodisch ist. Erst eine der neuen Schulkameradinnen – heute ist sie meine beste Freundin - hat dann glücklicherweise eine passende Abkürzung gefunden. Angelika war schon damals der Meinung, dass „Cäcilie" viel zu brav und ernsthaft für mich wäre. Die Kurzform Ceci würde sich genau so frech anhören, wie ich auch bin."

„Und damit hat sie völlig Recht!" grinst Paul. „Ceci passt sehr gut zu dir." Dann winkt er zum letzten Mal rundum und verschwindet.

Die ausgelassene Gesellschaft im Biergarten löst sich auch bald auf – es ist doch recht spät geworden - und Ceci und Rolf machen sich auf den Weg in ihre gemütliche kleine Dachwohnung.

„Du, der Paul ist richtig nett. Ich meine, wir müssten nicht darauf warten, dass er irgendwann wieder seine Verwandtschaft besucht und eher zufällig bei uns rein schneit, den könnten wir auch mal hierher einladen." brummelt Ceci später undeutlich durch das dicke Handtuch im Bad. –

„Hmhm" kommt es bereits ziemlich verschlafen aus den zerknautschten Kissen im Schlafzimmer „vielleicht zur Hochzeit".

*****

Hochzeit

„Jetzt reicht es mir aber!"

Ceci stemmt sich empört aus dem ungemütlichen Frisierstuhl des hypermodernen Salons hoch. „Seit über einer Stunde bin ich jetzt hier - In einer knappen Stunde soll ich im Standesamt erscheinen, aber außer einer flüchtigen Haarwäsche haben Sie mit mir noch nix veranstaltet!"

Aufgeregt nähert sich der Herr Coiffeur „Nur noch einen kleinen Moment. Ich bin sofort für sie da. Für ihre Hochzeitsfrisur habe ich mir doch etwas ganz Besonderes einfallen lassen."

„Aber ganz bestimmt wird das etwas Besonderes!" schnaubt Ceci „Auf ihre Frisurkünste kann und werde ich jetzt endgültig verzichten! Ich nehme selbst den Föhn, damit ich nicht mit nassen Haaren nachhause fahren muss. Wie ich das überhaupt zeitlich schaffen soll, pünktlich im Standesamt zu sein, ist mir ein Rätsel. Dabei wurden sie mir extra empfohlen. Naja, das habe ich davon, dass ich zur Hochzeit einmal etwas Extravagantes mit meinen Haaren anstellen wollte. – Obwohl: Extravagant wird das sicher aussehen!"

Ceci wütet und ist auch nicht aufzuhalten. Als ihr der Friseur dann noch den Föhn aus der Hand nimmt (mit dem Arbeitszeug ist man hier wohl eigen), ist es endgültig aus. Sie wirft einige Scheine auf den Tisch – wird wohl genug sein für einmal Haare waschen im exklusiven Salon - und stürmt mit halbnassen Strähnen aus der Tür.

Zuhause sieht sie den Tränen nahe in den Spiegel – der Anblick ist trostlos! Es bleibt ihr wohl nichts anderes übrig, als mit einer Frisur Modell „Vom Winde verweht" in Kombination mit „Prinz-Eisenherz-Look" vor den Standesbeamten zu treten.

Rolf klappert schon Sturm mit den Autoschlüsseln und steht mit Cecis wunderschön arrangiertem Brautstrauß in der Tür. Die ganze Haltung seiner sportlichen Gestalt im dunkelblauen

15

Hochzeitsanzug, dessen Farbe seine Augen so richtig zur Geltung bringt, drückt mühsam gebändigte Ungeduld aus. „Soll ich anrufen und den Termin verschieben? Vielleicht passt es der Gnädigsten besser an einem anderen Tag?" knurrt er mit explosivem Unterton.

Ceci wirft ihm nur einen ihrer berühmten Blicke zu. Diese Bemerkung ist ihr keine Antwort wert! Schnell noch etwas Farbe ins Gesicht - den Blick auf die Haare ignorieren – und dann in den eleganten nachtblauen Samtanzug gestiegen. Aufatmend schließt sie den letzten Knopf der perfekt auf Taille geschnittenen Jacke „Fertig!".

In allerletzter Minute erreicht das Brautpaar den Parkplatz vor dem Standesamt. Beide Elternpaare sind schon ganz aufgelöst; ihr Nachwuchs wird es sich doch nicht noch im letzten Moment anders überlegt haben? Diesen Hitzköpfen ist alles zuzutrauen! Ganz erleichtert sind sie, als es endlich auf der Treppe zum Trauzimmer poltert und das abgehetzte Paar leicht derangiert erscheint.

Die Hochzeitszeremonie wird ausgesprochen lustig, dafür sorgen die Freunde, die als Trau- und Hochzeitszeugen zahlreich das Standesamt bevölkern und die Angestellten und Arbeitsabläufe mit ihrer Fröhlichkeit durcheinander bringen. Dabei machen sie auch nicht Halt vor dem Standesbeamten, der jedoch schmunzelnd auf den lockeren Ton eingeht und seine Ansprache witzig gestaltet.

Nach der Zeremonie bilden alle Spalier auf der großen Freitreppe des historischen Gebäudes und werfen eifrig Reis, Konfetti und Rosenblätter – eine bunte Mischung, über die das frisch getraute und jetzt sichtlich entspannte Paar zum Auto laufen muss.

Der altertümliche Kombi hat sich inzwischen auch ziemlich verändert. Mit Ballons, Luftschlangen und allem möglichen Gemüse, das der benachbarte Wochenmarkt gerade hergab, wurde er von den Freunden „auf Hochzeit" geschmückt. Lachende Passanten drehen sich kopfschüttelnd um, als das eigenwillige Gefährt in der hupenden Wagenkolonne losfährt.

Die anschließende Feier in der völlig überfüllten kleinen Dachwohnung dauert bis zum frühen Morgen. Damit die anderen Hausbewohner Verständnis für den unvermeidlichen Lärm haben, wurden sie zu dem ausgelassenen Fest einfach mit eingeladen. Das war eine weise Entscheidung, denn durch den fehlenden Platz in der Wohnung dehnt sich die Party im Laufe des Abends über sämtliche Treppen auf das gesamte Haus und den kleinen Innenhof aus.

Auf den Stufen sitzen diskutierende Gruppen und schmusende Pärchen, im Kellervorraum und auf den Treppenabsätzen wird getanzt und das zweite Bierfass wurde für den Anstich der Einfachheit halber nur bis zur ersten Etage geschleppt. Der Vermieter hat die Ärmel hochgekrempelt und sich dieser Sache angenommen. Eifrig füllt er Glas um Glas.

Alle Ablageflächen der winzigen Küche unter der Dachschräge sind mit Leckereien voll gepackt. Margarete und Marianne haben sich selbst übertroffen und ein ausgezeichnetes rustikales Büffet fabriziert. Auf dem klitzekleinen Balkon warten weitere abgedeckte Schüsseln und Platten auf ihren Einsatz.

Im Innenhof haben Carl und Friedrich zwei Bierzeltgarnituren aufgestellt. Die älteren Gäste sind dankbar, dass sie nicht bis unters Dach steigen müssen, sondern sich hier gemütlich niederlassen können. Marianne hat vom Büffet ein großes Tablett gerichtet, damit die alten Tanten und Onkel dort auch etwas zu essen bekommen.

Das Brautpaar rennt treppauf/treppab und kümmert sich um seine Gäste. Für den Brauttanz schwenkt Carl seine frischgebackene Schwiegertochter über die Treppen aller Etagen. Ceci staunt über die Kondition des Schwiegervaters – ihr selbst geht allmählich die Puste aus.

Draußen wird es schon hell, als die letzten Gäste fröhlich singend das Grundstück verlassen. Die Hausbewohner schleichen hundemüde in ihre Wohnungen und in der Nachbarschaft dreht man sich erleichtert noch mal in den Betten um in der jetzt berechtigten Hoffnung, doch noch etwas Schlaf zu erwischen.

*****

Der Morgen danach, ein Geschenk und Urlaubspläne

„Aufwachen!" Ceci muss ihren frisch angetrauten Ehemann kräftig schütteln, um irgendeine Reaktion zu bekommen. „Wir müssen aufräumen, sonst sind die anderen Hausbewohner mit Recht sauer. Draußen sieht es bestimmt aus wie nach einem Bombenanschlag!" – „Die schlafen doch auch noch!" Rolf versucht, Zeit zu schinden, damit er sich wieder umdrehen kann.

„Eben! Ich will alles in Ordnung haben, bis sie wach sind." Ceci schnappt sich Rolfs Decke, zieht sie einfach hinter sich her und stopft sie im Bad hinter die Tür. Die zähneknirschenden Verwünschungen ihres verschlafenen Göttergatten quittiert sie mit übermütigem Lachen, dreht den Schlüssel im Schloss und fröhlich pfeifend die Dusche auf.

Als sie mit nassen Haaren in Jogginghose und Schlabbershirt – Rolfs Decke vorsichtshalber wegen eines eventuellen Racheangriffs hinter dem Rücken versteckt – wieder aus dem Bad kommt, wartet eine Überraschung auf sie:

Einige Freunde haben sich mit frischen Croissants und Thermoskannen voll starkem Kaffee eingefunden und nach einem improvisierten Frühstück helfen sie bei den Aufräumarbeiten. Bis in den anderen Wohnungen erste verschlafene Geräusche zu hören sind, ist schon fast wieder die alte Ordnung hergestellt. Leise wie die Heinzelmännchen waren die Aufräumkommandos zu Gange.

Gegen Mittag trudeln immer mehr Helfer ein, aber keiner von ihnen ist böse darüber, als sie die Arbeit schon erledigt finden. Rolf wird der ganze Trubel allmählich zu viel und er schaut immer wieder verstohlen auf seine Armbanduhr, ob es nicht an der Zeit sei, dass sich die Besucher verabschieden.

Doch Ceci freut sich über den Trubel – so wird sie auch noch die letzten Reste des gestrigen Buffets los und das am Vorabend nicht ausgetrunkene Bierfass wird hoffentlich auch leer.

Gegen Abend kehrt dann zu Rolfs Freude Ruhe ein und sie können sich endlich einmal ansehen, was sich an Geschenken auf und neben der großen Anrichte im Flur angesammelt hat.

Der eine oder andere so genannte Staubfänger, aber glücklicherweise auch nützliche und willkommene Haushaltsdinge, originelle Unsinnigkeiten und sehr, sehr liebe und herzliche Glückwünsche in einem ganzen Stapel Briefe von netten Leuten, die nicht selbst zur Feier kommen konnten.

Rolf und Ceci haben es sich mit einer Flasche Sekt auf dem dicken Teppich im Wohnzimmer zwischen zerknülltem Papier, aufgerissenen Kartons und ausgepackten Geschenken gemütlich gemacht und lesen sich gegenseitig Briefe und Karten vor.

„Hee" ruft Rolf „sieh' mal, Paul hat geschrieben. Ich habe mich schon gewundert, dass er auf unsere Einladung nicht reagiert hatte." Er wedelt übermütig mit dem schwungvoll beschrifteten Umschlag und zieht eine bunte Karte heraus.

Dabei rutscht ein Gutschein auf Cecis Füße. Sie liest und bekommt runde Augen vor Staunen. Paul schenkt ihnen den handsignierten Druck der Grafik eines bekannten österreichischen Künstlers. Das frisch angetraute Paar soll ihn sich in einer Galerie ihrer Stadt abholen, wo gerade eine Ausstellung dieses Künstlers eröffnet wurde. Paul hat das von Österreich aus organisiert.

„Ich hoffe, gerade dieses Bild gefällt euch so gut wie mir" schreibt er. „Und wenn ich das nächste Mal in eurer Nähe bin, schaue ich nach, an welchem Platz es in der Wohnung hängt."

Rolf kann mit diesem Geschenk nicht viel anfangen – Kunst ist so gar nicht sein Ding. Aber Ceci ist sehr beeindruckt und gleich am nächsten Tag muss sie ansehen, was sich Paul da ausgedacht hat. Der Galerist ist begeistert, als sie ihm den Gutschein präsentiert.

„Ihr Freund hat einen ausgezeichneten Geschmack! Zu diesem Bild kann ich wirklich nur gratulieren." strahlt er. Den Preis will er Ceci aber nicht verraten. „Das wurde mir ausdrücklich untersagt. Schließlich ist es ja auch ein Geschenk." wehrt er sich gegen Cecis geballten Charme-Einsatz.

Gut verpackt transportiert Ceci das Bild in die Dachwohnung. Rolf zuckt die Schultern, als sie es präsentiert. „Naja, ganz nett! Hauptsache, dir gefällt es." ist sein Kommentar.

Aber nun ist er gefordert, denn es gilt, in der Wohnung den besten Platz für das gerahmte Kunstwerk zu finden. Ceci grübelt und probiert – Rolf ist schon ganz genervt von dem Hin- und Her-Gerenne.

Endlich kann er Hammer und Nagel zum Einsatz bringen. Das Geschenk findet seinen Platz an der Wand über dem Esstisch. Ceci meint, es käme dort hervorragend zur Geltung. Rolf ist hauptsächlich erleichtert darüber, dass er seine Werkzeugkiste wieder wegräumen kann.

„Weißt du was? Ich rufe Paul gleich an und wir bedanken uns." Ceci strahlt - Rolfs Zustimmung fällt weniger enthusiastisch aus. Aber das kümmert seine junge Ehefrau wenig. Sie schnappt sich das Telefon und wählt die im Glückwunschbrief angegebene Nummer.

Eine warme Samtstimme antwortet. „Paul? Bist Du das?" Verwundert horcht sie der angenehmen Stimme nach – quasi Auge in Auge hatte sie diese zwar als sympathisch, aber doch nicht sooo außergewöhnlich registriert!

„Ja - Hallo Ceci! Das ist aber eine Überraschung! Ich bin gerade eben von einer Geschäftsreise zurückgekommen und hatte mir auch schon überlegt, bei euch anzurufen, damit ich noch persönlich gratulieren kann. Habt ihr denn meine Karte bekommen?" Paul freut sich.

„Und deinen Gutschein. Vielen, vielen Dank für das wunderbare Bild. Ich habe es heute abgeholt und Rolf hat es gleich an einem Ehrenplatz aufgehängt. Du musst es dir unbedingt ansehen. Unsere Wohnung kennst du ja auch noch gar nicht! Du bist hiermit herzlich eingeladen. Deine Verwandtschaft kannst du schließlich auch von uns aus besuchen."

Leises Lachen antwortet Cecis sprudelnder Begeisterung. „Freut mich, wenn es euch gefällt. Aber in nächster Zeit werde ich es bestimmt nicht schaffen, euch zu besuchen." antwortet Paul. „Ich ziehe um nach Wien und habe damit jede Menge zu tun. Es wird wahrscheinlich Frühjahr, bis ich wieder einmal in eure Gegend komme."

Kurz überlegt Ceci und strafft dann energisch die Schultern. „Schade! Aber gerade dieser Tage hat mich Rolf überredet, zu Weihnachten in den Schnee zu fahren. Ich dachte, dass wir vielleicht deine Mutter und dich besuchen kommen und ich in Almenthal das Skifahren lerne. Dafür wirst du dann wohl auch keine Zeit haben?"

Rolf hebt fassungslos den Kopf – sein Unterkiefer macht sich selbständig und rutscht nach unten. Über Weihnachten in den Schnee zu fahren hatte er sogar schon im letzten Winter vorgeschlagen, dabei war aber von Österreich oder gar vom Skifahren nie die Rede gewesen und bisher war Ceci eigentlich auch nie dafür zu begeistern, die Feiertage nicht zuhause zu verbringen.

Ceci ignoriert seine augenfällige Verwunderung. Eigentlich versteht sie sich selbst nicht so ganz, aber irgendwie muss sie wohl diese irritierende Stimme aus der Reserve gelockt haben! Und der gerade so spontan gefasste Entschluss gefällt ihr bei näherem Nachdenken eigentlich ausnehmend gut.

Paul reagiert sehr erfreut. „Das ist wirklich eine gute Idee. Leider weiß ich noch nicht genau, ob ich über die Feiertage in Almenthal sein werde oder noch im Umzugsstress. Meine Mutter wird sich aber ganz bestimmt freuen, dich endlich kennen zu lernen; ich habe ihr schon viel von dir erzählt."

Verwundert runzelt Ceci die Stirn - Nanu? Was kann Paul denn schon berichtet haben? Aber bevor sie dazu kommt, nachzuhaken, fragt die warme Stimme schon weiter: „Habt ihr euch denn nach einer Unterkunft umgesehen?"

Kleinlaut verneint Ceci. Sie kann doch jetzt nicht zugeben, eben von ihrem eigenen Entschluss überrascht worden zu sein. Und da kommt schon wie aus der Pistole geschossen Pauls Idee: „Warte mal! Ich kenne eine sehr nette junge Familie mit einer ganz neuen Ferienwohnung, die ist vielleicht noch nicht belegt. Weißt du, bei uns in der Gegend ist um die Weihnachtszeit immer viel los und fast alles schon Monate vorher ausgebucht. Aber das hat dir Rolf bestimmt schon erzählt."

Ceci spürt wieder die verräterische Röte über ihre Wangen ziehen. Ein Glück, dass Paul das nicht sehen kann. Rolf hat es aber bemerkt und schüttelt missbilligend den Kopf.

Paul redet inzwischen schon weiter: „In der Wohnung meiner Mutter gibt es leider kein Gästezimmer, sonst wäre es ja kein Problem, euch unterzubringen. Die Ferienwohnung, an die ich denke, ist aber für vier Personen. Fährt denn eventuell noch jemand mit euch?"

„Ich frag mal meine Freundin Sabine. Sie ist ein richtiger Schnee-Fan und wird bestimmt gerne mitkommen." Herzlich verabschieden sich Ceci und Paul und verabreden, am nächsten Tag wieder zu telefonieren.

Ceci legt auf und dreht sich zögernd nach ihrem Ehemann um. Der hat sich quer über die Couch geworfen und ringt theatralisch die Hände.

„Deine Ehefrau, das unbekannte Wesen..... Ceci, Ceci! Du mit deinen Spontan-Entschlüssen! Was hast du dir denn dabei wieder gedacht? Es sind gerade mal noch drei Monate bis Weihnachten und du willst in den Schnee! Weißt nicht mal, mit wem, ob du eine Unterkunft bekommst und wie teuer die wohl sein wird und woher du die ganze Ausstattung zum Skifahren nehmen willst. Ich hätte ja kein Problem, meine alten Skiklamotten passen noch und die Ski dazu verstauben im

23

Keller – aber du hast gar nix für einen Winterurlaub. Und auf Skiern hast du auch noch nie gestanden."

Da kennt er seine junge Ehefrau aber schlecht! Das ist gerade die richtige Herausforderung für ihren Dickkopf – schon hat sie die nächste Telefonnummer gewählt.

„Hallo Sabine! Sag mal, du hast doch jemanden gesucht, der zusammen mit dir das Skifahren lernt? Wir haben das Angebot, über Weihnachten und Sylvester eine Ferienwohnung in Österreich zu mieten" - unterdrücktes Stöhnen von Rolf – „und ich bin gerade dabei, mir eine Ausrüstung zusammenzuleihen. Wenn wir gemeinsam fahren, könnte doch Reinhard mit Rolf zusammen Skilaufen, bis wir zwei dann auch soweit wären, die Hänge unsicher zu machen. Denk dir doch: Weihnachten im Schnee in einem kleinen österreichischen Dorf! Das ist ganz bestimmt etwas Besonderes."

Sabine ist sofort Feuer und Flamme! „Skianzüge oder -hosen würden wir sicher von meiner Schwester bekommen. Die ist seit dem zweiten Kind aus ihrer Skiausrüstung raus gewachsen und wir Beide haben genau die richtige Größe. Sie hat bestimmt mehr als genug für uns. Ski und Schuhe kann man sich in solchen Wintersportorten ja ausleihen."

Die beiden Paare sind seit langem befreundet. Rolf und Reinhard haben jahrelang mit großem Erfolg zusammen in einer Band die von Cecis Schwiegereltern so verteufelte Rockmusik gespielt. Ceci hat Sabine bei einem Probenabend kennen gelernt und sich auf Anhieb gut mit ihr verstanden. Sie haben viele gemeinsame Themen. Also sollte dieser Urlaub gar nicht anders als harmonisch verlaufen.

Natürlich will Sabine denn auch gleich Einzelheiten zur Wohnung wissen und Ceci muss kleinlaut zugeben, dass diese noch nicht einmal gebucht ist. „Aber das wird schon. Paul hat's versprochen."

„Paul? Ist das nicht dieser nette Österreicher, mit dem wir euch im Sommer im Biergarten getroffen haben?" - „Genau der! Weißt du was, wir warten einfach ab. Morgen weiß ich mehr und melde mich wieder bei dir."

Und Paul enttäuscht Ceci nicht! Bis zum nächsten Abend hat er für die Freunde die Ferienwohnung zu einem annehmbaren Preis schon fest gemietet und berichtet der aufgeregten Ceci am Telefon Einzelheiten.

„Eigentlich waren sie sich nicht sicher, ob sie die Wohnung gleich im ersten Winter vermieten sollen, da habe ich die Sache einfach meiner Mutter überlassen. Sie hat für diese Familie schon einiges getan und als sie nochmals nachgehakt hat, waren sie denn auch einverstanden." erzählt Paul.
Auf diese Mutter ist Ceci wirklich gespannt, denn auch nach dem, was Margarete und Carl aus gemeinsam mit ihr verbrachten Zeiten erzählen, muss sie ein richtiger Kumpel sein, mit dem man Pferde stehlen kann. Durch die vielen Anekdoten meint Ceci fast, diese Elli schon richtig zu kennen.

Paul hat an alles gedacht: Im örtlichen Sportgeschäft hat er schon wegen Leihski vorgesprochen und wird natürlich auch noch Sabine anmelden, damit auch sie versorgt ist. Sogar einen Skikurs hat er bereits organisiert, aber leider „Ich werde nur mit viel Glück vielleicht an einem der Tage da sein" meint er. Sein Umzug nach Wien soll ausgerechnet um die Weihnachtszeit stattfinden.

„Das ist wirklich schade – aber trotzdem freue ich mich jetzt wie verrückt auf den Urlaub und natürlich auch darauf, deine Mutter kennen zu lernen!" Ceci richtet Grüße an Elli aus – vorläufig noch unbekannterweise - und verabschiedet sich mit vielen Dankesbezeugungen von Paul.

Dann wirft sie den Hörer auf die Gabel und wirbelt Rolf um den Hals. „Juchu – wir fahren in den Schneeeeeeeeeeeee!" - „So, dann bring' das erst mal deinen Eltern bei!" Mit dieser Bemerkung holt Rolf seine Frau ganz schnell wieder auf den Boden der Tatsachen, denn er weiß, wie viel Wert seine Schwiegereltern auf eine Familienweihnachtsfeier legen. Cecis

25

Gesicht wird lang und länger. „Oje, daran hatte ich gar nicht gedacht."

Es wird ein richtiger Kampf zwischen Mutter und Tochter, aber Cecis Dickkopf behält wie immer Oberhand. „Sie musste einfach einsehen, dass ich mich irgendwann auch einmal von zuhause abnabele." erzählt sie Rolf. Als Kompromiss hat sie aber fest versprechen müssen, gleich am Jahresanfang zu Mutters Geburtstag wieder zuhause zu sein.

Und so sind die Signale für einen Weihnachtsurlaub im Schnee auf freie Fahrt gestellt!

*****

Schneegestöber

Ceci ist von dem kleinen Dorf begeistert, obwohl sie bei der Einfahrt in der abendlichen Dämmerung eigentlich nicht wirklich viel erkennen kann.

Mit bemalten Giebeln verzierte Häuser ducken sich um Kirche und Marktplatz und aus den Fenstern gemütlich aussehender Gasthöfe blinken einladende Lichter. Der Schnee türmt sich hoch auf zwischen Fahrbahn und Gehwegen.

In der Dunkelheit kann man die Umrisse der Berge erahnen, auf denen mit flackernden Lichtern die Pistenraupen unterwegs sind. Die Skihänge für die Abfahrten des nächsten Tages werden sorgfältig präpariert.

Nur wenige Menschen stapfen auf den geräumten Wegen. Niemand kann ihre Frage nach dem richtigen Weg beantworten, sie treffen nur auf Touristen – versuchen sich in Englisch, Französisch und sogar ein bisschen Niederländisch. Es hilft nix: Reinhard muss aussteigen und in einem der Gasthöfe nachfragen.

„Brrrrr! Saukalt isses!" Mit Schwung lässt er sich wieder auf den Beifahrersitz fallen. „Wir sind schon fast da. Dort vorne über die Brücke und dann gleich links in die Einfahrt." zeigt er Rolf die Fahrtrichtung an. Ceci und Sabine recken vergeblich die Hälse, um einen ersten Blick auf ihr Feriendomizil zu erhaschen. Vorsichtig umrundet Rolf die Schneehaufen und schlingert über die angekündigte, reichlich vereiste Brücke.

Die verwinkelte Zufahrt zum Haus muss man wirklich kennen, um sie auf Anhieb zu finden. Aufatmend parkt Rolf den Wagen neben einem großen Holzstapel vor dem Eingang zu einer offensichtlich hochmodernen Schreinerei. Das Quartett klettert aus dem Auto und streckt die Beine. Ein Labrador stemmt die Vorderpfoten auf die Balkonbrüstung im ersten Stock und kündigt den Besuch mit lautem Gebell an.

„Schnee hat es ja wenigstens!" Rolf ist müde von der Fahrt und kann sich nur zu diesem Kurz-Kommentar hinreißen. Da öffnet sich auch schon die Haustür und ein Paar in etwa ihrem eigenen Alter – gefolgt vom Labrador - heißt sie herzlich willkommen.

Der Hund will sofort mit dem Besuch im Schnee herumtollen. Ceci wäre auch nicht abgeneigt – sie liebt Hunde, aber aus dem Haus ertönt ein schriller Pfiff und der Hund trottet mit hängenden Ohren zurück. An der Türschwelle schaut er noch mal zu Ceci. Sie winkt ihm zu „Wir spielen das nächste Mal!" und schon ist er im Haus verschwunden.

„Treten sie ein, treten sie ein! Sie sind unsere ersten Hausgäste. Meine Frau hat Ihnen schon was zum Empfang gerichtet." Sie werden direkt in einen großen Raum geführt - offensichtlich das Familienwohnzimmer - und der Hausherr nimmt ihnen Jacken und Schals ab.

Seine Frau nähert sich mit einem Tablett, auf dem kleine Schnapsgläser und eine bunte Flasche stehen. „Selbstgebrannter Obstler!" lacht sie „Ich hoffe, er schmeckt ihnen!".

Nach dem Begrüßungstrunk präsentiert das Ehepaar stolz die schmucken Räume im Dachgeschoss des Hauses. Die Freunde fühlen sich sofort zuhause in der kleinen Wohnung, die mit viel Holz im Landesstil ausgestattet ist. Überhaupt wurde die ganze Dekoration sehr liebevoll gestaltet. Mit Trockenblumensträußen und offensichtlich handgemalten Aquarellen sind Nischen und Wände geschmückt.

Es gibt ein geräumiges Schlafzimmer und ein geradezu riesiges Bad mit Dusche, Wanne und Doppelwaschbecken. Das große helle Wohnzimmer hat einen Balkon, der sich tief unter die dicken überhängenden Dachbalken duckt und eine herrliche Aussicht auf die umliegenden Berge bietet. Durch eine Art Tresen wird dieses Wohnzimmer von der schmalen Küchenzeile abgetrennt. Vier hochbeinige Hocker signalisieren, dass man daran auch essen kann.

Die Schlafgelegenheiten werden ausgelost – Sabine und Reinhard werden das Schlafzimmer bewohnen und Rolf und Ceci das Wohnzimmer, aus dessen großer Couch sich ein bequemes Doppelbett ausklappen lässt.

Die Küche aus hellem Holz ist komplett eingerichtet. Zur Begrüßung haben die Wirtsleute einen leichten Rotwein und Mineralwasser hingestellt und der Kühlschrank enthält das Nötigste an Lebensmitteln für den ersten Abend.

„Sie sollen sich doch gleich bei uns wohl fühlen, morgen können sie dann nach ihrem Geschmack einkaufen." ist die Antwort auf den herzlichen Dank für die Fürsorge.

Dann poltert das Quartett noch mal nach unten und lädt Koffer und Taschen aus dem Auto. So voll bepackt begegnen sie auf dem Weg in die Ferienwohnung zwei kleinen Mädchen, die sie neugierig mustern. Beide stecken schon in bunten Schlafanzügen und tappen barfuss über die dicken Bauernteppiche. Ceci schätzt sie so auf 4 und 6 Jahre und liegt damit absolut richtig, wie sich später herausstellt.

„Das sind Bea und Bärbel!" stellt ihre Mutter vor „Sagt unseren Gästen ‚Guten Tag'." Die Ältere murmelt irgendwas und ist schnell hinter der nächsten Tür verschwunden. Die Kleine versteckt das Gesicht im Halsfell des Labradors, der eben auch von irgendwoher auftaucht. „Und das ist Benno," lacht die Wirtin „der getreue Schatten – mein vierpfotiges Kindermädchen. Absolut zuverlässig." Benno setzt den Schwanz in Pendelbewegung – er scheint den Besuch zu mögen.

„Bring die Bärbel ins Bett, mein Guter." sagt sein Frauchen und wirklich trottet er hinter der großen Schwester her. Klein-Bärbel hält ihn fest umarmt und das Tapp-Tapp der nackten Füßchen verliert sich hinter der Tür. Ceci muss an den treuen Hundefreund denken, der ihre Kindheit bewacht hat.

Bevor sie aber noch Zeit hat, wehmütig zu werden, piekt eine Kofferecke in ihre Kniekehlen. „Wenn Du noch stehen bleiben willst, brauche ich morgen neue Skistöcke. Meine Arme wer-

29

den immer länger!" lamentiert Rolf hinter ihr und deshalb läuft sie mit einem raschen Gute-Nacht-Gruß an der Wirtin vorbei.

Ceci und Sabine packen Koffer und Taschen aus und räumen alles in den hohen Einbauschrank im Flur und ins Bad. Inzwischen bereiten Rolf und Reinhardt eine große Kanne Tee und decken den Esstisch in der Fensternische mit Brot, Wurst und Käse aus dem so liebevoll beladenen Kühlschrank.

Dann sitzen die Freunde mit Blick aus den großen Fenstern in einen wunderbaren Sternenhimmel, gegen den sich die Umrisse der Berggipfel abzeichnen und genießen das Abendessen.

Sie sind alle ziemlich müde von der Reise und den ersten Eindrücken des Urlaubsortes – es wird nicht viel gesprochen und als nach dem Essen gemeinsam abgeräumt ist, stoßen sie nur noch kurz auf einen schönen Urlaub an, dann ist endgültig Schlafenszeit.

Rolf gähnt zum Gotterbarmen. Ceci kuschelt sich auf der dicken Matratze der erstaunlich bequemen Schlafcouch zurecht und ist sofort eingeschlafen.

*****

30

Almenthal

Am nächsten Tag scheint strahlend die Sonne vom postkartenkitschblauen Himmel und der Neuschnee bringt alle in Begeisterung.

Ein kurzer Rundgang im Ort zeigt, dass das Auto wohl nur im Notfall bewegt werden muss. Alles was man so braucht ist in unmittelbarer Nähe zur Wohnung – Lebensmittelgeschäft, mehrere Gasthöfe mit urgemütlichen Gasträumen, Post und Bank, das Sportgeschäft, in dem Leih-Ski und -Schuhe auf Ceci und Sabine warten, und die Skischule. Alles kann zu Fuß oder - wenn es denn sein muss - auch mit dem Skibus erreicht werden.

Rolf und Reinhard wollen schon am Nachmittag die umliegenden Skihänge erkunden - für Ceci und Sabine beginnt erst am nächsten Tag der Anfängerkurs der Skischule.

Der wird ein richtiger Erfolg! Die Grundbegriffe sind vom jungen Skilehrer auf der flachen Wiese vor der Skischule schnell erklärt, dann geht's schon zum Idiotenhügel und zum ersten Mal dürfen die Damen - sehr wackelig - über den Schnee rutschen. Das Gelächter ist groß! Sie haben viel Spaß.

Der Kurs ist von 12 mehr oder weniger Anfängern belegt – der älteste Teilnehmer ist 64 Jahre alt und lernt seinen Enkeln zuliebe das Skifahren. Die haben sich hinter der nächsten Hausecke versteckt und sehen heimlich zu. Man hört sie kichern, wenn der Opa mal wieder in den Schnee fällt.

Ceci und Sabine kommen auf Anhieb gut auf den Ski zurecht. Und der „Einkehrschwung" am späten Nachmittag in der „Hütte", der kleinen Kneipe am Skihang, wo die Fortschritte der Teilnehmer belästert und begossen werden, klappt natürlich auch sofort. Dieser Abschluss jedes Übungsnachmittages lässt die Kursteilnehmer zu einer verschworenen Gemeinschaft werden.

Sieh da! Schon nach drei Tagen Skikurs können die Freundinnen mit ihren Männern die erste leichte Abfahrt wagen. Rolf und Reinhard staunen nicht schlecht! Zwar werden die beiden routinierten Skifahrer die meisten Abfahrten nach wie vor alleine machen, aber auf den leichten Hängen rund um den Ortskern kommen ihre Damen auf jeden Fall auch ohne die Ehemänner gut klar. Ceci und Sabine sind sehr stolz auf sich.

Abends wird immer abwechselnd gemeinsam in der kleinen Küche gekocht oder in einem der Gasthöfe gegessen. Obligatorisch ist auf jeden Fall der Schlummertrunk in der „Hütte", wo Einheimische und Touristen zusammenkommen und Ceci und Sabine auch immer wieder auf die Kollegen aus dem Skikurs treffen.

Kurzum: Die Zeit vergeht wie im Flug.

Und dann ist Heiliger Abend. Ganz passend fällt - wie extra bestellt - ein dichter Schneevorhang und vom nahe gelegenen Kirchturm sind die Bläser mit Weihnachtsliedern zu hören.

Ceci ist ganz eigenartig zumute. Weihnachten in den Bergen! Immer schon hat sie es sich als etwas Besonderes vorgestellt. Doch die Wirklichkeit ist noch viel schöner!

Für den späteren Abend hat das Wirtspaar die Freunde auf ein Glas Wein unter den Weihnachtsbaum eingeladen und nachdem sie das selbst bereitete Festmahl am schön gedeckten Tisch der Ferienwohnung verspeist haben, gehen sie eine Treppe tiefer ins Familienwohnzimmer.

Die Kerzen an dem mit unzähligen bunten Figürchen und Strohsternen geschmückten Weihnachtsbaum brennen und die beiden Mädchen zeigen stolz, was ihnen das Christkind gebracht hat, Benno nagt an seinem Weihnachtsgeschenk, einem großen Gummiknochen, und aus dem Fernseher im Hintergrund kommt leise Musik.

„Bitte entschuldigen Sie, dass der Fernseher läuft, aber wir dürfen das Weihnachtskonzert nicht verpassen." sagt die junge Frau.

Selbstgebackene Weihnachtsplätzchen gibt es und der Wein ist herrlich – eine gemütliche und sehr weihnachtliche Stimmung breitet sich aus. In die angeregte Unterhaltung dringt aus dem Fernseher eine vertraute Samtstimme. Verwundert schaut sich Ceci um.

Paul!!!
Wunderbar singt er!!!

Der Hauswirt dreht den Ton lauter und alle sitzen fasziniert in andächtiger Stille und können sich vom Bildschirm nicht losreißen, das heißt, das Wirtspaar, Sabine, Reinhard und Ceci – Rolf guckt nur mürrisch. „Was ist schon dabei? Musik machen kann ich auch." knurrt er, als die Veranstaltung unter anhaltendem Beifall der Zuschauer in der Konzerthalle zu Ende geht und der Fernseher ausgeschaltet wird. „Ja, aber keine klassische" gibt ihm Ceci zurück und da sagt er nix mehr.

Ceci ist nach der Sendung still und in sich gekehrt – sehr ungewöhnlich für den quirligen Frechdachs. In dieser Weihnachtsstimmung nehmen sie die weitere Einladung des Wirtspaares an, mit ihnen zur Mitternachtsmesse in die kleine Dorfkirche zu gehen.

Irgendwie geheimnisvoll und sehr feierlich ist die Stimmung unter den Menschen, die über den kleinen Friedhof zur Kirche streben. Vom Turm klingen wieder Weihnachtslieder, dicke Flocken setzen sich auf die frisch geräumten Wege. Große weiße Atemwolken pusten die Leute vor sich her, kaum jemand spricht. Freunde und Fremde nicken sich lächelnd zu oder reichen sich wortlos die Hände als sie durch das hohe Kirchenportal drängen.

Eifriges Scharren schwerer Stiefel, knarrendes Ächzen der alten Bänke, die sich rasch mit Menschen füllen, gelegentliches Räuspern oder Husten und aus der Ferne die gedämpfte Musik der Turmbläser – eine eigenartige Geräuschkulisse!

Ceci schaut sich mit tellergroßen Augen um – „Eine solche Kirche habe ich noch nie erlebt!" flüstert sie Sabine zu. Beim Betreten des mit vielen Kerzen geschmückten Altarraums und dem Anblick der alten Weihnachtskrippe hat sie das Gefühl, nach einer langen Reise endlich nachhause zu kommen.

Ihre Augen füllen sich mit Tränen, aber nicht aus Traurigkeit – es ist wie eine Art Verheißung. Sie kann sich das Gefühl nicht erklären, aber ein tiefer Friede erfüllt sie, als könne ihr jetzt nie wieder etwas Böses geschehen.

Diese Christnacht legt den Grundstein zu Cecis tiefer Verbundenheit mit dem kleinen Dorf im Salzburger Land.

Am Ersten Weihnachtstag ist der Betrieb auf den Skihängen sehr gemäßigt. Die Menschen schlafen lange und frühstücken ausgiebig. Auch die vier Freunde machen hier keine Ausnahme.

Sabine und Reinhard wollen einen langen Schneespaziergang machen und leihen sich dafür den Labrador Benno von Bea und Bärbel aus. Ceci und Rolf besuchen endlich - wie versprochen - Pauls Mutter.

Ceci fühlt sich befangen, als die resolute Frau das Paar pfeilgerade aus klugen grauen Augen mustert. „Na Rolf, du hast dich aber überhaupt nicht verändert." – Ob das ein Kompliment sein soll, fragt sich Ceci, denn eigentlich klingt es nicht unbedingt danach.

„Und das ist also Ceci? Genau so habe ich mir dich vorgestellt." – Hoffentlich ist das wenigstens ein Kompliment, aber auch wenn nicht, mag Ceci diese Frau trotzdem auf Anhieb. Paul hat sehr viel Ähnlichkeit mit seiner Mutter und Ceci meint, auch bei ihr hinter der spröden Fassade den herzlichen, liebenswerten Menschen zu erkennen.

34

Sie bekommen einen Kaffee und dazu einen Obstler zum Aufwärmen, dann müssen sie ausführlich berichten, wie es Margarete und Carl geht. Natürlich will Elli auch alle Einzelheiten der Hochzeit hören. Ceci hat daran gedacht, einige Bilder mitzubringen und Elli freut sich, dass sie so einen Eindruck von der Feier bekommen kann.

„Nur schade, dass Paul nicht da war" meint Ceci „aber er hat uns ein wunderbares Geschenk gemacht." Doch als sie von dem Bild erzählt, wirkt seine Mutter nicht sehr interessiert. „Na, was Praktisches war das ja nicht gerade. Aber Hauptsache, es gefällt euch." Rolf nickt etwas abwesend – aber Ceci ergreift sofort Pauls Partei: „Also ich finde es ein ganz außergewöhnliches Geschenk und eine wunderbare Idee. Das Bild hat auch gleich einen besonderen Platz in unserer Wohnung bekommen."

Ein schräger Blick der grauen Augen trifft sie. „Das habe ich mir gedacht - passt so zu Pauls Erzählungen über dich." Aber bevor Ceci dazu noch mehr wissen will, lenkt Elli ab: „Tut mir leid, ihr Lieben, jetzt muss ich wieder an die Arbeit. Wäre schön, wenn ihr euch noch mal sehen lasst, bevor ihr wieder zurück fahrt." Und ehe sie noch so richtig wissen, wie ihnen geschieht, stehen sie schon wieder vor der Tür.

Rolf wütet los: „So war Elli schon immer. Sprunghaft und nur nach ihrem Kopf. Da nimmt man sich die Zeit, ‚Guten Tag' zu sagen und kommt sich dann vor wie der Depp vom Dienst. Arbeit hin oder her, man kann doch ein Mindestmaß an Höflichkeit verlangen! Die sieht mich so schnell nicht wieder!"

Doch da rebelliert Ceci: „Ich werde gerne wieder hingehen. Sie hat mir gut gefallen und ich glaube, ich mag sie. Sie sagt wohl immer, was sie denkt und so weiß man auf jeden Fall, woran man bei ihr ist. Bestimmt hatte sie einfach nur viel zu tun!"

„Na bitte, dann musst du aber ohne mich gehen." Eingeschnappt bleibt eingeschnappt! Auch gut, denkt Ceci, vielleicht kommen wir zwei Frauen ohne Rolf auch besser aus.

35

Die Urlaubstage vergehen viel zu schnell und schon müssen Ceci und Sabine ihre Skiausrüstung wieder im Sportgeschäft abgeben. „Hat's gut geklappt?" will der Inhaber wissen. Begeisterte Zustimmung der Freundinnen. „Ganz bestimmt kommen wir im nächsten Jahr wieder!" meint Ceci und möchte am liebsten die Ausrüstung schon heute buchen, aber Sabine bremst sie: „Warte doch erst einmal – bis zum nächsten Winter kann noch soviel passieren. Aber ich würde auch sehr gerne wiederkommen."

Am Abend vor der Abreise versucht Ceci noch einmal einen Besuch bei Elli und ist sehr willkommen! Erst – oder schon - nach zwei Stunden bester Unterhaltung verabschieden sich die beiden als richtig gute Freundinnen.

„Du musst unbedingt wiederkommen. Aber den Rolf kannst du auch zuhause lassen." Elli zwinkert „Manche Männer sind richtige Gesprächsverhinderer und Rolf zählt dazu!" Ceci lacht „Du, darauf freue ich mich jetzt schon!" umarmt sie ihre neue Freundin.

Paul hat gestern mit seiner Mutter telefoniert und lässt viele Grüße ausrichten, leider haben sie sich nun doch nicht gesehen. „Vielleicht kommt er euch ja auch bald besuchen!" mutmaßt Elli.

Der Abschied von dem schönen Dorf mit den freundlichen Menschen fällt allen schwer. Nur der Gedanke, dass sie sicher nicht das letzte Mal dort war, tröstet Ceci, als sie in der Kirche noch schnell eine Kerze anzündet. Die Geste stößt bei den anderen zwar nicht unbedingt auf Verständnis, aber daran stört sich Ceci nicht. Das muss einfach sein!

Die Wirtsleute schenken zum Abschied jedem Paar eine kleine Flasche selbst gebrannten Schnaps. Zusammen mit Bea und Bärbelchen winken sie eifrig – Benno bellt vom Balkon - dem Auto hinterher. „Schade, dass Urlaub irgendwann vorbei sein muss!" seufzt Sabine und dreht das Fenster hoch.

*****

36

Ein Wochenendbesuch mit Folgen

„Hallo! Ich wollte mal nach meinem Hochzeitsgeschenk sehen. Würde es passen, wenn ich euch übers nächste Wochenende besuche?"

Die Stimme am Dienstagabend auf dem Anrufbeantworter ist ganz eindeutig Pauls. Ceci würde sie mittlerweile unter vielen erkennen. „Och nööö!" Rolf hat wohl verdrängt, dass sie Paul eingeladen haben. „Der hat mir gerade noch gefehlt. Ich hatte mich so auf ein ruhiges Wochenende gefreut." Missmutig knallt er seine Jacke in die Ecke der Garderobe.

Kopfschüttelnd hebt Ceci das arme Opfer auf und hängt es auf einen Bügel. „So besonders ruhig wird das ohnehin nicht. Am Samstag sind wir mit der ganzen Clique zum Wein verabredet und bei schönem Wetter könnten wir am Sonntag beim Spazierengehen mal richtig auslüften."

Nein, Rolf hat heute keine gute Laune. Irgendwie wird ihm das alles zu stressig. Aber Ceci schmiedet sofort konkrete Pläne: Wie schafft sie es, die Vorbereitungen für Pauls Besuch mit Beruf und Haushalt in den wenigen Tagen unter einen Hut zu bringen? Denn eines ist für sie jedenfalls klar: Paul ist die Mühe Wert.

Ein bisschen erschreckt sie dieser Gedanke – eigentlich kennt sie ihn doch kaum. Aber irgendwie fühlt sie sich ihm einfach verbunden. Doch das mag mit den ausgiebigen Erzählungen von Elli zusammenhängen, tröstet sie sich.

„Sonntag bin ich zum Fußballspielen eingeteilt, für den Spaziergang musst du mich sowieso vergessen." Rolf ist dabei, Ausreden zu finden. Denn wenn schon Bewegung, dann Sport – Spazierengehen ist etwas für alte Leute oder Familien mit Kindern. Rolf braucht eine richtige Herausforderung!

Ceci hört aber gar nicht richtig hin und nimmt das Telefon „Egal! Ich rufe Paul jetzt an und sage zu. Im Zweifelsfall werde ich mit ihm schon alleine klarkommen."

Trotz Rolfs Protest wählt Ceci Pauls neue Wiener Nummer. Es meldet sich aber nur die Samtstimme auf dem Anrufbeantworter. Ceci räuspert sich verlegen: „Hallo Paul – hier Ceci. Wir freuen uns auf dich." Rolf verdreht die Augen und tippt an seine Stirn. „Am Freitag ab 18 Uhr sind wir zuhause. Wenn wir bis morgen nix von dir hören, gehe ich davon aus, dass dir die Zeit passt. Sonst müssten wir uns eben noch mal zusammentelefonieren."

Ceci legt den Hörer auf und wirbelt aufgeregt durch die Wohnung. Jetzt heißt es, die Abende nach Büroschluss gut einteilen, denn schließlich will man sich als Hausfrau von der besten Seite zeigen. Es gilt aufzuräumen, zu putzen, das Gästebett vom Speicher zu holen, alles für ein schönes Essen zu planen und einzukaufen. Nix wird es mit Rolfs Faulenzer-Abend – er wird gleich zum Anpacken kommandiert.

Bis Freitag ist die Wohnung auf Hochglanz poliert, das Gästebett gemütlich hergerichtet und Rolf mit Pauls Besuch erst recht nicht mehr einverstanden. Schließlich hat der Ärmste abends seine heiß geliebte Couch nur wehmütig aus Ferne betrachten dürfen. Immer wieder ist seiner Frau zu diesem Besuch noch etwas eingefallen, das dringend erledigt werden musste.

Endlich rückt der Zeitpunkt von Pauls Anreise näher. Ganz kribbelig ist Ceci. „Soviel Aufwand würde der bestimmt nicht für uns betreiben." brummt Rolf. „Woher willst du das denn wissen? Ich denke, du warst noch nie bei ihm?" Ceci schüttelt nur den Kopf.

Als sie ihren Mann auch noch an das wunderbare Hochzeitsgeschenk erinnert und daran, dass sie Paul die schöne Unterkunft im Winterurlaub zu verdanken haben, bessert sich seine Laune auch nicht gerade und er verzieht sich grummelnd auf die Couch vor den Fernseher.

„Naja, irgendwie bekomme ich das auch wieder hin." denkt Ceci. Schließlich kennt sie ihren Mann: Gutes Essen hat Rolf schon immer versöhnt und heute Abend gibt es als Hauptgericht ein Ragout mit Nudeln – schon immer Rolfs Lieblingsessen, das Fleisch schmurgelt schon lange im Backofen. Dieser Duft lässt Rolf tatsächlich auch schnuppernd zurückkommen und seine Miene hellt sich auf „Pasta-Abend! Na wenigstens ein Lichtblick!"

Und da klingelt es auch schon! Gottergeben schlendert Rolf zur Tür, während Ceci ins Bad flitzt und einen prüfenden Blick in den Spiegel wirft – oje, ziemlich abgehetzt. Schnell noch mal mit der Bürste durchs Blondhaar und ein bisschen Farbe auf die Wangen. Wird schon gehen...

Paul ist da! Mit einem Blumenstrauß und herzlicher Umarmung für die Gastgeberin und gutem Wein sowie männlichem Schulterklopfen für den Hausherrn. – Gut, mit dieser Aufteilung ist auch Rolf einverstanden.

Während die Herren den Wein öffnen und Paul bewundert, wie gut sein Hochzeitsgeschenk an dem ausgesuchten Platz zur Geltung kommt, flattert Ceci zwischen Küche und Essecke wie ein aufgescheuchtes Huhn hin und her und bringt die Vorspeise auf den festlich gedeckten Tisch.

„Hallo, hallo Ceci – immer mit der Ruhe." der liebenswertleichte österreichische Zungenschlag lässt sie amüsiert lächeln. „Du hast doch schließlich zwei fleißige Helfer, nicht wahr, Rolf?" Der nickt ertappt und siehe da – sogar der Hausherr trägt ein Schüsselchen.

Während des Essens müssen sie vom Skiurlaub erzählen. Ganz begeistert schwärmt Ceci vom Dorf, den Menschen, wie gut das Skifahren geklappt hat und natürlich auch, wie gut sie sich mit Pauls Mutter verstanden hat.

Großes Staunen bei Paul! „Da kannst du dir was drauf einbilden. Elli wird nur mit wenigen Menschen warm." Rolf nickt heftig „Als ich dabei war, hat uns auch ziemlich bald wieder

39

rausgeschmissen." Paul lacht „Jawohl, das klingt sehr nach meiner Mutter".

„Aber als ich sie dann noch mal ohne Rolf dort war, haben wir uns lange unterhalten und dabei verabredet, dass ich sie bald wieder besuche und zwar alleine!" Das Letzte hatte Ceci Rolf vorsichtshalber bisher noch nicht erzählt und nun guckt er entsprechend erstaunt. „Wie? Alleine? Was willst du denn alleine dort? " Sie wirft ihm einen raschen Blick zu, den er gleich versteht - ‚Sprechen wir später drüber!' bedeutet der.

Paul lobt ausführlich das gute Essen. „Du hast ein Glück, Rolf. Ich muss immer ins Restaurant, wenn ich mal so verwöhnt werden will." Ceci beugt ihre verräterische Röte tief über den Dessertteller – an solche Komplimente ist sie nicht gewöhnt und schon springt sie wieder auf, um einen Espresso zu kochen.

Nach dem Abendessen tragen sie ihre vollen Bäuche (Zitat Paul) zur Couchecke. Sie lachen und erzählen viel an diesem Abend und als alle dann sehr spät in den Betten liegen, will Rolf doch noch wissen, ob es Cecis Ernst war, ohne ihn nach Österreich zu fahren.

„Aber ja. Das habe ich Elli doch versprochen. Dich interessiert sowieso nicht, was wir Weiber zu bereden haben." Damit ist das Thema erst einmal erledigt. Rolf scheint beruhigt – gleich darauf tönt leises Schnarchen aus seinem Kissen.

Ceci braucht etwas Zeit, bis sie eingeschlafen ist – aus dem kleinen Büro, in dem das Gästebett aufgestellt wurde, rumort es noch und das irritiert sie. Aber schließlich ist auch dort Ruhe eingekehrt und sie kann schlafen.

Am nächsten Vormittag hat Paul eigenes Programm. Er möchte seine Verwandten kurz besuchen und will auch Blumen bei Rolfs Eltern vorbeibringen. „Schleimer!" kommentiert Rolf leise, als er Ceci in der Küche bei den Frühstücksvorbereitungen hilft, aber diese lässt den Spruch nicht gelten. „Er ist eben

40

aufmerksam und höflich." Nach dem Frühstück zieht Paul also los und sie verabreden sich für später in der Stadt.

Rolf ist noch müde und legt sich auf die Couch, eine Mütze Schlaf nachholen. Langsam räumt Ceci den Frühstückstisch ab, irgendwie sind ihre Gedanken in Aufruhr. Sie hat heute früh die eigenartige Feststellung gemacht, dass sie die Gesellschaft von Paul viel zu sehr genießt.

Vielleicht liegt es daran, dass er - höflich und unaufdringlich - immer zur Stelle ist, wenn man Hilfe braucht – ob es sich jetzt auf das Tischdecken und –abräumen bezieht, auf die Vermittlung der Ferienwohnung oder darauf, kleine Geschenke oder Aufmerksamkeiten mitzubringen.

Auch scheint er immer gerade an das zu denken, was ihr in dem entsprechenden Moment durch den Kopf geht. In seiner Begrüssungsumarmung hat sie sich wunderbar geborgen gefühlt und wenn sie seine warmen Augen unter dem braunen Haarschopf so schräg anschauen...

‚Halloooo ...' Sie muss sich selbst ganz energisch zur Ordnung rufen. ‚Was soll denn diese Stimmung? Ich höre mich ja an wie ein verliebter Teenager!'

Ganz schnell ins Wohnzimmer und Rolf von der Couch scheuchen, damit sie auf andere Gedanken kommt. Etwas verblüfft ihn ihr Überfall schon, aber er lässt sich gerne aus der Reserve locken.

Am Abend gehen sie gemeinsam mit Paul in eine der gemütlichen alten Weinkneipen im Nachbarort, wo der Freundeskreis schon versammelt ist. Ein großes Hallo erhebt sich bei ihrer Ankunft; fast alle kennen Paul noch von seinem letzten Besuch im Biergarten. Auch Sabine und Reinhard sind da und bedanken sich bei ihm für die Organisation des Winterurlaubs.

Dann muss Paul von seinem neuen Job in Wien und der dortigen Umgebung erzählen. Das kann er sehr spannend und humorvoll und alle hören aufmerksam zu. Der neue Wein sorgt

41

für gute Stimmung und der bestellte Schmandkuchen schmeckt lecker. Es wird sehr spät, bis sie in die kleine Dachwohnung zurückkommen. Und auch sehr spät, als sie – leicht verkatert – am nächsten Tag wieder aufstehen. Nach einem kräftigen Frühstück verabschiedet sich Rolf von Paul, denn er will zu seinem Fußballspiel und wenn er wieder heimkommt, wird Paul schon auf dem Rückweg nach Wien sein.

Doch als sich die Wohnungstür hinter Rolf schließt, verändert sich die Stimmung eigenartig. Irgendwie sind Paul und Ceci plötzlich sehr angespannt und haben sich nicht mehr viel zusagen. Paul packt seine Reisetasche und Ceci räumt die bereits tadellos aufgeräumte Küche ein zweites Mal auf.

Schließlich steht Paul in der Küchentür „Jetzt muss ich aber los. Ich danke dir für das schöne Wochenende und die Gastfreundschaft." Mit schrägem Kopf schaut er Ceci an. Diesen Blick erkennt sie sofort! „Du schaust mich an wie Elli." prustet sie los. Er lacht auch „Naja, irgendwie sind wir eben doch miteinander verwandt. Aber vielleicht liegt es daran, dass sie und ich das Gleiche von Dir denken."

Jetzt nur nicht in Pauls Augen schauen, Ceci! – „Und was denkt ihr? Oder darf ich das nicht wissen?" fragt sie den Küchenschrank und damit den Augenkontakt mit Paul vermeidend. „Ich beneide Rolf! Die beste Frau hat er mir einfach so weggeheiratet und ich kann nun sehen, wie ich damit klarkomme." Und dann nimmt er sie in den Arm und küsst sie ganz sanft. In allen Poren und Fasern ihres Körpers spürt sie seine leichte Berührung.

Aber bis sie sich richtig überlegen kann, was da eben passiert ist, steht sie alleine in ihrer Küche. Paul hat die Wohnung verlassen. Ihr bleibt nur, ihm aus dem Fenster nachzusehen, wie er zum Auto schlendert und – ohne sich umzudrehen – den Arm zum Abschied hebt.

*****

42

Wo bitte ist der Stephansplatz?

„Stell' dir vor, ich muss geschäftlich nach Wien. Mein Chef besteht darauf, dass ich ihn begleite. Aber abends habe ich frei! Magst du mir Wien zeigen?".

Ceci hat lange Zeit verstreichen lassen seit Pauls Besuch. Doch schließlich hat sie ihren ganzen Mut zusammengenommen und ihn vom Büro aus angerufen. Mit angehaltenem Atem wartet sie auf seine Reaktion.

Im Telefonhörer erst verblüfftes Schweigen und dann zögernde Zustimmung. Seine anerzogene Höflichkeit verbietet ihm wohl eine Absage? In welchem Hotel sie absteigen, kann sie ihm aber leider noch nicht angeben. Wie sollte sie auch? Zuerst muss sie die Reise ja einmal organisieren, von der ihr Chef nicht die geringste Ahnung hat...

Die Ausrede dieser Geschäftsreise lässt sich auch recht plausibel verwenden für den ziemlich uninteressierten Rolf, der nur darüber schimpft, dass sich seine Frau von ihrem Arbeitgeber viel zu sehr ausnutzen lässt. Zum Glück denkt er gar nicht daran, dass sie in Wien evtl. auch Paul treffen könnte.

Ein günstig gelegenes Hotel der mittleren Preisklasse ist über die Wiener Touristeninformation schnell gefunden und das Problem der zur dieser Zeit preiswertesten Anreise löst die Bahn per Nachtzug.

Ceci möchte nicht zu viel Geld ausgeben, denn in der offiziellen Version der Geschäftsreise würden für sie schließlich überhaupt keine Kosten entstehen und sie will das Haushaltsbudget nicht zu sehr strapazieren.

Cecis Entdeckung nach Pauls Abreise war furchtbar und doch wunderschön: Sie hat sich verliebt! Irgendwie hat sie es wohl auch schon vor der Hochzeit an dem Biergarten-Abend gespürt, als sie seinem irritierenden Blick immer wieder ausgewichen ist. Aber da hat sie es nicht wahr haben wollen. Aber

43

nach der Verabschiedung bei seinem Besuch gab es kein Zurück! Ihr Gefühl für ihn ist dermaßen heftig, dass es sie richtig erschreckt! Paul hat natürlich von der ganzen Sache keine Ahnung, aber sie muss für sich unbedingt klarstellen, ob es nur eine Verliebtheit ist als Reaktion auf diesen ungewöhnlichen Menschen oder ob es sie wirklich so richtig ‚erwischt' hat.

Rolf bringt sie zum Bahnhof. „Das ist ja mal wieder typisch. Die Chefs fliegen und das Fußvolk darf die Bahn benutzen!" Ceci wagt dazu keinen Kommentar und steigt mit klopfendem Herzen in den Nachtzug – ein mulmiges Gefühl, eventuell die ganze Nacht mit völlig fremden Menschen in einem Zugabteil zu verbringen.

Wird sie überhaupt schlafen können? Hoffentlich hat sie nicht so viele Mitreisende. Glücklicherweise hatte sie in letzter Minute noch an eine Platzreservierung gedacht, denn der Zug scheint recht voll zu sein. Aber im reservierten Abteil sitzt jedoch nur ein einzelner Herr mittleren Alters und der sieht schon ziemlich müde aus.

Er hilft ihr, die Reisetasche im Gepäcknetz zu verstauen. „Ich hoffe, sie finden mich nicht unhöflich, wenn ich nicht sehr unterhaltsam bin?" lächelt er „Morgen früh habe ich gleich eine Geschäftsbesprechung in Wien und werde versuchen, die Reise zu verschlafen."

Darüber ist Ceci froh, denn sie möchte ihren Gedanken nachhängen und nach Möglichkeit auch ein bisschen ausruhen oder schlafen. Sie wickelt sich fest in ihren Mantel und kuschelt sich in die Fensterecke. Das eintönige Rattern des Zuges lässt ihr Gegenüber rasch einschlafen. Gleichmäßige Atemzüge kommen aus seiner Ecke, von kleinen Schnarchern unterbrochen.

Ceci ist rechtschaffen müde, aber ihre Gedanken fahren Karussell und lassen sie nicht zur Ruhe kommen! Inzwischen hat sie Angst bekommen vor der eigenen Courage! Wie kam sie eigentlich auf die hirnverbrannte Idee, einfach nach Wien zu fahren? Was will sie überhaupt dort? Und was soll Paul nur von ihr denken? Am liebsten würde sie an der nächsten Station aussteigen, aber dann bleibt sie doch sitzen.

Die vorüber fliegende Landschaft ist schon im fahlen Morgenlicht zu erkennen und der graue Horizont trägt einen ersten hellen Streifen. Ceci döst vor sich hin. Aus der gegenüberliegenden Fensterecke kommt herzhaftes Gähnen. Ceci hält die Augen fest geschlossen. Soll ihr Mitfahrer doch denken, sie würde noch schlafen.

Doch der Mitfahrer wird seeehr wach! Er hat wohl gerade realisiert, dass er mit einer jungen, hübschen Frau ganz allein im Abteil ist. Da sollte doch was gehen! Ceci setzt sich mit einem Ruck kerzengerade auf, als sie eine fremde Hand aufdringlich über ihren Oberschenkel gleiten fühlt. „Na komm, Mädchen! Bis Wien ist noch viel Zeit, da können wir uns inzwischen was Gutes tun."

Den Mann scheint überhaupt nicht zu stören, dass Ceci seine Hand mit einem herzhaften Griff von ihrem Schenkel geschleudert hat. Grinsend öffnet er den Reißverschluss seiner Hose. „Schau mal, was ich da für Dich habe..."

Die Debatte ist kurz, aber heftig. Ceci schreit ihm ihre ganze Empörung entgegen, reißt die Tasche aus dem Gepäcknetz und stürmt aus dem Zugabteil. Kein Zugschaffner weit und breit. Wo sind die immer nur, wenn man sie braucht? In den anderen gut besetzten Abteils, an denen sie vorbei kommt, wird offensichtlich noch fest geschlafen.

Die restliche Fahrt bis kurz vor Wien schließt sich Ceci in der Toilette ein und kämpft wenig erfolgreich mit den Tränen. Sie sehnt sich nach einer Schulter zum Ausweinen – egal welcher, nur nicht der im verlassenen Abteil! Ist das etwa schon die Strafe für die Lüge ihrer Wien-Reise?

Bei der Einfahrt in Wien hat sie nur noch einen Wunsch: Schlafen und dann sofort zurückfahren!

Sie wartet, bis kein Reisender mehr an der Toilettentür vorbei kommt. Niemandem aus dem Zug möchte sie begegnen. Mit gesenktem Kopf schleicht sie aus dem Wiener Westbahnhof in den frühen Morgen und registriert erleichtert das anonyme Rauschen des Berufsverkehrs und die empfindlich kühle Morgenluft. Ein ganz normaler Tag!

Sie steuert die aufgereihten Taxen vor dem Bahnhof an und lässt sich auf den Rücksitz des ersten Wagens fallen. Der glücklicherweise schweigsame Fahrer bringt sie zu dem kleinen Hotel in der Innenstadt. Keinen Blick hat sie für die berühmten Straßen und die schönen Häuser.

Die Hotelrezeption ist noch vom Nachtportier besetzt. Der ist selbst müde von seinem Dienst und froh, dass er mit der anreisenden Dame nicht viel Arbeit hat. Ceci füllt das Anmeldeformular aus und erhält ohne weiteren Kommentar den Zimmerschlüssel.

Das bestellte Zimmer ist gemütlich, das ganze Hotel wirkt sehr familiär und einladend. Etwas tröstet sie das über die durchwachte Nacht und die Tränen am Morgen. Ceci schafft es nicht einmal mehr, den Mantel auszuziehen - quer über dem Bett liegend schläft sie sofort fest ein.

Als sie gegen Mittag aufwacht, hat sie sich soweit erholt, dass sie überlegt, zumindest noch diesen Tag zu bleiben und sich die Stadt anzusehen. Wer weiß, ob und wann sie noch einmal nach Wien kommt!

Nach einer ausgiebigen Dusche ruft sie Paul im Büro an. Er hat ihren Anruf schon erwartet. „Fürs Abendessen habe ich uns einen Tisch reserviert." Als Treffpunkt wird der Stephansplatz vereinbart. „Direkt am Domportal, da können wir uns nicht verfehlen." meint Paul.

Stephansplatz? In Ordnung! Ceci lässt sich Zeit, ihre Habseligkeiten aus der Tasche ordentlich im Schrank zu verstauen. Die noch feuchten Haare werden kleidsam am Hinterkopf zusammen genommen und dann bemüht sie sich – allerdings wenig

46

erfolgreich – die Spuren der letzten Nacht zu beseitigen und ihre leicht lädierte Schönheit einigermaßen wiederherzustellen.

„Pfui Spinne! Du siehst aus wie irgendwas, das der Hund ausgespuckt hat!" zieht sie ihrem Spiegelbild eine Grimasse. Noch einen Tupfer Rouge und Schluss!

Energisch wendet Ceci dem Spiegel den Rücken zu und befasst sich mit dem Problem der Kleiderordnung. Einfach, aber wirkungsvoll hat sie sich ihr Erscheinungsbild vorgestellt. Naja, vom ‚Wirkungsvoll' wird sie sich wohl verabschieden müssen... Noch ein letzter Blick in den großen Spiegel am Kleiderschrank. Besser wird es nicht! Zufällig trifft Cecis Blick die kleine Armbanduhr auf der Nachttischplatte. Oje, schon so spät!

Ceci hat keine Ahnung, in welche Richtung sie sich zu diesem vermaledeiten Stephansplatz wenden soll, wo Paul auf sie wartet. Hoffentlich kann ihr der Portier mit einem Stadtplan weiterhelfen. Rasch schlüpft sie in den Mantel – Handtasche unter den Arm und los!

Der Aufzug ist besetzt und macht keine Anstalten, auf verzweifeltes Knopfdrücken zu reagieren. So schnell es die hochhackigen Pumps zulassen, hastet Ceci die Treppe hinunter. Na klar! Vor der Rezeption stehen mehrere Leute an zum Einchecken. Also keine Frage an den netten Mann hinter dem Tresen. Wenn aber auch mal der Wurm drin ist...

Egal! Gleich um die Ecke des Hotels sieht sie Taxen stehen, damit sollte sie wohlbehalten ans Ziel finden. Gesagt, getan! Ins Auto gesetzt und dem Fahrer das Ziel genannt. Aufatmend lehnt sich Ceci zurück, die Taxiuhr läuft. Aber nach einer Minute und wenigen Metern ums Eck hält der Wagen allerdings schon wieder an - genau vor dem erstaunten Paul auf seinem Weg zum wenige Schritte entfernten Stephansdom.

Zusammen mit dem Fahrer amüsiert er sich köstlich darüber, dass jemand für die kurze Strecke von Cecis Hotel zum Ste-

47

phansplatz ein Taxi nimmt. Cecis aufgesetzte und ohnehin ziemlich lädierte Selbstsicherheit will im Boden versinken! Pauls liebevolle Umarmung gibt ihr jedoch wieder etwas davon zurück und sie ruft sich energisch ins Gedächtnis, wozu sie eigentlich nach Wien gefahren ist. „Hauptsache, ihr habt Spaß"" brummt sie.

Der Fahrer entschuldigt sich für das Gelächter. „Gnä' Frau wollten zum Stephansplatz. Da konnte ich doch nicht einfach widersprechen." Da muss nun auch Ceci schmunzeln. „Geschieht mir Recht." Aber Trinkgeld gibt sie trotzdem keines – alles hat seine Grenzen.

Sie hakt sich bei Paul unter und mustert ihn heimlich. Er hat sich kein bisschen verändert und das herrlich glückliche Gefühl seiner Nähe ist auch sofort wieder da. Natürlich schaut er ihr ausgerechnet in diesem Moment auch noch direkt in die Augen.

Ceci bekommt hilflos weiche Knie – oje, hoffentlich merkt er nichts. Aber Paul scheint ganz unbefangen und führt sie am beeindruckenden Portal des Stephansdomes vorbei über den – richtig! – Stephansplatz. Ausführlich erklärt er die Sehenswürdigkeiten.

Der Abend wird wunderbar und das Essen in dem kleinen Lokal auf der Wollzeile ist einfach köstlich. Allmählich schleicht sich in die Unterhaltung der Beiden ein leicht flirtender Unterton, der offensichtlich nicht nur Ceci irritiert. Immer öfter greift Paul beim Erzählen nach ihrer Hand, lässt sie jedoch schnell wieder los, wenn er verlegen bemerkt, was er da tut.

Nach dem Essen schlendern sie Arm in Arm über die Kärntner Straße und Ceci bewundert die Auslagen der teilweise sehr teuren Geschäfte und das quirlige Durcheinander der Menschen. Richtig aufregend ist das Alles. Was werden sie wohl heute noch gemeinsam unternehmen?

„Ich bringe dich jetzt wieder ins Hotel, denn du musst ja morgen früh wieder einen klaren Kopf haben, sonst bekommst du

48

Ärger mit deinem Chef." platzt Paul in ihre Gedanken und holt sie aus den Träumen wieder zurück in die Realität. Mist! Da hat sie ihre eigene Ausrede eingeholt!

Mit einer viel zu kurzen Umarmung verabschiedet er sich von ihr vor dem Hotel. „Möchtest du dir vielleicht ansehen, wie ich hier untergebracht bin?" Ceci klopft das Herz bis zum Hals und sie spürt wieder einmal die verräterische Röte aufsteigen. Sie möchte sich noch nicht von Paul trennen, den Abend in seiner Nähe – in seinen Armen - ausklingen lassen.

Leicht küsst er ihre Wange „Ich kenne das Hotel und weiß, dass du dich wohl fühlen wirst. Gute Nacht, ich freue mich auf morgen." und schon ist er um die Hausecke verschwunden.

Ceci könnte sich ohrfeigen. Warum hat sie sich ihm nur so an den Hals geworfen?! Hat er nicht begriffen, was sie da vorsichtig formuliert hat oder wollte er eventuelle Komplikationen vermeiden?

Wieder einmal lassen die Gedanken Ceci nicht einschlafen. Sie schämt sich für ihre Initiative und ist maßlos enttäuscht über Pauls raschen Abschied. Gleichzeitig ist sie ihm aber auch dankbar, dass er die Situation so charmant gemeistert hat und ihr damit die Chance lässt, dass sich ihre Frage tatsächlich auf die Hotelunterbringung bezogen haben könnte.

Es wird schon wieder dämmerig-hell bis Ceci endlich einschläft. Nein, eine Erholung ist diese Wien-Reise tatsächlich nicht!

Für den nächsten Tag – es ist ein Freitag – hat Ceci Paul erzählt, dass die geschäftlichen Besprechungen, an denen sie ja angeblich teilnehmen muss, schon mittags zu Ende wären und der Chef am Nachmittag mit dem Flugzeug weiterreist. Deshalb hätte sie frühzeitig frei, würde aber erst am nächsten Tag nachhause fahren! Immer dichter wird das Lügengewebe – Ceci hat ein schlechtes Gewissen.

Paul wird seine Arbeit im Büro frühzeitig beenden, damit er Zeit für Ceci hat.

Nach einem späten Frühstück kauft sie sich als erstes einen Stadtplan und erkundet auf eigene Faust die Wiener Innenstadt. Wunderschön ist es hier! Irgendwann sollte sie sich doch diese Stadt einmal ansehen ohne die innere Spannung, die sie jetzt leider nicht loswird. Ob sie Rolf einmal zu einer Wien-Reise überreden sollte? Oh nein – jetzt bloß nicht an Rolf denken!

Nachmittags macht sie mit Paul eine Fahrt in die Wiener Umgebung. Man merkt deutlich, wie wohl er sich hier fühlt und wie sehr er sich bemüht, dies auch Ceci nahe zu bringen. Doch diese Mühe ist leider vergeblich, denn in Ceci fahren die Gefühle Achterbahn.

Die Entdeckung, die sie gemacht hat, als Paul sie heute Mittag im Hotel abholte, lässt sie immer unsicherer werden und lenkt sie eindeutig ab von der Schönheit der Umgebung und der Stadt: Ihre Verliebtheit wandelt sich immer mehr in eine tiefe Liebe zu Paul! Was hat sie da nur angestellt?!

Zum Abendessen hat Paul wieder einen Tisch bestellt. In dem kleinen, romantischen Lokal mit Blick über die Lichter der Stadt wartet auf Ceci ein Strauß wunderschöner lachsroter Rosen. Die Bedienung strahlt Ceci an „Da muss sie aber jemand sehr lieb haben!". Ceci senkt den Kopf tief über die Karte und Paul räuspert sich verlegen – dieses Mal ist auch sein Gesicht von einer leichten Röte überzogen.

Nach dem Essen bringen sie erst einmal die Blumen ins Hotel. Heute ist es Paul, der fragt, ob er mit hinaufkommen solle. Ceci verneint geradezu panisch. „Ich bin gleich wieder da!" Bloß keine Komplikationen! Vielleicht interpretiert sie viel zu viel in diese Frage hinein und blamiert sich bis auf die Knochen, wenn sie mit ihm allein im Zimmer ist!

50

Nachdenklich schaut Paul der schmalen Gestalt hinterher, die es viel zu eilig hat, auf den Lift zu warten und rasch die Treppe hinauf springt.

Die Rosen legt Ceci in das mit Wasser gefüllte Waschbecken und ist schon wieder auf dem Weg zu Paul. Wie schön es ist, von der großen Hoteltreppe direkt in seine Arme zu laufen!

Dann ziehen sie gemeinsam durch das Wiener Nachtleben. Überall ist Paul bekannt und kennt er sich aus. Und immer scheint er genau zu wissen, was Ceci gefallen könnte. Der leichte Schwips, den sie bald hat, lässt ihr das Leben unkompliziert und leicht erscheinen und die beiden flirten jetzt ganz offen miteinander. Keine Sekunde verlieren sie sich aus dem Arm und halten sich liebevoll an den Händen auf ihrem Weg durch die Wiener Nacht.

Früh am nächsten Morgen wartet Paul vor dem Hotel, bis Ceci ihre Tasche zusammen gepackt hat und fährt mit ihr zum Wiener Westbahnhof. Der Abschied ist kurz, der Zug wartet schon. Ceci kann den Blick nicht aus Pauls Augen lösen, auch er ist sehr still und hält sie fest umarmt. Auf seinen leidenschaftlichen Abschiedskuss reagiert Cecis Körper ohne Umschweife. Fest schmiegt sie sich an ihn und erwidert den Kuss. Abrupt schiebt Paul sie zurück - sein Atem geht schwer.

Ceci ist völlig verwirrt; alle Gefühle sind in heilloser Aufruhr. Pauls dunkle Samtaugen sprühen Blitze! Dann beugt er sich wieder zu ihr – aber dieses Mal ist sein Kuss sanft und nachdenklich.

‚Wenn er jetzt zu mir sagt, ich soll bei ihm bleiben, steige ich niemals in diesen Zug.' ist Cecis einziger Gedanke, aber da schiebt Paul sie energisch in den Wagen und eilt mit großen Schritten über den Bahnsteig davon, ohne sich noch einmal umzusehen. Man könnte denken, er sei auf der Flucht.

Ceci bleibt nicht viel Zeit, zu entscheiden, ob sie ihm nacheilen soll. Ein schriller Pfiff und der Zug setzt sich in Bewegung. Hart fällt die Waggontür hinter ihr ins Schloss und sie ist auf dem

51

Heimweg. Seufzend packt sie den Henkel ihrer Reisetasche fester und sucht den reservierten Platz.

Ein älteres Ehepaar sitzt Zeitung lesend am Fenster und erwidert freundlich ihren Gruß. Ceci verstaut die Reisetasche und rückt sich auf einem der Gangplätze zurecht. Das Ehepaar lächelt sich von Zeit zu Zeit über den Rand der Zeitungen zu.

Ceci genießt die friedliche Stille und beobachtet die am Fenster vorüber fliegende Landschaft. Aus ihrer Umhängetasche steigt intensiver Rosenduft. Sie musste die herrlichen Blumen leider köpfen, denn sie kann schlecht mit einem Rosenstrauß von einer Geschäftsreise zu Rolf nachhause kommen. Da würde er dann doch stutzig!

Die Knospen hat sie vorsichtig in eine Tüte aus dem Hotelzimmer gegeben und sich geschworen, die kleinen lachsroten Bällchen ganz sentimental aufzuheben und zu trocknen, damit sie immer daran erinnern, welche Dummheit sie gemacht hat oder vielleicht sogar doch noch machen wird?

Die Heimfahrt geht für Cecis Begriff viel zu schnell. Wie nur soll sie Rolf gegenübertreten? Bis zur Ankunft des Zuges muss sie dringend versuchen, ihre Fassung wiederzugewinnen, sonst kann sie ihm genau so gut auch gleich sagen, warum sie nach Wien gefahren ist.

Aber was hätte sie ihm denn eigentlich genau zu erzählen? Sie hat mit Paul zwei wunderschöne Abende verbracht, an denen außer Begrüßungsküsschen und liebevollen Umarmungen nichts wirklich passiert ist.

Die Erinnerung an den intensiven Abschied treibt ihr zwar die Röte auf die Wangen und lässt immer noch ihren Körper wohlig schaudern, aber was, wenn Paul sich gar nichts dabei gedacht hat?

Die aufgewühlten Gefühle und Gedanken haben sich ausschließlich in IHREM Kopf und in IHREM Herzen abgespielt. Muss sie denn ihren Ehemann damit wirklich belasten?

Mit Paul hat sie gestern Abend noch verabredet, dass sie sich ganz altmodisch Briefe schreiben werden. Beide haben die zwischen ihnen herrschende Harmonie sehr genossen. Ceci hat sich mehrmals nur in letzter Sekunde auf die Zunge gebissen, damit nicht aus ihr heraussprudelt, was sie für ihn empfindet und sie damit die harmonische Stimmung zerstört.

Vielleicht wird die Zeit zeigen, ob entgegen aller Vernunft aus diesen Anfängen etwas werden kann, darüber will sie jetzt nicht nachdenken.

Jetzt muss sie erst einmal Rolfs liebevolle Begrüßung ertragen, die einerseits ihr schlechtes Gewissen ihm gegenüber schürt und ihr andererseits schmerzlich klar macht, wie sehr sie Paul vermisst.

*****

Elli

Ceci hat Hummeln im Hintern!
Sie ist fahrig und launisch – ihre Umgebung wundert sich sehr.
Wo sind nur ihre sonst so sprichwörtliche Geduld und die
gelassene Ruhe geblieben?

Sie kann nicht anders – immer wieder muss sie darüber nachdenken, ob und wie es wohl zwischen Paul und ihr weitergehen wird. Ihre innere Unruhe treibt sie schließlich zu Elli. Mit
irgendwem muss sie über diesen Mann reden, sonst platzt ihr
der berühmte Geduldsfaden! Was liegt da näher, als Pauls
Mutter zu besuchen?

Ihr Puls rast, als sie sich endlich zum Telefonieren durchringt:
„Hallo Elli! Hier ist Ceci. Hast du im Moment viel zu tun? Bei
uns ist es gerade sehr ruhig und ich habe mir überlegt, ob es
dir wohl Recht wäre, wenn ich dich übers Wochenende besuche?"

In einer Hand den Telefonhörer, drückt sie sich selbst mit der
anderen Hand den Daumen. Bitte, bitte keine Absage. Rolf
sitzt total beleidigt auf der Couch. Wie kann ihm seine Frau
das nur antun? Einfach so allein übers Wochenende wegfahren! Es gab eine heftige Diskussion darüber, aber das war Ceci
völlig gleichgültig. Sie muss hier raus!!!

Elli freut sich; bei ihr ist auch nicht viel los und sie hätte Zeit
für Ceci. „Weißt du was? Wir machen es uns richtig gemütlich
und plaudern ausgiebig. Ich wünsche dir eine gute Fahrt. Pass'
auf dich auf und fahr vorsichtig!" Also lenkt Ceci am übernächsten Tag ihr kleines Auto Richtung Österreich.

Rolf hat sich immer noch nicht beruhigt und sich auch wortreich bei seiner Schwiegermutter beschwert. Die sonst so
verständnisvolle und tolerante Marianne macht ihrer Tochter
heftige Vorwürfe. „Wie kannst du nur deinen armen Mann so
behandeln? Das gehört sich doch nicht in einer jungen Ehe!"
Einen Vorteil hat die leichte Missstimmung zwischen Mutter

und Tochter: Ceci braucht sich keine Gedanken um Rolf zu machen, ihre Mutter wird sich bestimmt aufopfernd um den ‚armen Jungen' kümmern...

Das Wetter ist herrlich und die Fahrt verläuft ruhig. Als die deutsch-österreichische Grenze hinter ihr liegt, hat Ceci das eigenartige Gefühl, freier atmen zu können. Irgendwie wird sie den Eindruck nicht los, in einem früheren Leben einmal hier irgendwo gelebt zu haben!

Als gar der Kirchturm von Almenthal ins Blickfeld kommt, hat Ceci Tränen in den Augen. Noch bevor sie zu Elli fährt, geht sie in den ruhigen Altarraum der Dorfkirche. Sie fühlt sich zuhause! Nun weiß sie, dass es richtig war, hierher zu fahren.

Auf dem niedrigen Couchtisch im Wohnzimmer hat Elli schon einen Imbiss vorbereitet, aber zuerst führt sie Ceci durch die kleine Wohnung, zeigt ihr den atemberaubenden Blick vom Balkon, der sich unter das tief herabgezogene Dach duckt und schließlich das Zimmer, in dem sie übernachten wird. „Ich hoffe, es macht dir nichts aus, in Pauls Bett zu schlafen. Ein Extra-Gästezimmer habe ich leider nicht." Ob es ihr etwas ausmacht? Ceci liebt sie dafür!

Dann sitzen sie zusammen bei belegten Broten und einem guten Wein und Ceci muss erzählen. Wie es ihrem Ehemann geht, was es Neues gibt bei den Schwiegereltern, ob sie wohl im nächsten Winter wieder zum Skifahren nach Almenthal kommen und vieles mehr.

Endlich kann Ceci auch berichten, dass sie vor einigen Wochen Paul in Wien getroffen hat. „Sieh mal an! Das hat mir der Geheimniskrämer gar nicht erzählt. Na, ihr habt euch sicher gut verstanden, darauf wette ich." Ceci staunt und Elli lacht.

„Weißt Du, mein Sohn und ich sind beileibe nicht immer einer Meinung – man könnte sogar sagen, wir streiten ziemlich viel – aber wir haben den gleichen Geschmack und so wie dich habe ich mir immer meine Schwiegertochter vorgestellt. Vielleicht kommen wir beide deshalb so gut miteinander aus. Aber dazu brauche ich mir in nächster Zeit keine Hoffnung zu machen. Paul hat sich so richtig in seine Arbeit vergraben."

Cecis verräterisch-hörbares Durchatmen lässt Elli schmale Augen bekommen, aber sie geht einfach darüber hinweg und erzählt voller Stolz von Pauls Auftritten und seinen Reisen mit dem Chor in die ganze Welt. Ceci saugt Ellis Erzählungen auf wie ein Schwamm. Genau deswegen ist sie hierher gefahren – sie will mehr über Paul wissen. Wie herrlich, mit einem Menschen ohne Scheu über ihn reden zu dürfen!

Aber die ungewohnte lange Fahrt und der schwere Wein lassen sie für ihr Gefühl viel zu früh gähnen – stundenlang hätte sie so über und von Paul hören können, aber Elli besteht darauf, dass sie jetzt schlafen gehen.

Und dann liegt Ceci in Pauls Bett, umarmt sein Kissen und küsst es, als wäre sie wieder ein Teenager. Lachend und kopfschüttelnd über sich selbst schläft sie ein, den Kopf fest ins Polster geschmiegt.

Als sie spät am nächsten Morgen aufwacht, ist sie allein in der Wohnung. Auf dem Wohnzimmertisch findet sie einen Zettel mit Ellis energischer Handschrift: „Du hast so fest geschlafen, dass Du heute Nacht die Klingel nicht gehört hast. Wir haben einen Notfallpatienten bekommen, um den ich mich jetzt kümmern muss. Nun werde ich heute doch keine Zeit für dich haben. Es tut mir sehr Leid! – Dein Frühstück steht auf dem Tablett in der Küche. Bitte bediene dich und mach' dir einen schönen Tag. Gegen Abend bin ich wieder hier."

Cecis Entscheidung ist schnell getroffen: Sie wird nach Salzburg fahren! Schließlich ist die Fahrt nicht weit und sie will die Stadt unbedingt einmal kennen lernen, von der ihr Paul soviel erzählt hat.

Schnell frühstückt sie und macht sich im Bad fertig. Damit Elli weiß, wo sich ihr Besuch herumtreibt, hinterlässt auch sie ihr einen Zettel auf dem Wohnzimmertisch. „Bin nach Salzburg gefahren. Muss doch mal nachgucken, ob die Stadt wirklich so schön ist, wie alle behaupten."

In engen Kurven windet sich die alte Landstraße um steile Felsen und entlang der Saalach. Ceci genießt die Fahrt durch den Sonnenschein. Ganz erstaunt ist sie, wie rasch sie Salzburg erreicht. Eigentlich hatte sie sich die Strecke viel länger vorgestellt. Mit traumwandlerischer Sicherheit findet sich Ceci mit dem Auto auf den Salzburger Straßen zurecht und parkt in einer Garage, deren Ausgang sie direkt zur Getreidegasse führt. Ihre Überzeugung, in diesem Teil der Welt schon einmal gelebt zu haben, festigt sich.

Sie schlendert durch die Gassen und Durchhäuser der Altstadt, über den bunten Markt mit seinem reichhaltigen Angebot, bewundert die Auslagen der exklusiven Geschäfte in der Getreidegasse, schaut in altehrwürdige, imposante Kirchen, schließt sich kurzzeitig einer Stadtführung an und ruht zwischendurch ihre Füße in den gepflegten Anlagen des Mirabellgartens aus.

Vor dem Café Mozart sitzt sie lange bei Kaffee und Kuchen und schaut dem Treiben auf dem großen Platz zu. Sie wird gar nicht müde, zu staunen, wie schön es hier ist.

Auf dem Rückweg zur Parkgarage kauft sie in einem kleinen Juwelierladen ein silbernes Armband, das sie immer an diesen wunderbaren Tag erinnern soll. Für Elli besorgt sie einen großen bunten Blumenstrauß, den sie ihr als Dankeschön für die Gastfreundschaft mitbringen wird.

Ganz gerührt ist Elli über die Blumen. Dann will sie haarklein wissen, wo genau Ceci überall in Salzburg war, denn auch sie liebt diese Stadt. „Das nächste Mal fahre ich ganz bestimmt mit, dann zeige ich dir noch mehr davon." freut sie sich über Cecis Begeisterung.

Eigentlich hatten die Beiden verabredet, heute Abend ins Restaurant zu gehen, aber Elli redet sich mit dem neuen Patienten heraus, nach dem sie regelmäßig schauen muss und der ständige Pflege braucht. „Lass' uns hier essen. Ich hab schon in der Tiefkühltruhe gewühlt und werde uns einen Zwiebelrostbraten machen. Magst du so was?" – „Nur wenn ich dir helfen darf." lacht Ceci. Darauf lässt sich Elli gerne ein und so werkeln die beiden Frauen gemeinsam in der winzigen Küche.

„Weißt du was? Kochen kann man auch nicht mit jedem!" überlegt Ceci und Elli stimmt zu. „Ich bin da ziemlich schwierig. Das macht das Alter! Man bewegt sich immer nur in eingefahrenen Gleisen und ist Neuerungen nicht zugänglich. Aber mit dir könnt ich mir glatt vorstellen, öfter mal zu kochen. Das klappt wunderbar." Darauf stoßen sie mit einem Sherry als Aperitif an.

Sie essen an dem kleinen Tisch vor dem Fenster zum Balkon. Ceci ist begeistert - von ihrem Platz hat sie einen herrlichen Ausblick auf die sich langsam in die Dämmerung zurückziehenden Berge – so lässt sich's leben!

Aber was ist eigentlich mit Elli los? Immer wieder schaut sie Ceci so wissend von der Seite an mit einem Extra-Lächeln. Dann wieder späht sie auf die Uhr in der Wohnzimmer-Schrankwand. Ceci stellt die Teller zusammen: „Sag mal, wartest du auf was Bestimmtes oder hättest du doch noch etwas anderes vorgehabt und ich bin dir im Weg?" Ellis Unruhe steckt allmählich an.

„Nein, nein." wehrt diese ab „Alles ist in Ordnung und ich freu mich, dass du da bist. Außerdem ist es richtig schön, mal nicht alleine beim Abendessen zu sitzen." Aber irgendwie wirkt sie doch enttäuscht. Gemeinsam räumen sie den Tisch ab und Elli bereitet einen Mokka als Nachtisch.

„Weißt Du," sagt sie, als sie sich satt und zufrieden mit ihren Kaffeetassen in den tiefen Sesseln am Couchtisch niederlassen. „Du musst unbedingt wiederkommen, wenn ich mehr Zeit für dich habe. Es ist so schön, sich mit dir zu unterhalten. Sonst habe ich eher wenig Ansprache. Die Patienten sind immer froh, wenn sie wieder gesund nachhause dürfen und meine Arbeit lässt mir kaum Zeit für Freunde. Paul kommt leider auch recht selten vorbei.

Eigentlich war ich ihm nie eine gute Mutter" seufzt Elli tief auf „und habe ihm keine glückliche Kindheit gegeben. Das rächt sich jetzt. Ich hätte mir viel mehr Zeit für ihn nehmen sollen, mich mehr um seine kleinen und großen Sorgen kümmern, aber ich musste doch immer sehen, dass für uns Beide genug Geld da war und seine Ausbildung sichern."

Ceci widerspricht vehement. „Ich kann mir nicht vorstellen, dass du keine gute Mutter sein sollst. Ich finde, mit dir kann man Pferde stehlen und auf jeden Fall über alles reden! Und Paul weiß schließlich genau, dass du immer arbeiten musstest."

„Ja, heute mit dir kann ich reden. Aber bei Paul habe ich sehr Vieles versäumt. Und nun führt er sein eigenes Leben und lässt mich nur wenig teilhaben." Jetzt muss Ceci die ältere Freundin doch tatsächlich trösten. Die resolute Frau hat Tränen in den Augen und es ist ihr bitter ernst.

„Weißt du was?" Ceci hält sie fest umarmt „Ich komme so bald wie möglich wieder. Dann machen wir wirklich ein richtiges Weiber-Wochenende und wehe dem Patienten, der uns zu stören wagt!" Da muss Elli unter Tränen wieder lachen: „Lass mal! Du hast auch Besseres zu tun, als bei einer alten Frau zu sitzen."

Dann wird es doch noch ein sehr gemütlicher Abend – die beiden Frauen haben sich viel zu erzählen und gehen erst spät zu Bett. Elli hat einen besonders guten Rotwein geöffnet, der für die nötige Bettschwere sorgt - Pauls Kopfkissen ist für Ceci in dieser Nacht wirklich nur zum Ausruhen da!

„Bittesärrrrr! Kaffee für die Dame! Kipferl gibt's aber nicht in meinem Bett, das bröselt!" Erschrocken fährt Ceci aus dem Tiefschlaf hoch. Hat sie doch eben tatsächlich geträumt, Paul hätte sie geweckt! Kräftig wuschelt sie ihr Haar und reibt sich erfolglos den Schlaf aus den Augen. Betörender Kaffeeduft

59

steigt ihr in die Nase und sie blinzelt verschlafen. Da steht Paul mit einer großen Tasse vor ihrem Bett, das ja eigentlich seines ist. - Wie? Was? Wieso Paul?

Um die Ecke schaut spitzbübisch eine belustigte Elli. „Hatte ich dir gestern etwa nicht erzählt, dass Paul kurz reinschauen wollte?" Der Schalk winkt aus jeder Lachfalte. Deshalb also der dauernde Blick auf die Uhr! „Mir hat sie auch nicht gesagt, dass du hier bist, sonst wäre ich auf jeden Fall schon gestern Abend gekommen und über Nacht geblieben" meint Paul. „Dein Bett war sowieso besetzt!" kontert Elli und verschwindet zu ihrem Patienten.

„Komm, wir frühstücken zusammen." Schon ist Paul wieder aus dem Zimmer und Ceci steht mit Wackelknien auf. Im Schnelldurchgang ist sie im Bad fertig und angezogen. Paul! Oh Gott, bringt dieser Mensch sie durcheinander.

Dann sitzen sie im Sonnenschein vor dem Fenster und Ceci muss erzählen, wieso sie hier ist und was sie gestern in Salzburg alles erlebt hat. „Was sagt denn Rolf dazu, dass du ihn alleine gelassen hast?" will Paul wissen. Fast hätte Ceci ihm gesagt, dass sie das gerade überhaupt nicht interessiert, aber in letzter Sekunde kann sie noch einen Rest Vernunft aus ihren Gehirnwindungen zu Hilfe holen.

„Ach was, er weiß doch, wo ich bin und dass ich das Wochenende mit Elli verbringe." - „Wundert mich sowieso. Das gab's noch nie." Aber Paul scheint sich ehrlich darüber zu freuen.

„Schade, dass ich so wenig Zeit habe. Spätestens um zwei Uhr muss ich weiter. Nach Wien ist es mit dem Auto noch eine lange Strecke und ich habe morgen in aller Frühe einen dringenden Termin. Das nächste Mal müssen wir uns unbedingt absprechen, damit wir auch etwas zusammen unternehmen können." Das verspricht Ceci nur zu gerne! Er denkt an ein nächstes Mal.... „Ich werde bestimmt bald wiederkommen. Hier fühle ich mich richtig zuhause."

Der Kaffee in den großen Bechern wird kalt, das von Elli liebevoll bereitete Frühstück kaum angerührt. Ceci und Paul sitzen zusammen, reden über Wien und Salzburg und wie gut Ceci die beiden Städte gefallen haben. Manchmal halten sie sich an den Händen und lächeln einander liebevoll zu.

Ceci hat jeden Begriff von Raum und Zeit verloren. Sie genießt das Zusammensein mit Paul. Aber im Handumdrehen ist es zwei Uhr vorbei. Paul schaut erschrocken auf seine Armbanduhr: „Ach du lieber Gott! Ich muss ja weg! Wann willst du denn zurück fahren?"

‚Gar nicht!' hätte Ceci am liebsten gesagt, aber es hilft nix - sie muss allmählich ihre Tasche für die Heimfahrt packen „Demnächst!" bemüht sie sich um einen leichten Ton. „Ist nicht so eilig."

„Wo treibt sich eigentlich meine Mutter rum? Seit Stunden hat sie sich nicht blicken lassen." fällt Paul auf. Sie machen sich auf die Suche; in der Wohnung ist sie nirgends zu finden, aber als sie die Treppe hinuntergehen, kommt sie aus einem der Zimmer.

„Na, ihr Plaudertaschen. Habt ihr auch mal wieder Interesse für die Umwelt? Ich war einige Male oben, aber ihr habt euch nicht stören lassen." Ceci spürt wieder einmal die verräterische Röte in die Wangen steigen - Elli schmunzelt amüsiert. Ihr Sohn umarmt sie „Tut mir Leid, Mama. Nächstes Mal sind wir geselliger. Versprochen!" Ceci registriert Ellis erstaunten Blick zu diesen Zukunftsplänen.

Gemeinsam verabschieden die beiden Frauen Paul und winken seinem Auto hinterher. Hupend fährt er vom Hof. Als sie die Treppen nach oben steigen, meldet sich vorwurfsvoll Cecis schlechtes Gewissen. Insgesamt hat sie wirklich nicht viel Zeit mit Elli verbracht.

Die Reisetasche ist rasch gepackt. Ceci schaut sich in dem schmalen Zimmer mit dem winzigen Fenster um und streichelt noch mal liebevoll über die Möbel. Es fällt ihr richtig schwer, Pauls kleines Reich zu verlassen.

Elli begleitet sie ans Auto und legt ein kleines Päckchen auf den Beifahrersitz „Für unterwegs!" beantwortet sie Cecis fragenden Blick. Dankbar umarmt Ceci die liebgewordene Freundin. „Ich mach mir solche Vorwürfe! Ich hätte nicht nach Salzburg fahren sollen, dann hätten wir doch mehr Zeit füreinander gehabt." Ein unergründliches Lächeln und ein liebevoller Blick der grauen Augen antwortet ihr. „Glaub mir, ich habe viel von diesem Wochenende gehabt und deine Gesellschaft genossen. Ich wünsche mir sehr, dass du bald wiederkommst."

Zu ihrer eigenen Verblüffung kämpft Ceci mit den Tränen. „Nana, wird ja wieder gut!" Elli umarmt sie kurz und heftig. „Jetzt aber los. Fahr' vorsichtig und melde dich, wenn Du zuhause bist." Energisch dreht sie sich um und stapft zur Tür. „Ach ja, schöne Grüße auch an Rolf und seine Eltern." ruft sie über die Schulter und schon ist sie im Haus verschwunden.

Ceci bleibt gar nichts anderes übrig, als ins Auto zu steigen und nach Deutschland zurückzufahren. Es ist erschreckend, wie wenig sie dort hinzieht.

„Ich muss unbedingt mit Angelika reden. Ich brauche dringend einen guten Rat und einen klaren Kopf." nimmt sie sich vor und gibt Gas.

*****

62

Ratlos

Was sich Ceci vornimmt, versucht sie auch stets durchzuführen. Angelika ist einem Schwätzchen nicht abgeneigt und so treffen sich die Freundinnen gleich am nächsten Tag nach Büroschluss in der gemütlichen Sofaecke des Stammcafés. Hier sind sie vor neugierigen Blicken abgeschirmt und können ungestört reden.

„Nun aber raus mit der Sprache! Was hast du denn so Geheimnisvolles auf dem Herzen?" Angelika rückt sich voll Vorfreude den Teller mit der von ihr so geliebten Schokosahne-Torte zurecht. Ceci hat nur Kaffee bestellt – die bevorstehende Beichte hat ihr die Lust auf Schleckereien verleidet.

„Ich habe mich verliebt!" – So, nun ist es raus! Kurz und bündig! Ceci greift Halt suchend nach dem Zigarettenetui. Die Gabel mit dem ersten Bissen Schokosahne bleibt erschrocken in der Luft hängen: „Du hast waaaaaaaaas????" - Angelika ist fassungslos!

Ceci holt tief Luft: „Verliebt! - Nein, das trifft es nicht so ganz!" fällt sie sich selbst ins Wort. „Ich glaube, ich habe mit Paul endlich meine große Liebe gefunden!" Nun hat auch Angelika keine Lust mehr auf Torte! „Also das musst du mir jetzt erklären." Sie angelt nach den Zigaretten - erst in letzter Sekunde fällt ihr ein, dass sie das Rauchen schon lange aufgegeben hat. Ungeduldig schiebt sie das Etui zur Seite!

Ceci ist so erleichtert, dass sie sich endlich einmal jemandem anvertrauen kann. Die ganze Geschichte mit Paul sprudelt nur so aus ihr heraus. Auch dass sie seinetwegen in Wien und Almenthal war, erzählt sie ihrer besten Freundin.

Angelikas Entsetzen wächst mit jedem Satz. Mit tellergroßen Augen schaut sie ihre Freundin an und kann gar nicht glauben, was sie da hört. Ceci – für den Freundeskreis der Ausbund an Verantwortungsbewusstsein, Gradlinigkeit und Zuverlässikeit!

63

Und nun das! Für Angelika kommt quasi ein Weltbild zum Einsturz.

„Was soll ich nur tun?" Aufseufzend schließt Ceci ihre Beichte. „Du bist der einzige Mensch, mit dem ich darüber reden kann."

Die Freundin spießt nun endlich doch ein großes Stück Schokosahne auf die Kuchengabel – Nervennahrung! - und ringt um Worte. „Na hör mal, du und Rolf seid doch erst seit kurzem verheiratet und nun so was! Wie konnte das denn nur passieren?"

Ceci senkt den Kopf - wenn sie das nur selbst wüsste! Ihr kommen die Tränen – kreuzunglücklich ist sie über die ganze Situation. „Ach weißt du, eigentlich war da schon vom ersten Blick an irgendwas zwischen Paul und mir. Aber ich hätte mir im Traum nicht vorgestellt, dass so viel daraus werden könnte. Glaube mir, dann wäre ich doch heute nicht verheiratet. Rolf hat das nicht verdient! Aber mir ist einfach alles über den Kopf gewachsen."

Angelika nimmt sie tröstend in den Arm. „Und was sagt dieser Mensch Paul dazu?" - „Keine Ahnung. Ich habe versucht, es ihn nicht merken zu lassen. Was sollte er denn von mir denken?" Ceci misslingt ein schiefes Lächeln. „Außerdem ist er mit meiner frisch angeheirateten Familie befreundet. Soll ich ihm einfach sagen – ‚Hallo du! Übrigens: Ich liebe dich!'?"

Angelika schüttelt ratlos den Kopf. „Und wie soll es jetzt weitergehen?" will sie wissen. Aber dazu hat Ceci auch keinen Plan. „Seit der Wien-Reise bekomme ich alle paar Tage wunderschöne Briefe!"

Angelika ist entsetzt: „Ihr schreibt euch Liebesbriefe?" - „Nein, so würde ich es nicht nennen." versichert Ceci. „Aber es schleicht sich allmählich etwas Ähnliches ein." Ihr versonnenes Lächeln verrät mehr, als sie ahnt.

Angelika lässt fast die Kaffeetasse fallen. „Ja spinnt ihr denn? Das muss sofort aufhören! Wie erklärt sich Rolf eigentlich euren eifrigen Briefwechsel?" Ceci wird immer kleinlauter: „Davon weiß er nix. Paul schreibt mir ins Büro."

Angelika schiebt den leeren Kuchenteller zurück und holt tief Luft. „Und jetzt willst du also meine Meinung dazu hören?" Ceci nickt, schon wieder den Tränen nah. Die Freundin bemerkt sehr wohl, wie durcheinander Ceci ist und auch ihr schlechtes Gewissen, also versucht sie, beruhigend einzulenken:

„Alles in allem kannst du Rolf diese Situation wirklich nicht antun. Nach meiner Meinung hast du nur zwei Möglichkeiten. Entweder du schreibst sofort an Paul und ziehst dich von ihm zurück oder du sagst ihm, dass du ihn liebst und ziehst Rolf gegenüber die Konsequenz."

Soweit war Ceci in Gedanken auch schon gekommen: „Weißt du, ich glaube nicht, dass Paul ähnlich für mich empfindet. Ein bisschen verliebt ist er vielleicht, aber sonst ist er einfach nur nett und kameradschaftlich. Eine Art ganz besonderer Freund! Bestimmt reime ich mir zu viel zusammen, eben weil ich es mir anders wünsche. Paul ist wirklich ein wunderbarer Mensch, aber er führt sein ganz eigenes Leben. Darin ist für mich sicher kein Platz."

Angelika hört den fragenden Unterton und Cecis unausgesprochenen Wunsch auf Widerspruch, aber sie geht darüber hinweg. Unter dem Tisch ballt sie die Hände zu Fäusten: Wenn sie diesen Paul nur zu fassen bekäme! Dem würde sie gehörig die Leviten lesen! Schließlich weiß er doch, dass Ceci verheiratet ist – hat doch selbst ein Geschenk zur Hochzeit geschickt! Wie kann er die Freundin nur so verunsichern?! In Cecis Wesen kann doch jeder Mensch lesen wie in einem offenen Buch – das muss doch auch dieser vermaledeite Paul erkennen und sehen, was er da anrichtet!!!

Ceci rührt in ihrem inzwischen kalt gewordenen Kaffee herum. „Du hast wohl Recht! Ich werde ihm schreiben, dass ich Rolf

65

gegenüber ein schlechtes Gewissen habe und ihn künftig nur noch zusammen mit meinem Mann treffen und sehen möchte. Und dieser heimliche Briefwechsel muss in jedem Fall aufhören!"

Angelika zerreißt es fast das Herz, ihre beste Freundin so unglücklich und resigniert zu sehen, aber sie ist davon überzeugt, mit dieser Unterstützung das Beste für sie zu tun.

Am nächsten Tag sitzt Ceci vor dem angefangenen Brief an Paul und weiß nicht, wie sie das alles zu Papier bringen soll. Einen Entwurf nach dem anderen zerreißt sie und ruft schließlich verzweifelt Angelika an. „Ich kann das nicht schreiben und ich will es auch nicht. Und eigentlich möchte ich Paul überhaupt nicht verlieren."

„Man kann nur etwas verlieren, was man auch besitzt." antwortet Angelika ganz souverän. Kunststück! Sie geht ganz in ihrer auch erst vor wenigen Monaten geschlossenen Ehe auf. Horst und sie wünschen sich ganz viele Kinder, dann wäre ihr Glück perfekt.

Aber sie hat Recht, das muss Ceci schweren Herzens zugeben. Paul hat ihr niemals irgendwelche Hoffnungen gemacht, er ist eben nur ein lieber Freund, in dessen Nettigkeiten sie zu viel sieht! Bestimmt wäre er entsetzt, wenn er wüsste, welche Gefühle er verursacht hat.

Die einzige Lösung, die ihr im Moment einfällt, ist, den Briefwechsel einschlafen zu lassen. Sie schafft es einfach nicht, Paul zu schreiben, dass und warum sie den Kontakt abbrechen will. Ihr ist auf jeden Fall klar, dass sie sich mit jedem weiteren Brief tiefer in einen seelischen Konflikt bringen würde.

Es verursacht nahezu körperliche Schmerzen, Pauls nächste Briefe unbeantwortet in die kleine Kassette ihres Büroschreibtisches einzuschließen, die nur seinen Briefen vorbehalten ist. Nach einigen Wochen scheint Paul aufzugeben – es kommt kein Brief mehr. Ceci ist gleichzeitig erleichtert, enttäuscht und todunglücklich.

Aber so einfach macht Paul es ihr nicht. Eines Tages schrillt mitten in konzentrierte Büroarbeit ungeduldig das Telefon und als Ceci sich recht geistesabwesend meldet, hat sie plötzlich Pauls Stimme im Ohr.

„Was ist los mit dir? Ich mache mir solche Sorgen! Du lässt nix hören." Ceci wird abwechselnd heiß und kalt. Wie sehr hat er ihr gefehlt! Ach Paul...

Vor lauter Verblüffung fehlen ihr die Worte. Sie könnte sich ohrfeigen. Paul muss sie für einen Trottel halten. Tief atmet sie durch und ringt um Fassung: „Schön, dass du anrufst. Ich bin in Ordnung. Aber weißt du, ich wollte nicht aufdringlich sein. Bestimmt wird es dir zu viel, dauernd Post von mir zu bekommen." Still flucht sie in sich hinein – Sie ist ein Feigling! Warum kann sie ihm nicht die Wahrheit sagen? Das wäre jetzt eine einmalig gute Gelegenheit!

„Wie kommst du denn auf so eine verrückte Idee? Ich habe deine Briefe und dich so sehr vermisst." Die Samtstimme ist ganz rau vor Entrüstung und Ceci verspricht eilig, ihm heute noch zu schreiben.

Also geht die Geschichte weiter zwischen Ceci und Paul. Sie schreiben sich über Gott und die Welt und alles, was sie bewegt. Paul weiß mittlerweile mehr über Ceci, ihre Sorgen, Gefühle und Gedanken als Rolf. Alles beredet sie mit ihm und - wenn überhaupt noch möglich - werden dabei ihre Gefühle für ihn noch intensiver.

Selten telefonieren sie, denn unausgesprochen ist die Regel, dass Paul Ceci niemals zuhause anruft und private Telefonate werden in ihrer und auch in seiner Firma nicht gerne gesehen.

Zwischendurch mal ein SMS – mehr ist einfach nicht drin. Und da sich Ceci den heimischen Mail-Anschluss mit Rolf teilt, bleibt ihnen eben nur der gute altmodische Brief. Die geheime Kassette in Cecis Schreibtisch wird schon bald zu klein für den Stapel eng beschriebener Bögen.

67

Nach langen Wochen erst bringt es Ceci fertig, Angelika zu beichten. Sie muss einfach über ihre Gefühle für Paul und die Gedanken über ihr weiteres Leben mit jemandem sprechen.

Die Freundin kann nur noch den Kopf schütteln. „Das kann nicht gut gehen! Ich weiß nicht, wie du das Alles irgendwann und irgendwie regeln willst."

Und da bringt Ceci es nicht fertig, ihrer Freundin zu erzählen, dass sie schon dabei ist, die nächste vermeintliche Dummheit zu begehen: Sie hat sich mit Paul bei Elli verabredet.

******

Elli wird energisch

‚Ich komme heim! Dieses Mal weiß ich es ganz sicher!' Als Ceci die ersten Häuser von Almenthal erreicht, läuten die Glocken zur Abendandacht und so macht sie erst einmal Halt bei der Kirche, um dort eine Kerze anzuzünden.

Tiefe Zuversicht erfüllt sie, als sie den hohen Raum betritt und gerade in diesem Moment die Orgel beginnt, für die Gläubigen zu spielen. Ceci war nie ein besonders religiöser Mensch, aber hier in dieser Kirche hat sie das Beten gelernt. Still verharrt sie einige Zeit, während die Abendmesse zelebriert wird. Auf Zehenspitzen verlässt sie dann die Kirche, damit sie die anderen Menschen nicht stört und fährt weiter zu Ellis Haus.

Die Begrüßung durch die ältere Freundin ist wieder sehr herzlich. Elli freut sich wirklich, Ceci bei sich zu haben. Während Elli den Tisch für das Abendessen deckt, räumt Ceci rasch den Inhalt ihrer Reisetasche in das offene Regal neben Pauls kleinem Schreibtisch. Mit glänzenden Augen schaut sie sich um – auch hier ist sie zuhause, immer dort, wo sie Paul nahe sein kann.

Nach dem Essen sitzen die beiden so unterschiedlichen Freundinnen im gemütlichen Wohnzimmer zusammen und plaudern über alles, was so in den vergangenen Wochen geschehen ist.

Elli erzählt von ihren Urlaubsplänen – sie möchte zu entfernten Verwandten nach Afrika fliegen - und Ceci vom Alltag mit Rolf und was es so alles Neues bei den Schwiegereltern gibt.

Als Ceci schon ganz unruhig wird und überlegt, wie sie unauffällig das Gespräch auf Paul bringen kann, lenkt Elli selbst das Gespräch auf ihren Sohn. „Du weißt ja sicher, dass Paul morgen auch hierher kommt. Bestimmt habt ihr das so verabredet. Ich meine, dann könntest du ihn eigentlich auch abholen. Er kommt am Abend mit dem Zug nach Salzburg."

Cecis Herz macht einen erleichterten Luftsprung und sie muss sich sehr zusammen nehmen, um ihre Antwort gelassen klingen zu lassen: „Mach ich gerne. Ja, er hat mir gesagt, dass er dich besuchen kommt. Aber warum fährst du denn nicht mit nach Salzburg und wir holen Paul gemeinsam ab?"

Elli rückt sich in ihrem Sessel zurecht – ihr Gesicht ist plötzlich sehr ernst. Ceci wird ganz mulmig zumute: „Hör mal! Du musst nicht glauben, nur weil ich schon ein bisschen älter bin, bekomme ich nur noch die Hälfte eurer Geheimniskrämereien mit und ihr könnt mir was vormachen!"

Ceci weiß nicht, was sie dazu sagen soll. Verlegen senkt sie den Kopf und spürt, wie die verräterische Röte in ihre Wangen steigt. Ach du lieber Gott, was soll sie darauf nur antworten?

Elli hält es nicht mehr in ihrem Sessel, sie springt auf und zieht aufgeregte Bahnen zwischen Schrankwand und Balkontür. „Haltet mich doch nicht für doof! Ich weiß genau, dass du nicht meinetwegen hier bist. Ich weiß auch, dass Paul nicht kommt, um seine Mutter zu besuchen. Und dass es ein Zufall sein soll, dass ihr am gleichen Wochenende auftaucht, könnt ihr anderen Leuten erzählen!"

Verlegen und ertappt stottert Ceci herum. „Niemand hält dich für doof!" Was soll sie nur sagen? „Jetzt hör endlich auf mit dem Gestammel und erzähl' mir, was da zwischen euch läuft!" Elli wird energisch.

Da ist es um Cecis Fassung geschehen – sie bricht in Tränen aus: „Ach Elli, ich habe mich so darauf gefreut, Paul hier zu sehen, aber ich halte es nicht aus, wenn du darüber böse bist. Ich weiß doch einfach nicht mehr weiter." Sie schlägt die Hände vors Gesicht in dem hilflosen Versuch die verzweifelten Tränen zurück zu halten.

Elli lässt sich wieder in den Sessel fallen und sitzt wie vom Donner gerührt. „Und was bitte sagt mein Herr Sohn zu all dem?" - „Er weiß es nicht und darf es auch nicht erfahren. Elli, ich bitte dich, das musst du mir fest versprechen!" fleht Ceci.

70

„Und Rolf darf es auch niemals erfahren. Außer meiner Freundin Angelika und jetzt dir weiß niemand, dass ich Paul liebe und so muss es unbedingt auch bleiben."

Kopfschüttelnd zieht Elli heftig an ihrer Zigarette: „Wie stellst du dir das nur vor?" Sie stemmt sich aus ihrem Sessel hoch und geht vor der weinenden Ceci in die Hocke. Ceci wirft die Arme um den Hals der Freundin und schluchzt hemmungslos. Mehrmals muss sich Elli räuspern, bis sie endlich einen Ton herausbringt.

„Oh je, Ceci. Damit hast du dir keinen einfachen Menschen ausgesucht. Mein Sohn ist in jeder Hinsicht ein Einzelgänger – ein lieber, aber sehr, sehr schwieriger Mensch. Mit ihm kann man nicht einfach nur so eine Beziehung haben. Das kann sich zur Aufgabe auswachsen!" Ein bisschen muss sie sogar lachen bei dieser Beschreibung.

Das hat Ceci auch schon bemerkt, aber wie es eben so ist mit der Liebe – sie meint, darüber hinweg sehen zu können. Vorläufig ist ihre ganze Sorge, dass er von ihren Gefühlen erfahren könnte.

„Bitte Elli – ich bitte dich sehr, erzähle es niemandem und vor allem nicht Paul! Ich muss das alleine irgendwie in den Griff und in Ordnung bringen." fleht sie eindringlich. Elli verspricht es zwar, aber es ist ihr anzumerken, wie unbehaglich sie sich dabei fühlt.

„Du weißt, Ceci, ich habe dich wirklich sehr gern und du bist bei mir immer willkommen, aber diese Situation macht mir jetzt schon zu schaffen. Ich hoffe nur, dass Margarete, Carl oder Rolf mich nicht darauf ansprechen. Keine Ahnung, was ich ihnen dann sagen soll! Nun ja, wir wollen erst einmal abwarten, wie das Alles weitergeht!"

Aus verständlichen Gründen will keine rechte Unterhaltung mehr zwischen den beiden Frauen aufkommen. Ceci ist völlig erschöpft vom Weinen und traut sich kaum, Elli anzusehen.

Die Gewissensbisse plagt sie, sich Elli anvertraut zu haben und die Angst, die Freundin könnte es übel nehmen, dass sie an diesem Wochenende quasi als Alibi fungieren soll.

Auch Elli hängt grüblerischen Gedanken nach und verabschiedet sich bald zur Nacht. Kurz darauf kuschelt sich Ceci in Pauls Bett und umarmt sein Kopfkissen, doch heute ist es ihr kein Trost. Die Gedanken fahren Karussell und immer wieder muss sie Tränen abwischen. Erst gegen Morgen fällt sie in einen unruhigen Schlaf.

Ein eigenartig-fahles Dämmerlicht weckt sie. Über Nacht hat es geschneit! Vom überhängenden Dach vor dem Fenster rutschen kleine Schneelawinen und landen mit eigenartig plumpsenden Geräuschen auf dem breiten Fensterbrett. Das Dorf liegt unter einer dicken weißen Decke; die Sonne versucht vergeblich, ihre Strahlen durch die dunkelgrauen Wolken zu schicken.

Cecis Herz wird – wenn irgend möglich – noch schwerer. Ihr Auto läuft noch auf Sommerreifen, die Fahrt über die schneeglatten Strassen bis nach Salzburg kann sie vergessen. „Dann nimmst du eben meines." sagt Elli, die heute früh wieder eine überraschend optimistische Ausstrahlung verbreitet. „Ich habe letzte Woche Winterreifen aufziehen lassen. Aber ich muss mittags noch mal in den Nachbarort fahren, deshalb musst du wohl oder übel deinen Salzburg-Bummel verschieben und ohne Umwege zum Bahnhof fahren. Oder traust du dir das bei diesem Wetter nicht zu? Dann rufe ich rasch Paul an, damit er in Salzburg umsteigt und mit der Regionalbahn weiterfährt. Wird aber schon ziemlich spät, bis er hier ist."

Ach Elli, um Paul abzuholen, fährt Ceci auf Rollschuhen zum Nordpol! „Nein, nein, kein Problem!" wehrt sie ab „Das bekomme ich schon hin." Ceci ist sehr erleichtert, dass Elli wieder zum altvertrauten Ton zurückgefunden hat und als die Freundin sie jetzt umarmt, könnte sie diese Mal vor Freude schon wieder losheulen.

72

Der Tag zieht sich wie Gummi! Ceci verbringt ihn mit Spaziergängen durch den frischen Schnee rund um Almenthal. Elli geht ihren Geschäften nach und Ceci ihr trotz der morgendlichen Versöhnung möglichst aus dem Weg. Zu nervös ist sie nach dem gestrigen Abend. Sie fühlt sich ertappt und hat noch keine Ahnung, wie sie damit fertig werden soll, dass Elli jetzt von ihren Gefühlen für Paul weiß und sie hat Angst, ob wohl auch Paul hinter ihre mühsam aufgebaute Fassade schauen kann.

Am späten Nachmittag ist Elli endlich mit allen Besorgungen fertig und Ceci kann nach Salzburg fahren. Es wird eine ungemütliche und unsichere Reise!

Vorsichtig fährt sie durch das wieder einsetzende Schneegestöber langsam über die glatten Straßen. Mehrfach kommt sie trotz der Winterreifen ins Rutschen und ihr bricht der Schweiß aus bei dem Bewusstsein, wie schmal die Straße ist und wie steil der Hang hinter dem niedrigen Mäuerchen am Seitenrand zur Saalach abfällt.

Endlich ist der Salzburger Bahnhof durch den dichten Schneevorhang zu erkennen. Ceci ist sehr froh! Superpünktlich ist sie trotzdem. Eben gerade springt Paul die halb zugewehten Stufen zum Bahnhofsplatz herunter und stutzt verblüfft, als er das vertraute Auto sieht. „Na so was! Hat dir Elli tatsächlich ihren ‚Skarabäus' gegeben? Der ist ihr nämlich sozusagen heilig."

Die Begrüßung der Beiden ist sehr herzlich und freundschaftlich. Paul übernimmt das Steuer für die Heimfahrt nach Almenthal und Ceci ist heilfroh, dass sie nun auf dem Beifahrersitz Platz nehmen kann. Paul merkt nichts von Cecis gedämpfter Stimmung und erzählt ohne Punkt und Komma von seiner Arbeit und letzthin besuchten Konzerten.

„Ach übrigens: Ich werde demnächst wieder mal umziehen. Was glaubst du? Nach München! Da bin ich dir ein richtiges Stück näher." Cecis Freude darüber fällt zu Pauls Erstaunen etwas gedämpft aus.

73

Auch über den Empfang in Ellis Wohnung ist er verblüfft. „Ach, da seid ihr ja!" Elli umarmt ihren Sohn und gähnt demonstrativ. „Ich habe euch eine Platte mit Broten gerichtet – steht im Kühlschrank. Mich müsst ihr bitte entschuldigen – ich verschwinde gleich im Bett, bin sehr müde." Und schon klappt die Schlafzimmertür.

„Nanu - hattet Ihr irgendwie Ärger miteinander?" fragt Paul die sehr verlegene Ceci. „Aber nein!" Die Ausrede kommt ihr glatt über die Lippen: „Gestern Abend haben wir sehr viel geredet und die Nacht war ziemlich kurz."

Paul schaut in den Kühlschrank. „Ich hab einen richtigen Hunger." Er bringt die Platte mit den leckeren Broten zum Esstisch und beißt herzhaft in die erste Schnitte. „Schade, ich wollte eigentlich noch mit dir etwas trinken gehen. Aber wenn du keine Lust mehr hast oder auch zu müde bist, verschieben wir das. Jetzt iss erst mal was, du hast es dir reichlich verdient nach der unkommoden Fahrerei!" Gehorsam greift Ceci zu. Und ob sie ausgehen möchte! Der Gedanke, dass Elli ihre Unterhaltung hinter der Schlafzimmertür – absichtlich oder nicht – belauschen könnte, ist ihr unerträglich. „Ach, ich wäre schon dabei!" sagt sie leichthin.

Die Beiden gehen also in die kleine Diskothek in der Nähe des Sessellifts und bestellen Wein. Heute gibt es sogar Livemusik! Die Band spielt schnulzige Lieder, über die sich Paul amüsiert. Aber als sie sich später dazu auf der Tanzfläche drehen, wollen sie sich gar nicht wieder aus den Armen lassen. Mit jedem Lied suchen sie mehr Nähe zueinander.

Sie sitzen auf einer kleinen Ledercouch am offenen Kaminfeuer, halten sich an den Händen und ihre Blicke tauchen tief ineinander. Die Umgebung ist ihnen völlig unwichtig. Die Verwunderung der anderen Gäste bemerken sie nicht einmal. Alles ist so, wie es sich Ceci erträumt hat und Paul scheint sich damit äußerst wohl zu fühlen.

Erst spät in der Nacht schleichen sie sich in die Wohnung zurück. An die Flurtür hat Elli einen großen Zettel gehängt: „Paul habe ich das Bett auf der Couch bezogen." steht darauf. Paul reagiert verwundert: „Ist doch logisch, schließlich schläfst du doch in meinem Bett." Ceci wird wieder einmal rot! Sie versteht Ellis Gedanken!

Später liegen sie nun - nur durch eine Wand getrennt – in den Kissen. Ceci kann nicht schlafen, wo sie Paul doch so dicht bei sich weiß. Nach den Geräuschen im Wohnzimmer zu schließen, geht es ihm ähnlich. Es wird schon wieder hell, bis beide einschlafen.

Als Ceci aufsteht, plätschert Paul in der Badewanne und Elli schenkt gerade Kaffee ein. Mit gerunzelter Stirn schaut sie hoch: „Ceci, ich will dich nicht vertreiben, aber ich glaube, es ist besser, du fährst schon heute nachhause." Ceci muss sie fassungslos angesehen haben bei dieser Begrüßung, denn ganz schnell nimmt Elli ihre junge Freundin in den Arm.

„Nein, nein, mein Schatz! Ich werfe dich nicht raus! Aber sieh mal nach unten. Es schneit und schneit. Der Schneepflug kommt kaum noch nach und du bist in deinem Auto auf Sommerreifen unterwegs. Das ist einfach zu gefährlich. Und der Straßenbericht meldet schlechtes Wetter bis zu euch runter."

Sie hat Recht, Ceci weiß es, aber es widerstrebt ihr, einen ganzen Tag mit Paul zu versäumen. Doch beim Frühstück redet ihr auch dieser zu. „Schau mal, ich wäre viel ruhiger, wenn ich weiß, du bist heil wieder zuhause angekommen!" - Das gibt den Ausschlag.

Ceci packt ihre Tasche und verabschiedet sich schweren Herzens. „Ich bring' dich noch!" Paul nimmt die Tasche und Arm in Arm laufen sie über die Treppen. Er bringt Ceci bis ans Auto und fegt Schnee von Windschutzscheibe und Motorhaube.

„Verdammtes Wetter. Gerade mal vor einer Viertelstunde hatte ich das erst abgefegt! Bitte fahr vorsichtig und pass gut auf dich auf. Ich möchte dich doch bald wiederhaben."

75

Seine zärtliche Stimme ist ganz nah an ihrem Ohr, seine Lippen streifen liebevoll ihre Wange. Ceci bemüht sich um Haltung. Beide ahnen, dass Elli oben hinter dem Vorhang steht und sie genau beobachtet.

Ceci grüßt also aus dem Autofenster auch noch mal nach oben und wechselt mit Paul einen langen, innigen Blick, dann fährt sie aus dem Tor. Im Rückspiegel sieht sie Pauls winkende Gestalt rasch im Schneegestöber verschwinden.

Sehr einsam und verlassen fühlt sich Ceci auf ihrem Weg durch das verschneite Tal zur Autobahn, aber der Straßenzustand verlangt ihre ganze Konzentration. Sie hat keine Chance, weiter ihren Gedanken nachzuhängen. Ab München ist die Autobahn völlig frei von Schnee und Eis. Am liebsten würde Ceci umdrehen!!!

Viel zu schnell ist sie wieder zuhause. Aber als sie ihre Tasche aus dem Kofferraum nimmt, fallen auch hier erste große Schneeflocken.

Rolf ist ganz erstaunt, sie einen ganzen Tag früher als geplant wiederzusehen. „Na, das habe ich mir doch gedacht, dass dir Elli auf Dauer auch zu anstrengend wird!" triumphiert er.

„Na dann schau mal aus dem Fenster. Es ist eiskalt und fängt eben an zu schneien. In Almenthal liegt dicker Schnee. Elli war nur um mich besorgt, dass ich keinen Unfall habe und hat mich früher losgeschickt!"

*****

76

Ein Münchner (?) Wochenende

„Hättest du Lust, dir meine neue Wohnung in München anzusehen?" Pauls überraschender Anruf erwischt Ceci gerade noch vor Feierabend im Büro. Nun steht sie vor dem Schreibtisch und ringt um Fassung.

Eine ganze Zeit lang hat sie nichts von Paul gehört. Zuerst war sie der festen Überzeugung, Elli hätte doch alles ausgeplaudert und Paul wolle nichts mehr mit ihr zu tun haben.

Aber dann ist ihr sein geplanter Umzug nach München eingefallen und sie hat so sehr gehofft, dass sein Schweigen damit zu tun hat. Elli anzurufen und nachzufragen hat sie sich nicht getraut.

Offensichtlich hatte sie aber Recht mit ihrer Vermutung, denn Paul ist ganz unbefangen und liebevoll wie immer. Während sie noch ihren Gedanken nachhängt, hat er schon weitere Pläne geschmiedet: „Wenn du zum nächsten Wochenende kommst, könnten wir sogar nach Innsbruck fahren. Die Mitglieder meines früheren Chores treffen sich dort am Samstagabend. Gerade dazu kann ich dich zwar leider nicht mitnehmen, weil die Veranstaltung immer nur ganz streng für Chormitglieder ist, aber wir könnten uns am Sonntag in aller Ruhe zusammen die Stadt ansehen. Das wäre ganz bestimmt was für dich! Und wir hätten endlich mal richtig Zeit füreinander."

Alles ist etwas für Ceci, das mit Paul zu tun hat und sie sagt voll Freude zu! Ob Innsbruck oder das Ende der Welt – Hauptsache sie sieht Paul wieder. Doch was soll sie Rolf erzählen?

Eine Schulkameradin, die schon vor einigen Jahren nach München umgezogen ist, muss als Ausrede herhalten. Rolf kennt Irene nur aus Erzählungen. Ceci telefoniert sehr selten mit ihr und ein Briefwechsel beschränkt sich eigentlich nur auf Weihnachts- und Geburtstagsgrüße. Ceci hat nicht einmal ein schlechtes Gewissen bei der Lüge, dass sie Irene besuchen möchte, soviel bedeutet ihr das Wiedersehen mit Paul.

„Willst Du denn schon wieder weg?" murrt Rolf, aber er weiß mittlerweile, dass seine Frau ihren Kopf auf jeden Fall durchsetzen wird. Allerdings erstaunt ihn, dass sie mit dem Zug fahren wird. „Ach weißt du, es ist doch soviel bequemer, gemütlich zu sitzen und zu lesen. Am Bahnhof werde ich dann abgeholt." meint Ceci.

Am Freitag nimmt sie also die kleine Reisetasche gleich mit ins Büro, das nur eine Straßenecke vom Bahnhof entfernt ist. So kann sie direkt vom Schreibtisch losfahren. Kaum kann sie den Feierabend erwarten!

Endlich steigt Ceci in den Zug nach München. Misstrauisch mustert sie die Mitreisenden im Abteil. Die Aufregung der letzten Bahnfahrt nach Wien wird sie noch lange nicht überwinden. Aber es sind nur fröhliche Menschen unterwegs, die miteinander lachen und plaudern. Ceci trifft wohl mancher neugieriger Blick aber sie kann sich völlig unbehelligt in ihrem Sitz zurücklehnen.

Paul steht schon auf dem Bahnsteig, als der Zug im Münchner Hauptbahnhof einfährt. Ganz weiche Knie bekommt Ceci bei seiner leidenschaftlichen Begrüßung und es kribbelt überall in ihrem Körper, als sie daran denkt, dass niemand ihre Zweisamkeit an diesem Wochenende stören wird.

Liebevoll hält Paul sie im Arm auf dem Weg zu seinem Auto in der Parkgarage. „Auf dieses Wochenende habe ich mich so sehr gefreut. Für heute Abend habe ich uns einen Tisch in meinem Lieblingsrestaurant bestellt und morgen bummeln wir erst mal gemütlich durch München, bevor wir uns auf den Weg nach Innsbruck machen." Ceci kuschelt sich an ihn.

Paul stellt Cecis Tasche auf den Rücksitz. „Ich hoffe, du nimmst mir nicht übel, dass ich dich in einer kleinen Pension bei mir ums Eck eingemietet habe?" Ceci erstarrt mitten in der Bewegung des Einsteigens.

„Gestern habe ich mit meiner Mutter telefoniert und ihr erzählt, dass du kommst. Sie hat mir deswegen ziemlich ins Gewissen geredet. Sie findet es nicht in Ordnung, dass ich dich ohne Rolf eingeladen habe und nach ihrer Meinung führt es nur zu Missverständnissen, wenn Du dann auch noch bei mir übernachtest. Rolf oder seine Eltern könnten das falsch verstehen."

Oh – müssen Elli in diesem Moment die Ohren klingeln, so wütend denkt Ceci gerade an sie. Mit einem Plumps lässt sie sich auf den Beifahrersitz fallen. Niemand wird stören? Zu früh gefreut, meine Liebe!

Dann erwähnt sie besser auch nicht, dass sie Rolf nichts davon erzählt hat, zu Paul zu fahren, sondern offiziell eine alte Freundin besucht. Womöglich würde er das auch falsch verstehen und meinen, dass sie sich aufdrängt! ‚Nein, diese eigenartige Beziehung ist keinesfalls einfacher geworden!' seufzt Ceci in Gedanken.

Also wird die Reisetasche in der besagten Pension eingestellt, bevor sie die kurze Strecke zu Pauls Wohnung weiter fahren.

„Hier musst du aber immer gut bei Puste sein!" schnauft Ceci, als sie die Treppen in den 3. Stock des alten Münchner Mietshauses hinaufklettern. „Ach man gewöhnt sich daran. So, die Dame – bitte einzutreten!" Paul öffnet weit die Tür und sie betreten einen reichlich düsteren Flur.

„Nicht unbedingt mein Geschmack," beeilt sich Paul zu versichern, „aber die Wohnung wurde möbliert vermietet, liegt günstig zu meinem Büro und kostet nicht viel. Was will ich mehr? Hauptsache zweckmäßig! Es ist alles vorhanden, was ich brauche."

Sogar einen klitzekleinen Balkon gibt es, auf dem Ceci ein gut gekühlter Sekt serviert wird. Paul hebt ihr das Glas entgegen „Ich weiß, der Ausblick ist auch nicht gerade berauschend."

Beide blinzeln gegen das Licht der untergehenden Sonne hinunter auf den großen Hof – Parkplatz an Parkplatz, umrahmt von wenigen staubtrockenen Büschen und nahezu kahlen Pflanzkübeln.

„Aber mir reicht es zumindest für den Moment. Wenigstens habe ich mir nicht viel für diese Wohnung zukaufen müssen. Ich weiß ja nie, wie lange ich an einem Ort bleibe." Während der kurzen Besichtigung der mit schweren dunklen Möbeln bestückten Zimmer vermeiden die Beiden jede Berührung, als wäre es abgesprochen, sich nicht zu nahe zu kommen.

Vielleicht ergeht es Paul aber auch wie Ceci? Sie hat richtig Angst davor, irgendwie falsch zu reagieren. ‚Naja, was soll's!' denkt sie ‚Wir haben noch das ganze Wochenende Zeit füreinander.'

Nach Besichtigung und Begrüßungstrunk gehen sie, wie von Paul versprochen, gemütlich essen und beschließen den Abend in einer Bar. Paul ist hier ziemlich bekannt, er wird vom Bartender und den Gästen herzlich begrüßt und Ceci wird sofort in alle Gespräche mit einbezogen. Sie fühlt sich hier auf Anhieb wohl.

Paul scheint das sehr zu gefallen – während der allgemeinen Unterhaltung legt er immer wieder den Arm um sie und küsst leicht ihren Nacken oder seine Lippen streifen ihr Ohr. Woher sollte er auch wissen, dass Ceci ausgerechnet an diesen Punkten sehr empfindsam ist? Am liebsten würde sie ihn auf der Stelle vom Barhocker ziehen...

Es wird – wie immer mit Paul – sehr spät, bis sie den Abend beschließen. Etwas verlegen verabschiedet er sich am Eingang der Pension von ihr. Auch Ceci kommt es nach den vertraulichen Zärtlichkeiten des Abends schon ziemlich komisch vor, sich jetzt allein in das breite Bett zu legen.

Am nächsten Morgen frühstücken sie zusammen im blitzsauberen Aufenthaltsraum der Pension und bummeln dann Hand in Hand durch München, bevor sie am Nachmittag in Pauls Auto Richtung Innsbruck aufbrechen.

80

Diese Fahrt wird zu einem der schönsten Erlebnisse, die Ceci bisher hatte. Das Wetter ist herrlich und auf den Straßen kaum Verkehr. Wenn sie doch nur ewig so weiterfahren könnten, wünscht sich Ceci. Einfach nur sie Beide ganz nah beieinander durch den Sonnenschein und die wunderbare Landschaft.

Sie hat das Gefühl, die Zeit steht still. Ihren Alltag hat Ceci weit zurück gelassen – nichts ist mehr wirklich wichtig, nur das Zusammensein mit Paul.

Paul fährt schweigend. Von Zeit zu Zeit greift er nach ihrer Hand und hält sie liebevoll einen Augenblick gefangen mit einer Zärtlichkeit, die Ceci noch nie erlebt hat. Dabei bleibt er aber immer konzentriert auf die Straße.

Sie fahren durch ein weites Tal. Die Nachmittagssonne hat es golden eingefärbt. Aus dem Lautsprecher klingt ein heiterer Mozart, den er leise mitsingt. Stundenlang könnte Ceci zuhören!

Da muss sie schließlich über sich selbst lachen – so richtig liebesromankitschig und unwirklich ist ihr zumute. Paul nimmt das Lachen als Zustimmung, küsst intensiv ihre Handfläche und dreht den Mozart etwas lauter.

Auch bei einer kurzen Kaffeepause in der untergehenden Sonne auf der Terrasse eines kleinen Gasthauses schweigen sie in vollkommener Übereinstimmung. Sie sitzen eng aneinander geschmiegt, Paul spielt mit Cecis Haar und küsst sie wieder elektrisierend auf den Nacken bis sie es kaum noch aushält.

Langsam wird es dämmrig und es ist nicht mehr fern bis zum Ziel. Sie fahren weiter und Paul beginnt zu erzählen von den Jahren, die er in Innsbruck gelebt hat und den Menschen, die er heute Abend nach langer Zeit wiedersehen wird.

Eine alte Freundin, mit der er gemeinsam im Chor gesungen hat, freut sich angeblich sehr, ihnen ein Quartier für die Nacht

81

zu bieten. Mühsam schluckt Ceci die Enttäuschung hinunter. Sie hatte sich ein gemütliches Hotelzimmer mit Doppelbett vorgestellt, in dem sie in ihrem gestern extra erstandenen Hauch-von-Nichts-Negligé darauf warten würde, dass ihr Liebster von seinem Chorabend zurückkommt.

Allein bei diesem Gedanken gerät ihr Körper schon wieder in Aufruhr! Schnell dreht Ceci den Kopf und schaut in die einbrechende Dunkelheit, damit Paul nichts davon bemerkt. Doch er scheint arglos. „Weißt du, Angela und ich sind schon so lange Jahre gute Freunde. Sie wäre enttäuscht, wenn wir nicht bei ihr übernachten würden und das möchte ich nicht." in kleiner Stachel der Eifersucht bohrt sich in Cecis Herz. Aber sie wehrt ihn ab. Es kann doch nix dabei sein. Sonst würde Paul doch niemals mit ihr dorthin fahren.

Aber am Ende dieser wundersamen Reise wird Ceci wieder einmal von der Realität eingeholt.

Unter einer alten Freundin hat sie sich wirklich eine ältere Dame vorgestellt, aber Angela, die Paul lachend umarmt und besitzergreifend auf den Mund küsst, ist nur wenig älter als sie selbst.

Zu Ceci ist sie ausgesucht höflich und nett. Ein kleines Zimmer unter dem Dach mit einem sehr, sehr schmalen Bett ist Cecis Reich für die kommende Nacht. „Ich hoffe, du wirst dich in meinem Elternhaus wohl fühlen!?" Ceci murmelt mit mühsam bewahrter Haltung etwas vage Zustimmendes.

Wo eigentlich Paul in diesem Haus die Nacht verbringen wird, kann Ceci nicht herausfinden. Ihn scheint das Alles auch gar nicht zu kümmern. Ausgelassen lacht und scherzt er mit Angelas Vater.

Dann lädt Paul die Damen zum Abendessen ein. In dem Lokal werden Angela und er mit großem Hallo begrüßt. Einige der Gäste sind Mitglieder des Chores und aus Pauls früherem Freundeskreis. Daran, dass er Ceci vielleicht den anderen Gä-

82

sten am Tisch vorstellen sollte, denkt Paul nicht und Ceci kann deutlich sehen, wie sehr Angela diese Situation genießt.

Während des Essens wird eine flüssige Weißt-Du-noch-Unterhaltung geführt, zu der Ceci natürlich nichts beitragen kann. Einmal fragt Paul nebenher, ob es ihr denn schmeckt und ein (tatsächlich!) älteres Chormitglied erkundigt sich freundlich, ob ihr die Stadt gefällt. Cecis Antwort, dass sie noch nichts davon gesehen hat, geht jedoch bereits wieder im allgemeinen Gelächter unter.

Cecis Gefühle schwanken zwischen grenzenloser Enttäuschung über Paul und Wut auf sich selbst. Warum lässt sie sich das bieten? Mit Liebe zu Paul kann sie nun wirklich nicht alles entschuldigen!

Nach dem Essen erhebt sich Hektik. Alle haben es eilig. Die Zeit drängt – man ist eigentlich schon viel zu spät für das Chortreffen. Die Kellner machen rasch die Rechnungen fertig und reichen Jacken und Mäntel. In dem aufgeregten Hin und Her fühlt sich Ceci wie ein überflüssiges Möbel.

„Warum setzt ihr mich nicht in ein Taxi? Dann braucht mich niemand extra zu bringen?" bietet sie Paul an, der mit gerunzelter Stirn versucht, den von Angela vorgegebenen Zeitplan einzuhalten. Er drückt sie fest ans ich und strahlt „Du bist ein Schatz!", aber bevor er sie zum nächsten Taxistand bringen kann, zeigt Angela in die entsprechende Richtung.

„Es sind nur ein paar Schritte bis zur nächsten Seitenstraße, da wirst du schon nicht verloren gehen, Ceci. Hier hast du meine Karte mit unserer Adresse. Grüße meinen Vater und sag ihm, er braucht nicht auf uns zu warten." Dann hakt sie sich bei Paul unter und die Beiden hasten den Anderen nach, die schon ein beträchtliches Stück weiter gegangen sind.

Ceci kann es kaum glauben! Sprachlos schaut sie dem vertraut wirkenden Paar nach. Nicht einmal nach ihr umgedreht hat sich Paul. Der Wunsch, in Tränen oder wenigstens in einen Wutschrei auszubrechen, wird übermächtig. Stattdessen geht sie sehr gesittet zum nächsten Taxistand und lässt sich zu Angelas Haus fahren.

Den Vater scheint es nicht zu verwundern, dass Ceci alleine zurückkommt. Er bietet ihr noch ein Glas Wein an und dann entschuldigt er sich, weil er zu Bett gehen möchte. Ceci bleibt nichts anderes übrig, als sich mit einem Buch und ihrer Trübsal in das Dachkämmerchen zurückzuziehen und im schmalen Bett auf Pauls Rückkehr zu warten. An Schlaf ist nicht zu denken!

Im Lauf der langen Nacht hat Ceci reichlich Gelegenheit mit sich und der Entscheidung, hierher zu fahren, zu hadern. Wo bleibt Paul nur? So ein Chortreffen kann doch nicht die ganze Nacht dauern?

Draußen wird es schon langsam hell, als sich zwei Stimmen murmelnd und kichernd die Treppe hinauf tönen. Sehr miteinander vertraut klingen diese Stimmen und Ceci hört schließlich Angela hell auflachen bevor eine Tür fest ins Schloss fällt. Dann ist es wieder ruhig. Paul hat sie offensichtlich komplett vergessen. Ceci ist fassungslos.

Hier bleibt sie nicht länger!!! Aber wie soll sie weg kommen? Wenn sie wenigstens schon Gelegenheit gehabt hätte, sich in Innsbruck umzusehen, dann hätte sie jetzt bestimmt ohne Hilfe den Bahnhof gefunden und wäre sofort abgereist.

Das hätte sie gleich nach dem Abendessen machen sollen. Aber nein, da war sie noch zu gerne bereit, sich wie einen Trottel behandeln zu lassen. Cecis Gefühle schwanken nicht länger, sondern haben sich zur Wut entschlossen!

Es bleibt ihr aber nichts anderes übrig, als auszuharren und darauf zu warten, dass sich im Haus etwas rührt. Hier in dieser abgelegenen Straße und um diese Uhrzeit wird sie bestimmt niemanden finden, den sie nach einem Taxi oder dem Bahnhof fragen kann.

84

Vielleicht steht der liebenswürdige alte Herr vor den Anderen auf, dann kann sie ihn bitten, nach einem Wagen zu telefonieren. So hätte sie die Chance, ohne weiteres zu verschwinden.

Leider ist jedoch das Erste, das sie hört, ein zaghaftes Klopfen des äußerst verlegenen Paul, der sie zum Frühstück abholen möchte. „Danke, ich habe keinen Hunger. Sag' mir einfach Bescheid, wenn du abfahren willst. Ich bin dann sofort fertig." antwortet Ceci durch die geschlossene Tür.

Lange hält sich Paul nicht auf. Er ist bald wieder oben: „Wenn du möchtest, können wir jederzeit fahren." Ceci schnappt sich die bereits seit Stunden gepackte Tasche und rauscht ohne ein weiteres Wort an Paul vorbei nach unten.

Angelas Vater ahnt wohl, wie Ceci zumute ist. Er kümmert sich rührend um sie und verwickelt sie in eine banale Unterhaltung, bis Paul alles im Auto verstaut hat und mit laufendem Motor vor dem Haus wartet. Ausgesucht höflich verabschiedet sich Ceci von Angela und bedankt sich für die Mühe, die sie ihr eventuell mit der Übernachtung gemacht hat. Diese ist jetzt sehr großzügig und voll fröhlicher Herzlichkeit. Ceci muss sich zusammennehmen – am liebsten hätte sie um sich geschlagen.

Aber im Prinzip kann Angela nichts für Cecis Gefühle. Die Schuld liegt einerseits bei ihr selbst, weil sie in Pauls Wochenendeinladung wohl mal wieder zu viel hinein interpretiert hat. Etwas, das offensichtlich niemals in seiner Absicht lag, nämlich ein Liebeswochenende mit ihr zu verbringen.

Auf der anderen Seite hat sich Paul aber ausgesprochen schäbig benommen, als er sie in einer fremden Stadt bei fremden Menschen sich selbst überlassen hat. Ceci ist der festen Überzeugung, dass er heute Nacht einfach vergessen hatte, dass er nicht alleine nach Innsbruck gefahren ist. Und das nimmt sie ihm ganz besonders übel!

‚Wenn er mich jetzt fragt, ob ich mir noch die Stadt ansehen will, springe ich aus dem fahrenden Auto.' wütet Ceci innerlich. Aber Paul hat sich wohl nach einigen zögernden Seitenblicken vorsichtshalber zum Schweigen entschlossen.

Zurück nach München fahren sie glücklicherweise nicht die gleiche Strecke wie auf der Hinreise, sondern ganz schnell über die Autobahn. Auch auf dieser Fahrt schweigen sie – aber es ist ein böses Schweigen, ganz anders als das voller Harmonie bei der Hinfahrt.

Ceci kann nicht glauben, dass sie noch vor einem Tag so glücklich war und so überzeugt von Pauls Liebe. Wie froh ist sie jetzt, dass er auf seine Mutter gehört und sie in der Münchner Pension untergebracht hatte. Oder wäre doch alles anders gekommen, wenn die Beiden die erste Nacht in Pauls Wohnung miteinander verbracht hätten? Darüber will Ceci nicht nachdenken. Im Moment ist es ihr auch beinahe gleichgültig.

Eines steht für sie auf jeden Fall fest: Innsbruck kann ihr gestohlen bleiben! An diese Stadt hat sie keine guten Erinnerungen.

Paul fährt sie direkt zum Münchner Bahnhof. Cecis Gedanken sind wohl so deutlich zu erkennen, als hätte sie jeden Satz quer über die Windschutzscheibe geschrieben und die Veränderung, die in den letzten Stunden mit ihr vorgegangen ist, kann Paul beim besten Willen nicht übersehen.

Er weiß bestimmt auch, worauf diese Veränderung zurückzuführen ist. Nachdem Ceci ihm während der Rückfahrt einmal mit einer heftigen Bewegung ihre Hand entzogen hat, vermeidet er sorgfältig jede weitere Berührung.

„Du kannst mich gleich hier absetzen, dann musst du keinen Parkplatz suchen." bestimmt Ceci. Nach Stunden ist dies der erste zusammenhängende Satz, den sie äußert. Paul hat nach einigen Versuchen aufgegeben, sie in ein Gespräch zu ziehen.

Ceci hält die Situation kaum noch aus und will nur noch weg – aus dem Auto und erst Recht von Paul. Kaum hat er also vor

86

dem Bahnhofsportal abgebremst, zieht sie ihre Tasche vom Rücksitz und springt grußlos aus dem Wagen.

Ohne sich noch einmal umzusehen, rennt sie in die anonym-quirlige Menge ankommender und abreisender Menschen. Sie hat Glück, in ein paar Minuten fährt ein Zug in die Richtung ihrer Stadt und sie muss sich sogar beeilen, damit sie ihn noch erwischt.

Das Abteil, in dem sie einen Sitzplatz findet, ist gut besetzt. Zum Glück! Wäre sie jetzt alleine, könnte sie die Tränen nicht länger zurückhalten.

Angelika! Ceci hat keinen anderen Wunsch, als sich bei der Freundin auszuheulen. Gleich morgen früh wird sie anrufen. Immer wieder sagt sie sich, dass sie bis dahin durchhalten muss und übersteht so auch irgendwie diese Zugfahrt.

Rolf ist zum Glück nicht zuhause, als Ceci ankommt. Sie verkriecht sich sofort ins Bett und schläft völlig erschöpft durch bis zum nächsten Tag.

Angelika ist natürlich da für ihre unglückliche Freundin. Endlich kann Ceci reden, wüten und sich ausweinen. Die Freundin hält sie tröstend im Arm und schmiedet Mordpläne. Wenn sie diesen Paul nur zu fassen bekäme... Nie wieder würde er ihrer Freundin wehtun!

Aber trotz allem ist sie so besonnen, Ceci nicht daran zu erinnern, dass sie ausdrücklich davor gewarnt hatte, sich weiter mit Paul einzulassen. Damit muss sie die Freundin jetzt nicht auch noch belasten, sondern sie wird ihr erst einmal helfen, wieder zu sich selbst zu finden.

Ceci ist grenzenlos enttäuscht von ihrer großen Liebe. Sie fühlt sich so sehr von Paul verraten und betrogen.

Der Brief, der am übernächsten Tag ankommt, bleibt nicht nur ungelesen, sondern landet – noch im Umschlag – in viele kleine Schnipsel zerrissen – im Papierkorb.

87

Ein zweiter hat mehr Glück, er bleibt zwar ungelesen, aber wird ganz unten in den Stapel aus Pauls Briefen in der Schreibtischschublade geschoben. Das Lesen hat Ceci auf irgendwann verschoben.

Danach hört Ceci überhaupt nichts mehr von Paul.

*****

Eine neue Wohnung und unverhoffte Besucher

„Geschafft!" Aufatmend schließt Rolf die Tür hinter dem letzten Gast. Der Umzug in die neue Wohnung und die anschließende Einweihungsparty mit den vielen Freunden, die alle geholfen haben, ist bewältigt.

Mit Schwung schleudert Ceci die Sandalen von den Füßen. Barfuss macht sie sich daran, die vollen Aschenbecher und leeren Gläser einzusammeln.

„Sag mal, hier ist ja wirklich kein freies Plätzchen mehr." Die Besucher haben benutztes Geschirr und Gläser überall abgestellt, wo sie auch nur ein klitzekleines Fleckchen finden konnten. „Och ja! Die Geschirrschränke sind ziemlich leer, dabei hatten wir doch gerade alles so ordentlich eingeräumt." Rolf kratzt die restliche Gulaschsuppe aus dem großen Kochtopf – in Ermangelung sauberer Teller in einen großen Kaffeebecher.

„Magst du?" Ceci schüttelt den Kopf. „Für mich nix mehr – danke." Rolf hat den Becher schnell ausgelöffelt und hilft seiner Frau beim Aufräumen.

Gemeinsam geht die Arbeit flott voran. Bald hat die Spülmaschine ihren ersten Arbeitsgang gestartet, aber auf, in und um die Spüle stapelt sich noch genügend Geschirr für mindestens zwei weitere Ladungen. Frische Nachtluft pustet die Zigarettenrauchschwaden viel zu langsam aus den weit geöffneten Dachfenstern.

„Jetzt will ich – glaube ich - nur noch schlafen." gähnt Ceci. Rolf stimmt zu „Au ja, ich auch!" Weit dehnt er den Brustkorb und streckt die Arme. „Denk dran: Der erste Traum in der neuen Wohnung geht in Erfüllung." neckt er seine erschöpfte Frau. „Ich glaube, nicht mal zum Träumen bin ich heute noch fähig." seufzt Ceci.

„Die letzten Wochen waren aber auch ein einziger Stress. Ich kann kein Malerwerkzeug mehr sehen! Die neue und auch noch die alte Wohnung renovieren. Kisten packen – schleppen, schleppen, schleppen und als krönender Abschluss der Umzug." Völlig fertig lässt sie sich in den nächsten Sessel fallen.

Gleich nach der Rückkehr von ihrer fatalen München-/ Innsbruck-Reise hat Rolf sie mit der Nachricht überfallen, dass er quasi hinter ihrem Rücken das Angebot dieser schönen Wohnung angenommen hat - in einem der alten Stadtteile gelegen, mit viel Grün rundum.

„Wir wären schlicht und ergreifend doof, wenn wir hier nicht einziehen!" hat er ihr eindringlich vor Augen gehalten. „Es gibt mehr Platz fürs gleiche Geld, einen riesigen Balkon und wahrscheinlich brauchen wir sogar nur noch ein Auto. Ich könnte mit dem Rad oder der Straßenbahn ins Büro fahren."

Ceci war das Ganze ziemlich gleichgültig. Eigentlich war ihr überhaupt alles gleichgültig. Sie hatte das Gefühl, nur noch wie eine Maschine zu funktionieren. Sollen doch andere über ihr Leben bestimmen - irgendwie wird schon alles weitergehen. Eine neue Wohnung? Auch gut!

Kopfschüttelnd hat Rolf erkannt, dass er hier wohl alleine entscheiden muss. Also hat er Ceci kommentarlos den vorbereiteten Mietvertrag auf den Tisch gelegt und sie hat – ohne zu lesen – einfach unterschrieben.

Rolf macht sich große Sorgen um seine Frau. Sie ist ganz still geworden und dünn wie ein Strich. Alles Zureden, doch einmal zum Arzt zu gehen, nützt nix. Auch seine Schwiegermutter kann nichts ausrichten. „Lasst mich doch einfach in Ruhe!" fleht Ceci, als Marianne ihr auf Rolfs Bitte ins Gewissen reden will.

Sie braucht keinen Arzt – sie weiß genau, was ihr fehlt: Paul, Paul und immer wieder Paul. Aber sie zwingt sich, jeden Gedanken an ihn sofort wieder aus dem Kopf zu verbannen.

Unzählige Briefe hat sie ihm dennoch inzwischen geschrieben, aber alle wieder zerrissen, damit sie nicht in Versuchung kommt, sie eventuell doch abzuschicken. Schließlich hat sich auch Paul in Dauerschweigen gehüllt. Wie oft hatte sie sogar schon seine Handynummer gewählt, aber aufgelegt, noch bevor der erste Rufton zu hören war.

„Worauf wartest du denn - komm' doch endlich. Ich denke, du bist müde?" Ceci zuckt zusammen – sie hat mit offenen Augen vor sich hin geträumt. Rasch löscht sie das Licht und folgt Rolfs Ruf.

Das Schlafzimmer ist in gedämpftes Licht getaucht. Rolf hat sich viel Mühe gegeben, die erste Nacht in der neuen Wohnung romantisch zu gestalten. Viele, viele Teelichter hat er aufgestellt und Sekt eingeschenkt. Auf Cecis Kopfkissen liegt eine langstielige rote Rose. Es schnürt ihr die Kehle zu und sie schluckt krampfhaft. So etwas hatte sie befürchtet.

„Bitte sei mir nicht böse!" Ihre Stimme ist nur ein leises Flüstern. „Ich bin so fertig. Lass' uns doch die Einweihung auf einen ruhigeren Tag verschieben." Rolf kann seine Enttäuschung nur wenig verbergen. „Ist schon ok. Du hast wirklich viel zu viel gearbeitet. Schlaf dich erst mal aus." Ceci nippt an ihrem Sekt und Rolf pustet die Lichter aus.

Ceci ist den Tränen nahe; sie ist ihrem Mann so dankbar für sein Verständnis, das sie in letzter Zeit wirklich ziemlich strapaziert hat. Es gelingt ihr einfach nicht, das alte Zusammenleben wieder aufzunehmen. Immer wieder überfallen sie die Gedanken an Paul und jedes Mal empfindet sie den gleichen verzweifelten Schmerz wie an dem Tag, als sie sich bei Angelika ausgeweint hat.

‚Wenn ich das nicht bald in den Griff bekomme, kann ich meine Ehe abschreiben!' ist Cecis letzter Gedanke, als sie sich in dem gemütlichen großen Bett zurecht kuschelt.

Ceci hat sich viel vorgenommen. Sie will mit dieser neuen Wohnung auch einen Neuanfang mit Rolf machen, dem glücklicherweise wohl zu keiner Zeit bewusst war, in welcher Krise ihre Beziehung steckte.

Einige Wochen später haben sie sich denn auch wirklich gut in dieser neuen Umgebung eingelebt und in den Bewohnern der anderen Wohnungen im Haus Freunde gefunden.

Es sind meist junge Leute, die hier leben und es herrscht ein sehr herzlicher Umgangston in der Hausgemeinschaft. Man grüßt und hilft sich und trinkt auch gerne mal einen Kaffee oder Wein zusammen. Ceci beginnt, sich hier wohl zu fühlen.

Die Wohnung ist auch wirklich wunderschön. Wie gut, dass Rolf sich nicht von Cecis Desinteresse abschrecken ließ und auf dem Umzug bestanden hat. Ein großes Wohn-/Esszimmer mit Glasfront zum riesigen Südbalkon, daran angrenzend die schmale Küche, ein geräumiges Schlafzimmer mit eingebautem Kleiderschrank, ein kleines Büro für Rolf und noch ein weiteres großes Zimmer, das als Kinderzimmer gedacht ist, aber (zumindest vorläufig?) als Gästezimmer fungiert.

Und gleich zwei Bäder gibt es: Ein großes mit Bad, Dusche, Doppelwaschbecken und WC und ein kleineres Duschbad mit Waschbecken und WC neben dem Gäste-/Kinderzimmer.

Ceci und Rolf hatten schon immer gerne Gäste und so wird der große Südbalkon der Wohnung bald ein gerne angenommener Treffpunkt der neuen Hausgemeinschaft. Abends wird hier noch ein Schlummertrunk genommen oder an Wochenenden gemeinsam gegrillt und gegessen. Jeder trägt etwas dazu bei und an manchen lustigen Abenden hallt Lachen und Musik über die angrenzenden Gärten.

Aus ihrer Adressenliste hat Ceci den Freunden und Bekannten per Rundbrief ihre neue Anschrift mitgeteilt und wer nicht beim Umzug und der Party dabei war, kommt jetzt zu Besuch, um sich anzusehen, wie sich die Beiden eingewöhnt haben.

Ceci und Rolf führen die Freunde nur zu gerne herum, sie sind sehr stolz auf ihre gemeinsame Renovierungsarbeit und die gelungene Einrichtung.

An einem Sonntagvormittag klingelt das Telefon, als sie es sich gerade auf dem Balkon gemütlich gemacht haben. „Du bist dran." Ceci hat die Augen fest geschlossen und versucht, ein bisschen Bräune zu ergattern.

Murrend stemmt sich Rolf aus seinem Liegestuhl. „Wir könnten doch auch nicht zuhause sein." Aber weil seine Frau den Einwurf ignoriert, schlurft er betont langsam in den Flur zum Telefon. „Die nächste Anschaffung ist ein schnurloser Apparat." Ceci schmunzelt: „Bisschen Bewegung hat noch nie geschadet."

„Das war's mal wieder mit dem gemütlichen Sonntag. Besuch ist angesagt!" kommt er auf den Balkon zurück. Ceci zwinkert gelangweilt gegen die Sonne. „Ausgerechnet jetzt. Wer stört?"

Die Antwort lässt sie senkrecht hochschnellen: „Paul kommt mit irgendeiner Freundin. Sie sind auf dem Weg von Norddeutschland nach München und wollen sich unsere neue Wohnung ansehen. Wahrscheinlich hattest du ihm auch einen Umzugsbrief geschickt."

In der Tat, das hat sie. Schließlich wollte Ceci deutlich zum Ausdruck bringen, dass Pauls Verhalten sie in keiner Weise bekümmert. Ein bisschen boshaft war sie schon bei dem Gedanken, dass er sich vielleicht darüber ärgern könnte, wie rasch sie sich mit ihrem Ehemann zusammen ein neues Nest baut.

Wenn sie ehrlich ist, hatte sie sogar gehofft, ihn damit betroffen zu machen. Aber dass er dann gleich hier antanzt.... Und auch noch mit Freundin! Na, das sieht ihm ähnlich!

„Hat er gesagt, wann sie in etwa hier sind? Ich muss auf jeden Fall unter die Dusche, so kann ich mich niemandem präsentieren." – Schon gar nicht Paul, setzt sie in Gedanken dazu. Lang-

93

sam verbreitet sich das Gefühl kribbelnder Ameisen in ihrem Körper und das Herz scheint immer schneller zu klopfen.

„Er meinte, so in einer Stunde sollten sie da sein. Das wird ja wohl für Katzenwäsche und Umziehen reichen." Rolf denkt gar nicht daran, sich durch den Besuch irgendwie in Stress bringen zu lassen.

Ceci allerdings wird hektisch. Als es eine Stunde später klingelt, ist sie selbstverständlich geduscht, die Haare glänzen wie Seide und sie hat sich inzwischen mehrmals umgezogen, bis sie ein ihren Ansprüchen genügendes Outfit gefunden hat. Sogar einen kleinen Snack hat sie noch vorbereitet. Rolf geht öffnen – großes Hallo! Und dann erscheint Paul wieder in Cecis Leben!

Sie belassen es bei einem leichten Händeschütteln und umgehen damit die eventuelle Verlegenheit einer Begrüßungsumarmung. „Schön, dich wiederzusehen." Gleichzeitig haben sie das gesagt und bei Beiden konnte man deutlich hören, dass es wirklich aus tiefstem Herzen kam.

„Du hast dich aber rar gemacht. Mussten wir denn erst umziehen, damit du uns mal wieder besuchst?" Rolf weiß nicht, dass er bis zu den Knien im Fettnäpfchen steht. „Kommt weiter, Ceci hat auf dem Balkon schon was gerichtet."

Paul schaut Ceci schräg an (Elli-Blick!). „Das ist wirklich lieb von ihr. Ich dachte, ich höre nix mehr von euch, da muss ich doch mal nachschauen kommen!" Sein leicht spöttischer Unterton ist ganz offensichtlich und ausdrücklich nur für Ceci bestimmt.

Endlich fällt ihm ein, dass er nicht alleine gekommen ist und er schiebt seine schüchtern lächelnde Begleiterin auf Ceci zu. „Darf ich euch Maria vorstellen. Wir kennen uns schon eine halbe Ewigkeit aus Wien und sind gute Freunde. Sie sucht eine Wohnung in München und bis sie die gefunden hat, wohnt sie bei mir."

Ceci fühlt einen Eisklumpen in ihrem Magen landen. „Ach ja? Was sagt denn deine Mutter dazu?" Die Frage ist raus, bevor sie noch nachdenken kann und Rolf und Maria schauen sie verwundert an. Pauls breites Grinsen verrät ihr aber, dass er genau weiß, worauf sie hinaus will.

„Elli mag Maria sehr gern. Sie hofft eben immer noch auf eine nette Schwiegertochter." Nun hat Ceci ihr Fett weg! Warum musste sie ihn auch provozieren?

Maria ist ganz rot geworden bei dem Geplänkel. Ach je, auch das noch! Ganz offensichtlich ist sie ziemlich verliebt in Paul, aber der merkt wohl mal wieder nichts oder will es nicht bemerken.

Den vorbereiteten Imbiss essen sie unter der breiten Markise auf dem Balkon und es wird eine nette Unterhaltung. Dann macht Rolf mit Paul und Maria eine ausgiebige Wohnungsbesichtigung. Ceci räumt das abgegessene Geschirr und die Reste in die Küche und spitzt dabei die Ohren, damit ihr auch kein Kommentar von Paul entgeht.

Beifällig benickt er das Gästezimmer und das Gästebad „Aha, jetzt weiß ich wenigstens, wo ich das nächste Mal unterkomme." Auch Rolfs Büro gefällt ihm ausnehmend gut.

Zum Schlafzimmer hat er wohl nichts zu sagen, denn so sehr Ceci horcht, sie kann nur Rolfs und Marias Stimme ausmachen, die sich über die Vor- und Nachteile von Teppichboden in Schlafräumen unterhalten.

Ein Räuspern hinter ihr lässt Ceci herumfahren. Paul steht in der Küchentür mit dem finstersten Gesicht, dass sie jemals bei ihm gesehen hat. Richtig erschreckend schaut er aus.

„Was ist?" Besorgt macht sie einen raschen Schritt auf ihn zu, aber eine schroffe Armbewegung schneidet ihr jede weitere Frage ab. Paul dreht auf dem Absatz um „Maria – wir fahren!" drängt er unvermittelt zum Aufbruch. In Ceci ist Aufregung! Was ist nur los mit ihm? Warum ist er plötzlich so verändert?

Rolf und Ceci bringen den Besuch zum Auto und während Rolf sich noch herzlich von Maria verabschiedet, stehen Ceci und Paul voreinander wie Fremde. „Dich muss man ja nicht fragen, wie es dir geht. Die junge Ehe funktioniert offensichtlich bestens. Ein schönes Nest habt ihr. Kein Wunder, dass ich nichts von dir höre!"

Richtig bissig kommt das aus ihm heraus. Zuerst verschlägt es Ceci die Sprache, dann wird ihr heiß und kalt und sie sucht nach den richtigen Worten. Doch bevor sie noch irgendetwas erwidern kann, herrscht er die arme Maria an: „Jetzt komm' endlich. Es wird mir sonst zu spät!"

Sein Gesicht ist sehr ernst und streng, die dunklen Augen sprühen eiskalte Blitze. Und schon sitzt er im Auto – keine Umarmung für Ceci, kein Abschied - nur durch das Fenster ein Händedruck für Rolf. Maria bedankt sich noch rasch bei Ceci und schon während sie einsteigt, lässt Paul den Motor aufheulen.

„Na der hatte es jetzt aber eilig! Außerdem hat er noch nicht einmal bemerkt, wo du sein Hochzeitsgeschenk aufgehängt hast" fällt Rolf beim Treppensteigen auf. Das Bild hängt genau gegenüber der Eingangstür und ist nicht zu übersehen - Ceci hat sich soviel Mühe mit der Auswahl des besten Platzes gegeben und es wurde schon oft bewundert.

Ceci ist zum Heulen. Ein Blick von Paul – ein paar Minuten in seiner Nähe und alle Gefühle sind wieder da. Gleichzeitig ist sie verletzt über seine abrupte Verabschiedung. Was ist da wohl in ihm vorgegangen?

In der darauf folgenden Woche schreibt Ceci an Paul einen ausführlichen und ausgesucht höflichen Brief. Sie erzählt ihm alles Mögliche - belangloses Zeug über den Umzug und die neue Hausgemeinschaft. Zum Schluss vergisst sie auch nicht, sich nach Maria zu erkundigen und betont harmlos zu fragen, wie es denn Elli geht.

Sie hat einfach das Gefühl, seinen rauen Abschied irgendwie übertrumpfen zu müssen. Soll er doch sehen, wie gelassen sie mit seinem Besuch umgehen kann. „Nun hast du auch wieder von mir gehört." ist der letzte Satz in ihrem Brief. Was er wohl dazu sagen wird? Doch von Paul kommt keine Antwort!

Beim nächsten Kaffee-Treff redet Angelika der Freundin ins Gewissen: „Lass' es doch dabei. Es tut dir nur weh, darüber nachzudenken. Sieh' mal, Paul hat jetzt wohl eine feste Beziehung, Du hast Rolf – also ist alles in genau der richtigen Ordnung."

Aber Ceci ist kreuzunglücklich und sie macht sich Vorwürfe, diesen überheblichen Brief geschrieben zu haben. Und - naja - ihr Eheleben leidet auch mal wieder unter ihren Gedanken an Paul.

Nur mühsam findet sie in einen geregelten Alltag zurück. ‚Allmählich habe ich darin richtig Übung!' überlegt sie bitter.

Sommer und Herbst gehen ins Land ohne eine Nachricht von Paul. Kurz vor den Feiertagen erledigt Ceci die Weihnachtspost. Lange sitzt sie vor der Adressenliste. Schließlich gibt sie sich einen Ruck und schreibt auch an Paul eine Karte mit den besten Weihnachtswünschen und herzlichem Gruß an Maria.

*****

97

Neues Jahr – neues Glück?

Ceci hängt Elli um den Hals und heult wie ein Schlosshund. „Nana! Das wird aber allmählich zur Gewohnheit!" Doch Elli ist selbst ganz gerührt und muss sich ausgiebig räuspern.

Ceci und Rolf haben wieder zusammen mit Sabine und Reinhard Skiferien in Almenthal gemacht. Die nette Gastfamilie vom vorigen Mal hatte glücklicherweise die gemütliche Ferienwohnung noch frei und Ceci hat sofort gebucht. Sie wurden herzlich begrüßt und fühlten sich richtig dazu gehörig.

Ceci und Sabine haben dieses Mal auf einen Skikurs verzichtet und sich lieber ein paar Privatstunden bei dem netten jungen Skilehrer vom letzten Mal gegönnt. Er hat sie sehr gelobt und sie haben bald selbst gemerkt, dass sie immer sicherer auf den Brettern werden. Immer öfter konnten die beiden Paare gemeinsam eine Skitour unternehmen.

An einem Tag konnte Ceci die Freunde überzeugen, zusammen nach Salzburg zu fahren. Voll Stolz hat Ceci die Fremdenführerin durch die Altstadt gespielt und die Atmosphäre ihrer Lieblingsstadt genossen.

Sabine und Reinhard haben sich von der Begeisterung der Freundin anstecken lassen, aber Rolf konnte sich für die Stadt überhaupt nicht erwärmen und Ceci hat darauf reagiert, als würde er ihr das liebste Spielzeug wegnehmen. Seine abfällige Kritik war für sie wie ein Schlag ins Gesicht.

Sabine und Reinhard hatten alle Hände voll zu tun, das Ehepaar wieder einigermaßen zu versöhnen. Doch verstehen konnten sie Cecis heftige Reaktion auch nicht. Erst Sabines augenzwinkerndes Angebot „Ach komm Ceci! Der Eine mag halt Schmalz, der Andere grüne Seife! Lass es doch einfach dabei." hat Ceci ein bisschen beruhigt. Aber sie hat sich fest vorgenommen, in Zukunft nur noch alleine hierher zu kommen und sich nichts vermiesen zu lassen.

Aber in Almenthal war Ceci wie immer richtig zuhause und sie hat sich auch öfter die Zeit genommen, mit Elli ein ausgiebiges Schwätzchen zu halten. Von ihrem Sohn hatte diese aber auch schon länger nichts mehr gehört.

Bedrückt berichtete sie: „Er nimmt mir wohl übel, dass ich ihm Vorwürfe gemacht habe, als Maria nach ein paar Wochen wieder bei ihm ausgezogen ist." Dazu konnte Ceci aber ein erleichtertes Aufatmen nicht völlig unterdrücken und erntete prompt einen von Ellis berühmten Seitenblicken.

„Ich weiß, was ich jetzt sage, tut dir weh, aber ich denke, es wäre das Beste für Paul gewesen, wenn er sich mit Maria zusammen getan hätte. Sie liebt ihn und er sollte endlich einen Menschen haben, der ausschließlich für ihn da ist und bei dem er zur Ruhe kommen kann." Ceci war sehr betroffen über den kaum verborgenen Vorwurf.

Elli wollte auch nichts davon wissen, dass Ceci und Rolf zunehmende Schwierigkeiten miteinander haben. Nach ihrer Meinung ist zwischen ihnen alles in Ordnung und es dürfte wohl nur noch eine Frage der Zeit sein, bis sich endlich Nachwuchs einstellt. Für Elli DER Indikator einer heilen Beziehung! Aber nicht nur für sie, auch Cecis Eltern und die Schwiegereltern sprechen oft davon, wie es wohl wäre, Enkelkinder verwöhnen zu dürfen.

Die bitteren Abschiedstränen, die Ceci jetzt nicht länger zurückhalten kann, machen Elli aber wohl klar, dass hier einiges im Argen liegen muss und die Beziehung zwischen Rolf und Ceci - nach ihrer Definition – keineswegs heil sein kann.

Fest hält sie die junge Freundin im Arm. „Ist ja gut. Kommt alles wieder in Ordnung." Und ganz leise flüstert sie ihr ins Ohr „Ich werde Paul von dir erzählen und dass du nicht gerade glücklich zu sein scheinst." Für Elli ist das eine geradezu sensationelle Aussage, wo sie sich doch sonst so solidarisch erklärt mit Rolf und seinen Eltern.

99

Ceci nickt und sucht verzweifelt nach einem Taschentuch. „Hier, nimm meines." Dankbar schnäuzt Ceci die Nase in das große Herrentaschentuch – Elli hasst die kleinen Papierdinger!

Einigermaßen getröstet kann sie jetzt durch den dicht fallenden Schnee zurück zur Ferienwohnung stapfen, wo Rolf gerade die letzten Taschen im Kofferraum verstaut. Sabine und Reinhardt toben mit dem ausgelassenen Benno über den Hof. Jeder ist beschäftigt und so fällt glücklicherweise auch niemandem Cecis verweintes Gesicht auf.

Hupend und winkend fahren sie gleich darauf vom Hof, wo der enttäuscht heulende Benno am Halsband festgehalten werden muss, damit er dem Auto mit seinen deutschen Menschenfreunden nicht hinterher springt.

Ceci lehnt die Stirn an das kühle Glas des Seitenfensters und späht durch das Schneegestöber hoch zu den wolkenverhangenen Berggipfeln. Ob Elli wohl wirklich mit Paul über sie reden wird? Nur mühsam gelingt es ihr, die trüben Gedanken zur Seite zu schieben und der fröhlichen Unterhaltung im Wagen zu folgen.

Elli hält ihr Versprechen! Zu Cecis Geburtstag kommt ein Brief von Paul. Er geht zwar mit keinem Wort auf das lange Schweigen zwischen ihnen ein, aber der herzlich-warme Ton in seinen Zeilen ist zu Cecis größter Erleichterung der gleiche wie früher.

Sein Geburtstagsgeschenk an sie ist eine Einladung zu den Salzburger Osterfestspielen! Ceci kann es kaum fassen – Rolf allerdings auch nicht, als sie ihm abends davon erzählt. „Ja spinnt der denn? Meint der wirklich, du wirst allein mit ihm nach Salzburg fahren?"

‚Aber ja, auf jeden Fall! Koste es, was es wolle!' Cecis Gedanken sind in glücklichem Aufruhr. Es braucht viel Beherrschung, ganz ruhig auf ihren Mann einzureden: „Sieh' mal Rolf, du hast doch an so etwas überhaupt kein Interesse - ich liebe klassische Musik und ich liebe Salzburg. Ich meine, diese Einladung

100

ist eine ganz tolle Idee. Da ist doch nix weiter dabei." erklärt sie ihm entgegen ihrer eigenen Überzeugung.

„Wenn dir so viel daran liegt..." knurrt Rolf grimmig „aber.....". Doch Ceci wartet irgendwelche Einwände gar nicht mehr ab. „Dann schick ich Paul gleich morgen eine Zusage!" jubelt sie los. Rolf bleibt nur noch resigniertes Schulterzucken.

Für Ceci kann es nun gar nicht schnell genug Frühling werden! Doch als endlich Ostern und die Festspiele in nahezu greifbare Nähe rücken, steht sie schon wieder vor einem Problem!

*****

Salzburg

„Hilfe, Angelika! Was trägt man denn bei ‚feinen Leut's'?"
Die Freundin will sich ausschütten vor Lachen. „Na du hast
vielleicht Probleme!"

„Bitte, du musst mir helfen!" fleht Ceci „Mit der ‚großen Gesellschaft' kann ich sowieso niemals mithalten, da fehlt mir
der entsprechende Geldbeutel. Und besonderes Geschick mit
meinen Klamotten hab ich auch nicht. Aber du weißt immer
genau, wie man sich anzieht. Wirst du mit mir zusammen
einkaufen gehen?"

Welcher Teufel hat sie eigentlich geritten, Pauls Einladung zu
den Festspielen anzunehmen? Die festliche Garderobe darf ihr
Budget nicht belasten und muss sie dennoch unwiderstehlich
und hinreissend aussehen lassen....

Auch wenn Angelika wieder einmal nicht mit der Entwicklung
von Cecis Beziehung zu Paul einverstanden ist, würde sie die
Freundin doch niemals im Stich lassen. Gemeinsam stöbern sie
in den Boutiquen der Kreisstadt und werden – Dank Angelikas
sicherem Geschmack - auch rasch fündig.

„Ich glaube, ohne deine Hilfe wäre ich bei irgend so einer
aufwändigen Abendrobe hängen geblieben, die mir eine ge-
schickte Verkäuferin gegen meine Überzeugung aufgeschwatzt
hätte und wäre in Salzburg vor Peinlichkeit im Boden versunken!" Fröhlich schwenkt Ceci die große Einkaufstüte.

Ein ganz schlichtes, weites, langes Kleid aus weichem schwar-
zem Stoff haben sie gekauft, das Cecis sportliche Figur um-
schmeichelt und das mit wechselnden Accessoires auch höhe-
ren Ansprüchen genügen dürfte. „Wem du so nicht gefällst,
der hat keinen Geschmack!" nickt Angelika aufmunternd. „Ich
finde, du wirst toll aussehen."

„Hoffentlich bringe ich nichts durcheinander!" seufzt Ceci
„Schwarze high heels mit Stola und Lockenmähne, Goldschnal-

len-Schuhe mit Goldschuppen-Gürtel und Hochsteckfrisur und und und... Siehste! Schon vergessen!" – „High heels, Silberschmuck und das Haar offen und glatt!" grinst Angelika. „Ich werde es dir aufschreiben!" Ceci zuckt verzagt die Schultern. „Am Besten mit Zeichnung...".

Die Freundin hatte nach ausführlicher Inspektion des nicht gerade umfangreichen Kleiderschrankes einen regelrechten Schlachtplan ausgeheckt, damit Ceci an jedem der drei Konzertabende mit einem anderen Erscheinungsbild glänzen kann. Das schwarze Kleid hat sich dabei als absoluter Glückgriff erwiesen.

Angelika umfasst die Schultern der Freundin „Mach keinen Blödsinn" ermahnt sie ernsthaft „und versuche, einigermaßen deine fünf Sinne zusammen zu halten. Du weißt, wie ich über Paul und seine angebliche Freundschaft denke!"

Ceci wird mal wieder rot. „Ich versuche es." verspricht sie zaghaft. „Aber Paul hat doch versichert, dass er diese Einladung öfter schon für gute Freunde ausgesprochen hat. Und das hat er auch Rolf ausrichten lassen, damit er sich keine Sorgen macht."

Angelikas Antwort ist ein vieldeutiges Schnauben. „Ich traue der Sache nicht und außerdem weiß ich, was du für ihn empfindest. Eigentlich sollte ich dich irgendwo festbinden, bis Ostern vorbei ist!" Ceci fällt ihr um den Hals „Keine Chance." und schon ist sie im Gewühl an der Straßenbahnhaltestelle verschwunden. Angelika sieht nur noch eine übermütig winkende Hand. ‚Wenn das nur gut geht.' seufzt sie und entschließt sich auch zur Heimfahrt.

Rolf hat sich mittlerweile über Pauls Einladung und Cecis Zusage etwas beruhigt. Er wird über Ostern mit seinen Eltern verreisen, die schon lange einmal Freunde in Holland besuchen wollen. Carl und Margarete freuen sich sogar darauf, ihren Sohn für ein paar Tage ganz allein für sich zu haben.

103

Wieder einmal setzt sich also Ceci mit gemischten Gefühlen in den Zug nach München. Sie ist das reinste Nervenbündel. So lange hat sie Paul nicht mehr gesehen und seit seiner Einladung zu den Festspielen haben sie auch nur ein paar Nachrichten ausgetauscht.

Ceci hat sich ganz bewusst zurück gehalten, um ihre Erwartungen an diese doch so offiziell gemeinsame Reise nicht zu hoch zu schrauben. Die Enttäuschung und Depression nach der Innsbruck-Fahrt ist für sie immer noch allgegenwärtig. Bei jedem Halt des Zuges möchte sie eigentlich aussteigen. Richtige Angst hat sie vor der Ankunft in München!

‚Jetzt reiß dich aber mal zusammen!' schimpft sie sich in Gedanken selbst aus ‚Schließlich ist Paul deine große Liebe und wartet in München auf dich.' und so bleibt sie eben auf ihrem Platz. Die Nervosität steigert sich jedoch mit jedem Kilometer Schienenweg.

Bei der Einfahrt im Bahnhof wartet ein fröhlich lachender und winkender Paul auf dem Bahnsteig und Ceci muss sich sehr zusammennehmen, die selbständige und überlegene Frau herauszukehren, die er erwartet, sonst würde sie sich ihm einfach in die Arme werfen.

Er fasst sie liebevoll um die Schulter und übernimmt den Koffer. „Uih! Deine Garderobe ist aber nicht gerade ein Leichtgewicht!" grinst er und fasst fester zu. „Du weißt doch, Frauen werden nicht eigentlich älter, aber dafür ihre Koffer immer schwerer." gibt Ceci lächelnd zurück.

Ob er eigentlich auch nur im Entferntesten ahnt, wie schwer ihr diese launige Unterhaltung fällt? So gerne hätte sie sein Gesicht umfasst und ihn geküsst, ihm gesagt, wie froh sie ist, bei ihm zu sein. Nein, davon scheint er nicht die geringste Ahnung zu haben.

Sein Wagen steht vor dem Bahnhof. „Ich dachte, wir fahren sofort weiter nach Salzburg und trinken unterwegs einen Kaffee." Damit ist Ceci gerne einverstanden und so heißt sie ihr geliebtes Salzburger Land bald willkommen.

Als Paul gleich an der Grenze in den kleinen Ort Himmelreich abbiegt und vor einem gemütlichen Café Halt macht, wundert sich Ceci nicht. Wo anders als im Himmelreich sollte sie mit ihm auch landen?

„Woran denkst du?" fragt Paul verwundert, als er ihr lächelndes Kopfschütteln bemerkt. „Gab es da nicht einmal ein Buch von Kästner, das in diesem Ort und in Salzburg spielt?" fällt Ceci zum Glück ein. „Stimmt! Hab ich gar nicht dran gedacht." lacht nun auch Paul „Nun, dann entführe ich dich jetzt ins Himmelreich zum Kaffeetrinken." und Hand in Hand betreten sie die kleine Gaststube.

Bei Kaffee und Strudel stellt sich langsam wieder die vertraute Gemeinsamkeit zwischen ihnen ein und immer öfter hält Paul Cecis Hand oder legt den Arm um sie. Plötzlich aber erschrickt er: „Wir müssen weiter, sonst versäumen wir das erste Konzert. Zum Plaudern haben wir schließlich in den nächsten Tagen noch viel Zeit."

Rasch begleicht er die Rechnung und sie fahren die kurze Strecke weiter bis zu einer kleinen Pension am Stadtrand von Salzburg. Paul ist dort offensichtlich gut bekannt und auch Ceci wird herzlich begrüßt.

Die Wirtin führt sie in eine kleine Suite unter dem Dach mit wunderbarem Ausblick auf Wiesen und Felder. Mittelpunkt des gemütlichen Schlafzimmers ist ein behagliches Doppelbett…

Die schon überwunden geglaubte Röte stielt sich bei diesem Anblick mal wieder verräterisch in Cecis Wangen. Aber jetzt ist keine Zeit, darüber nachzudenken, sie müssen sich beeilen. Ceci verschwindet im Bad, um sich umzuziehen und frisch zu machen.

Zögernd präsentiert sie sich Paul in ihrem einfachen Abendkleid – das sie heute mit dem von Angelika ausgesuchten Silberschmuck trägt, dazu die schwarzen high heels und eine kleine schwarze Abendtasche. Das Haar hat sie so lange gebürstet bis es knistert – glatt umrahmt es ihr Gesicht mit dem dezenten Make-up.

Paul bekommt große Augen „Wow!". Auch er hat sich inzwischen umgezogen und trägt einen eleganten dunkelgrauen Anzug. Die Gäste im Eingangsbereich der Pension drehen sich neugierig um nach dem schönen Paar. In rascher Fahrt geht es zur Parkgarage am Festspielhaus.

An Pauls Arm betritt Ceci das festliche Foyer. Staunend schaut sie sich um: Gepflegte Menschen in wunderbaren Kleidern und mit wertvollem Schmuck streben den Eingangstüren zu. Es herrscht ein richtiges Sprachengewirr. Manches bekannte Gesicht entdeckt Ceci im internationalen Publikum – einige recht prominente Besucher haben sich hier eingefunden.

Über ihr schlichtes Kleid und ihre Erscheinung braucht sie sich aber wohl keine Gedanken zu machen – viele Blicke streifen sie und zum Teil auch ganz unverhohlen offene Bewunderung lässt sie verlegen werden. Paul drückt liebevoll ihren Arm und raunt ihr lächelnd zu „Hab ich ein Glück. Meine Begleitung ist mit Abstand die charmanteste und schönste!". Ceci versetzt ihm einen kleinen Klaps „Angeber!" und lässt sich zu ihrem Platz führen.

Langsam verlöscht das Licht und der berühmte Dirigent erscheint auf dem Podium. Anhaltender Beifall begrüßt ihn und während der ersten verhaltenen Töne greift Paul nach Cecis Hand und lässt sie nicht mehr los.

Ganz gibt sie sich der Musik und Pauls Nähe hin und macht eine verblüffende Erfahrung: Mit einem geliebten Menschen an der Seite wird auch bereits Bekanntes zu einem völlig neuen Erlebnis. Der Schlussbeifall holt sie aus einem verzauberten Wachtraum. Im Aufstehen beugt sich Paul zu ihr und küsst sie sanft.

Dem anschließenden köstlichen Abendessen in einem der besten Restaurants der Stadt kann sie leider nicht gerecht werden. Die Nervosität des Tages, in ihrer Lieblingsstadt zu sein, das Erlebnis der wunderbaren Musik und der geliebte Mann auf der anderen Seite des Tisches vermischen sich zu einem kunterbunten Nebel – ein richtiger Rausch. Ceci ist zum Abheben glücklich!

„Sag mal, hab ich etwa einen schwarzen Punkt auf der Nase? Was ist denn nur los mit den Leuten?" Ceci erwidert höflich lächelnd den Gruß des weißhaarigen Herrn am Nebentisch. Paul schmunzelt nur und nickt ebenfalls hinüber.

„Ich hab dir doch gesagt: Meine Begleitung ist mit Abstand die charmanteste und schönste. Du hast mir ja nicht geglaubt." Paul hebt Ceci sein Glas entgegen „Und jetzt trinke ich auf das Wohl meiner charmanten undsoweiter Begleitung." Cecis Wangen glühen mal wieder als sie mit ihrem Weinglas leicht das seine berührt. Aber es ist wirklich verblüffend - schon im Konzert und auch jetzt im Restaurant – überall strahlendes Wohlwollen und zustimmendes Nicken beim Anblick des jungen Paares. Kann denn Glück so deutlich erkennbar sein?

Nach dem wunderbaren Menü setzen sie sich auf eine mit kuscheligen Kissen bestückte Couch der von vielen Windlichtern romantisch erleuchteten Restaurantterrasse und bewundern den herrlichen Ausblick über die funkelnden Lichter der Stadt bis hinüber zur hell angestrahlten Festung Hohensalzburg. Die Salzach bildet ein im Mondlicht silbrig schimmerndes Band durch die Stadt.

„Hach ist das schön!" Ceci breitet die Arme aus und umfasst quasi ganz Salzburg. Sie hat einen kleinen Schwips und Paul kann einfach nicht anders – er zieht die schlanke Gestalt an sich und küsst sie leidenschaftlich. Cecis Arme vergessen Salzburg und schlingen sich um Pauls Nacken. Erst das diskrete Räuspern des Kellners bringt die Beiden wieder in die Realität zurück.

„Verzeihung! Sie hatten Mokka bestellt?" Verlegen streicht Ceci über ihre Haare und Paul zupft an seiner Krawatte. „Ja bitte." Das Trinkgeld fällt etwas üppiger aus als ursprünglich gedacht. Dem netten Kellner ist es Recht.

Hand in Hand sitzen sie, bis es doch ziemlich kühl wird und auch allmählich Zeit ist, zurück in die kleine Pension zu fahren. Es ist schon sehr spät, als sie dort ankommen und auf der Treppe überfällt Ceci wieder das Zagen. Was nun? Ein Seitenblick – auch Paul scheint sich seiner Sache jetzt nicht mehr so sicher.

Zögernd schließt er die Zimmertür auf – sein Arm streift Cecis Nacken, als er an ihr vorbei zum Lichtschalter greifen will. Doch Ceci umfasst die Hand und zieht ihn hinter sich her in das dämmrige, nur vom Mondlicht durchflutete Zimmer. Mit leisem Klick schließt sich die Tür und sie wenden sich einander zu. Tief taucht Cecis Blick in Pauls fragende, dunkle Samtaugen. Staunend erkennt er darin ihre Liebe und Hingabe und zieht sie aufatmend an sich. Dann ist absolut kein Schauspielern mehr möglich.

Kann es denn Wirklichkeit sein, dass zwei Menschen so perfekt harmonieren? Zwei Körper sich überhaupt nicht darum kümmern, dass sich in den Köpfen noch die Wenn's und Aber's umeinander drehen? Es ist so! Alle mahnenden Worte von Elli oder Angelika sind weit, weit weg. Ceci und Pauls Welt scheint für diese Nacht still zu stehen.

Die Salzburger Tage vergehen wie im Flug, dabei hätten sie doch bitte noch so lange dauern sollen. Ein einziger Wirbel aus Fühlen und Gefühlen, Liebe und Musik, Zusammengehören und Zusammenbleibenwollen, Spaziergängen durch die frühlingsstrahlende Umgebung und lauter netten Menschen, die sich benehmen, als könnten sie ihren Segen nicht länger zurückhalten.

Und über allem die leuchtende Sonne. Im wahrsten Sinn des Wortes trübt kein Wölkchen das Zusammensein und die Liebe von Ceci und Paul.

Viel zu früh setzt Paul seine Ceci in München wieder in den Zug und sie will doch nicht weg von ihrer Liebe, von der sie jetzt ganz sicher weiß, dass sie für immer dauern wird. „Pass auf dich auf, mein Herz." Paul streichelt liebevoll Cecis Hand und küsst die Fingerspitzen. Sie stehen am geöffneten Abteilfenster, die Finger fest ineinander verschränkt.

Noch einige Schritte geht Paul neben dem anfahrenden Wagen her bis der Zug Geschwindigkeit aufnimmt und er Cecis Hand loslassen muss. „Ich liebe dich!" Der Fahrtwind verweht Cecis halblauten Ruf und sie weiß nicht einmal, ob Paul ihr Geständnis noch gehört hat.

Aufatmend lässt sie sich auf den Sitz fallen und schließt die Augen. Sie stellt sich vor, wie Paul durch die Bahnhofshalle geht und in seinen Wagen steigt. Wie gerne wäre sie jetzt bei ihm.

Plötzlich setzt sie sich steil aufrecht. Ihr Entschluss steht fest: Sofort nach der Rückkehr wird sie mit Rolf reden. Sie muss sich von ihrem alten Leben und allem, was damit zusammenhängt, trennen. Dann ist sie frei für Paul und das, was er für ihre Gemeinsamkeit planen wird.

Ceci kann es kaum erwarten, am Heimatbahnhof anzukommen. Ihr Handy hatte sie zuhause gelassen, damit kein Anruf die Tage mit Paul stört. Fast springt sie aus dem noch fahrenden Zug und eilt zur nächsten Telefonzelle. Sicher wird sich Paul freuen, dass sie sich so rasch entschieden hat.

„Hallo Liebster." Hoffentlich findet sie die richtigen Worte. „Hallo Ceci." Pauls Stimme ist fröhlich. „Bist du schon zuhause? Das ging aber schnell. Hat dich Rolf am Bahnhof abgeholt?" Verdutzt schaut Ceci den Hörer an, bevor sie tief Luft holt und weiter redet. „Nein, ich bin noch am Bahnhof und wollte zuerst mit dir etwas besprechen."

„Das ist aber lieb." Wie unverbindlich und fremd das klingt. „Morgen hätte ich dich auch angerufen. Ich möchte mich doch bei dir bedanken für die wunderbaren Tage in Salzburg. Es war sehr schön mit dir. Das müssen wir unbedingt irgendwann wiederholen…."

Weiter hört Ceci nicht zu - langsam legt sie den Hörer auf. Wie ein Schlafwandler läuft sie über den Bahnsteig und setzt sich auf eine Bank. Menschen hasten an ihr vorbei, um rechtzeitig zu den Zügen zu kommen. Ceci bemerkt von all dem nichts. „…irgendwann wiederholen…" dröhnt es in ihren Ohren.

Rolf muss sie richtig schütteln. „Ceci! Was ist los? Ist dir nicht gut? Ich warte schon eine ganze Zeit auf dich vor dem Bahnhof." Wie aus einem tiefen Traum kommend schaut Ceci um sich und registriert endlich den besorgten Mann, der vor ihr auf dem Bahnsteig kniet und ihre Hände fest umschlungen hat.

„Entschuldige, ich glaube mein Kreislauf hat schlapp gemacht." stottert sie. Was soll sie ihm auch sagen? Dass sie wieder einmal mit einem Plumps aus der Liebe zu Paul in der Realität gelandet ist?

Rolf bringt seine Frau nachhause und auch gleich zu Bett, damit sie sich ausruhen kann. Ceci könnte losheulen vor Scham – zum einen vor Rolf, der sich so liebevoll um sie bemüht und den sie doch in den letzten Tagen in jeder Hinsicht so oft betrogen hat und zum anderen vor sich selbst. Wie konnte sie nur einmal mehr auf Paul hereinfallen? Lernt sie denn nie aus, was diesen Mann anbelangt?

Diese Frage stellt ihr auch Angelika, die sie am nächsten Tag aufsucht und die nur einen Blick in das Gesicht der Freundin werfen muss, um all den Kummer zu erkennen. „Das ist jetzt schon das zweite Mal mit diesem Mann." Angelika schäumt vor Wut auf Paul und würde ihm am liebsten die Augen auskratzen. „Hat der denn überhaupt kein Gefühl? Weiß er denn nicht, was er dir antut?" Sie tobt richtig!

Als Ceci Paul dennoch verteidigen will, bekommt auch sie gleich noch ihren Teil ab. „Ja bist du denn jetzt ganz durchgedreht? Was heißt da ‚Paul ist nun mal wie er ist'? Soll das etwa eine Entschuldigung sein? Nein, der Typ verhält sich direkt asozial! Du sagst doch immer, es gibt niemanden, der sich so gut in dich hinein versetzen kann, wie dieser Mensch, also muss er doch ganz genau wissen, wie schlecht du dich jetzt fühlst!"

Angelika ringt um Geduld und wechselt von dem bequemen Caféstuhl zu Ceci auf die gemütliche Loriot-Couch. Besorgt legt sie den Arm um die Schulter der Freundin: „Mein liebes Mädchen! Du kannst das Leben nicht nur durch die rosa Brille angucken. Ich weiß, du meinst, Paul sei deine ganz große Liebe, aber wo ist denn diese Liebe? Ich kann sie nirgends sehen, greifen oder ihr mal ordentlich die Meinung sagen!

Ich sehe nur meine traurige Freundin, die offensichtlich einem Phantom hinterher läuft. Schlag dir endlich diesen Mann aus dem Kopf und leb dein Leben! Mit allen Konsequenzen und mit allen Höhen und Tiefen. Und die wird es ganz gewiss auch ohne diesen ominösen Herrn Paul geben, glaub mir."

Da ist es um Cecis Beherrschung geschehen. Sie schlägt die Hände vor das Gesicht und lässt den Tränen freien Lauf.

*****

111

Ein alter Freund namens Rolf und ein neues Hobby

Eine Konsequenz hat Ceci auf jeden Fall aus der Salzburgreise gezogen: Sie hat mit Rolf ein langes Gespräch geführt und ist aus dem gemeinsamen Schlafzimmer ausgezogen.

Ihrem Mann gegenüber hat sie diesen Rückzug aus dem Eheleben damit begründet, dass sie sich wohl einfach zu früh gebunden hat und jetzt mehr Freiheit braucht. Sie bringt es einfach nicht fertig, die Fassade ihrer Ehe aufrecht zu erhalten und leider kann sie Rolf auch keine Hoffnung machen, ob sie ihre Meinung irgendwann wieder ändern wird.

Fast enttäuscht sie sein Verständnis! Hofft er etwa, sie dadurch halten zu können und setzt auf Besserung mit der Zeit oder ist sie ihm inzwischen gleichgültig geworden? Wundern würde das sie – ehrlich gesagt - nicht bei ihrem Dickkopf, den sie immer durchsetzen will.

Aber da die Beiden schon immer – auch schon lang bevor aus ihnen ein Paar wurde - gute Freunde waren, ist das Verhältnis nicht wirklich auf Dauer getrübt. Sie möchten ihre Freundschaft beibehalten und versuchen, in einer Art Wohngemeinschaft zu leben, damit zumindest vorläufig keiner aus der für Beide günstig gelegenen Wohnung ausziehen muss. Zum Glück ist diese groß genug und bietet somit die besten Voraussetzungen.

Ceci hat sich im Gästezimmer gemütlich eingerichtet und belegt das kleine Bad mit Beschlag. Rolf richtet für sich das Schlafzimmer mit Schreibtisch und Sitzecke her und übernimmt das große Bad. Den Rest der Wohnung nutzen sie weiterhin gemeinsam.

Und diese Gemeinschaft funktioniert erstaunlich gut. Nach wie vor kaufen sie zusammen ein und erledigen den Haushalt. Sogar das Kochen ist kein Problem, sie übernehmen es jetzt abwechselnd und essen auch oft miteinander.

Im Freundeskreis geben sie keine Erklärung dazu ab, dass sie nicht immer gemeinsam auftreten – das müssen die Freunde eben so akzeptieren. Wer Genaueres wissen will, soll fragen und wird entsprechend informiert. Aber da die Beiden mit der Situation offensichtlich ganz entspannt umgehen, halten es die Freunde ebenso.

Von Paul hört Ceci nichts mehr – nach einigen unverbindlichen Zeilen, auf die sie nicht geantwortet hat, ist der Briefwechsel mal wieder eingeschlafen. Auch wenn der Schmerz tief sitzt, ist ihr das derzeit eigentlich sehr Recht, denn sie muss jetzt erst einmal zu sich selbst finden und zur Ruhe kommen. Die Veränderung in ihrem Eheleben geht Paul nichts an.

Ein Kollege im Büro erzählt begeistert von der ersten Reitstunde seiner Tochter. Dieser Gedanke lässt Ceci nicht mehr los. Es ist einer ihrer sehnlichsten Kindheitsträume, das Reiten zu lernen, aber leider war in ihrem Elternhaus nie Geld da für kostspielige Reitstunden.

Später, als sie ihr eigenes Geld verdiente, hat sie immer vom Reitunterricht abgehalten, dass eine mit hohen Summen verbundene Mitgliedschaft in den Vereinen erwartet wurde und auch Arbeitseinsätze in den Ställen. Nicht einmal so sehr die Kosten, sondern die Zeitfrage hat sie bisher von einer Kontaktaufnahme zurück gehalten.

Der Kollege zerstreut ihre Bedenken: „Also dort, wo meine Melanie reiten lernt, muss man nicht unbedingt Mitglied sein. Die sind alle sehr locker. Schau es dir doch einfach mal an!".

An einem Samstagnachmittag kramt sie also ihre ältesten Tennisschuhe und eine abgetragene Jeans heraus und fährt so gerüstet zu der angegebenen Adresse außerhalb der Stadt. Dumpf dröhnend rattert ihr kleines Auto über das Kopfsteinpflaster eines alten Bauernhofs. Ceci schaut sich suchend um:

Ein etwas windschiefes, aber geschmackvoll renoviertes Fachwerkhaus bildet quasi die Kopfseite des Hof-Vierecks. Zu beiden Seiten erstrecken sich Stallgebäude - neugierig wird sie von zwei Pferden gemustert, die ihre Köpfe aus den Boxen recken. In der Mitte des Hofes dampft ein beeindruckend hoher Misthaufen und links vom Tor zeigt ein quietschbuntes Schild zur „Reiterklause". Aus der geöffneten Tür des Lokals klingt fröhliches Gelächter.

Ceci parkt den Wagen neben dem Misthaufen zwischen anderen dort abgestellten Autos. Naserümpfend mustert sie den aufgetürmten Mist. Hoffentlich kommt der nicht ins Rutschen... „Keine Angst, er hält! Außerdem wird der Mist heute noch über die Felder verteilt." Ein älterer Mann stapft in blitzblanken Reitstiefeln über den Hof. Reithose und ein buntes Hemd spannen über dicken Muskelpaketen.

„Kann ich dir helfen?" fragt er freundlich. Ceci ist verlegen, weil er ihre Skepsis bemerkt hat und wird mal wieder rot. Der Mann schmunzelt und streckt ihr die Hand entgegen. „Mein Name ist Gerd. Ich bin hier der Reitlehrer. Willst du dich bei uns umschauen?"

Ceci räuspert sich rasch die Verlegenheit aus dem Hals und schüttelt die angebotene Hand. „Hallo, ich bin Ceci. Ein Kollege hat mir erzählt, man könne hier auch ohne Vereinsmitgliedschaft reiten?" Gerd wird ernst: „Im Prinzip ja. Kannst du denn reiten? Denn das wäre die allererste Voraussetzung." – „Äh, nein." Schon wieder wird Ceci rot – verdammt, sie könnte sich ohrfeigen. Am liebsten würde sie sich wieder ins Auto setzen und einen Rückzieher machen.

„Weißt du was? Ich zeige dir einfach mal unseren Hof und die Pferde. Wenn du Interesse hast, kannst du hier das Reiten lernen und später selbstverständlich auch ohne Mitgliedschaft ein Pferd leihen und ausreiten. Aber du musst schon verstehen, dass ich meine Tiere nicht jedem Wildfremden anvertraue. Ich will schon wissen, mit wem wir es zu tun haben."

Das klingt für Ceci vernünftig und sie nickt „Ok, das kann ich einsehen!". – „Na dann komm mal mit." Gerd geht voraus zu den Ställen. Bald schwirrt Ceci der Kopf von seinen Erklärungen.

114

Die meisten Pferde sind unterwegs und Gerd führt sie in die verschiedenen Einzel- und sozusagen Mehrpferd-Boxen („Gibt es diesen Ausdruck überhaupt?' überlegt Ceci) in den Stallgebäuden.

Alles ist peinlich sauber und aufgeräumt, Wände und Decken wurden offensichtlich vor kurzem frisch geweißt und der Boden in den Boxen ist mit knisterndem Stroh bedeckt. In den Durchgängen liegt nicht das kleinste Hälmchen oder Körnchen. Der Boden aus fest gestampfter Erde ist quasi staubfrei.

Gerd erklärt die Namensschilder an den Stalltüren, welche auch die Abstammung der Pferde aufzeigen, und die bunten Bänder an manchen dieser Schilder – Preise und Auszeichnungen aus verschiedenen Turnieren.

„Und wo sind die Pferde?" will Ceci wissen. „Auf der Weide, mit Reitern im Gelände unterwegs und einige sind auch oben in der Halle. Der Unterricht meiner Frau ist gleich zu Ende." Gerd zeigt auf einen schmalen Weg der am Wohnhaus vorbei führt. Erst jetzt sieht Ceci, dass es hinter dem Hof weitergeht: Sorgfältig eingezäunte Weiden und ein großes Gebäude, ähnlich einer Scheune.

„Komm mit." fordert Gerd auf und sie folgt ihm bereitwillig den Weg entlang um das Haus. Wunderschöne Pferde stehen auf den Weiden, einige kommen neugierig angetrabt, als sie Gerd sehen und strecken schnaubend den Kopf über die Absperrung. „Du hast doch hoffentlich keine Angst?" fragt der Mann verwundert, als Ceci stehen bleibt. „Aber nein!" versichert sie eilig „Darf ich die streicheln?" Gerd lacht „Aber sicher!" Er klopft einen schlanken Pferdehals. „Kommt mal her und begrüßt Ceci." Das lassen sich die Pferde nicht zweimal sagen und Ceci bekommt alle Hände voll zu tun.

Gerd registriert wohlwollend das strahlende Gesicht und die blitzenden Augen der jungen Frau. Sie genießt den Umgang mit den großen Tieren, das ist ganz offensichtlich. „Na komm, wir schauen in die Reithalle!" fordert er seine Besucherin auf und Ceci reißt sich nur ungern los. Auch die Pferde spähen den Beiden enttäuscht hinterher.

Es stellt sich heraus, dass das große scheunenähnliche Gebäude die Reithalle ist. Gerd öffnet eine schmale Seitentür und lässt Ceci den Vortritt in einen kopfsteingepflasterten Raum, an dessen Längsseite mehrere Pferde angebunden sind und von ihren Reiterinnen und Reitern gestriegelt werden. Über einem niedrigen Querbalken hängen Sättel verschiedener Größen und an der jenseitigen Wand steht eine lange Reihe schmaler Schränke. Durch die teilweise geöffneten Türen erkennt Ceci Reithelme, Zaumzeug und anderes.

„Hier werden die Pferde gesäubert und gesattelt, bevor sie in die Halle oder nach draußen gehen und geritten werden." erklärt Gerd. „Und trocken gerieben und Hufe gekratzt, bevor sie zurück zum Stall dürfen, sonst gibt's Ärger." ergänzt eine junge Frau lachend. Sie reibt sich die Hand an der Hose ab und streckt sie Ceci entgegen. „Hallo, ich bin Ruth! Wirst du bei uns reiten?" – „Ich möchte schon gern." Ceci freut sich über den lockeren Umgangston „Vorläufig darf ich mich erst mal umschauen."

Gerd führt sie durch ein großes Schiebetor und dann stehen sie in der Reithalle vor einer Balustrade, die das Rechteck einrahmt, in dem ein junger Mann auf einem sehr hochbeinigen schwarzen Pferd konzentriert Figuren reitet. Der Boden ist von einer dicken Schicht gehäckseltem Stroh und Torf bedeckt.

„Früher war das einmal die Scheune des Bauernhofs. Soviel Platz brauchen wir aber nicht mehr, weil wir keine Landwirtschaft betreiben. Für die Mengen an Heu und Stroh, die wir für den Reitbetrieb brauchen, reicht uns die kleinere Scheune oben am Waldrand." erklärt Gerd mit gedämpfter Stimme. „Also haben wir eine Reithalle eingerichtet. Hier geben meine Frau und ich Reit- und Springunterricht und hier wird auch trainiert, so wie diese Beiden jetzt. Andreas hat sich für ein Dressurturnier am nächsten Sonntag gemeldet und nun muss er mit seinem ‚Gino' noch ordentlich üben."

Andreas schnalzt mit der Zunge und Gino fällt in gemütlichen Trab. Die Übung ist wohl beendet, denn jetzt nimmt er sich auch die Zeit, den beiden Zuschauern zuzuwinken. Gerd winkt zurück und dann begleitet er Ceci wieder hinunter auf den Hof.

„Na, wie gefällt es dir bei uns?" will er wissen. „Bei euch würde ich sehr gerne das Reiten lernen." antwortet Ceci. „Aber nur, wenn ich es mir auch leisten kann!" fällt ihr ganz erschrocken ein. Gerd lacht „Wir sind doch keine Räuber! Darüber werden wir uns schon einig. Setz dich für ein paar Minuten in die ‚Reiterklause', dann hol ich unseren Standardvertrag. Den liest du zuhause in aller Ruhe durch und wenn du einverstanden bist, kommst du nächste Woche zu deiner ersten Stunde. Dazu bringst du ihn unterschrieben wieder mit." Ceci ist ganz erleichtert. So einfach geht das?!

In der ‚Reiterklause' setzt sie sich an den Tresen und schaut sich um. Es ist ein gemütliches kleines Lokal mit rundum laufenden Bänken und niedrigen Stühlen. Auf den kleinen Tischen liegen buntkarierte Decken und in schmalen Vasen steht frisches Grün.

„Hallo, da bist du ja wieder! Gefällt es dir bei uns?" Die junge Frau namens Ruth schlüpft hinter den Tresen. „Was darf ich dir bringen?" Ceci ordert ein Mineralwasser. „Vielleicht werde ich schon nächste Woche mit dem Reitunterricht anfangen." strahlt sie. „Arbeitest du hier?" Ruth stellt ein großes Wasserglas auf den Tresen „Nur am Wochenende. Dafür habe ich dann ein paar Reitstunden kostenlos. Der Gerd ist mein Onkel. Normalerweise organisiert meine Tante Agathe hier den Laden, aber sie ist jetzt einkaufen." Ruth schenkt sich auch ein Glas Wasser ein und trinkt in großen Zügen.

„Pferdestriegeln macht Durst!" lacht sie dazu. „Hast du denn ein eigenes Pferd?" fragt Ceci neugierig – einer ihrer heimlichen Träume. „Nein, ich kümmere mich um einige Pferde, deren Besitzer sie hier einstellen, aber nicht immer Zeit haben zum Reiten. Außerdem helfe ich gelegentlich meinem Onkel beim Unterricht. Eigentlich studiere ich Architektur, aber Gerd

117

möchte mich gerne als seine Nachfolgerin auf dem Hof sehen. Naja, kann ich immer noch, wenn ich aufs Häuslebauen keine Lust mehr habe." Wieder lacht Ruth herzhaft. Sie scheint ein ausgesprochen fröhlicher Mensch zu sein und ihr Lachen ist ansteckend - Ceci stimmt ein.

„Na hier ist ja eine richtig gute Stimmung!" Gerd schwingt sich neben Ceci auf den Barhocker. „So, hier ist unser Standard-Vertrag für den Reitunterricht. Der ist vor allem wichtig für die Versicherung, wenn du vom Pferd segelst." Er legt einen großen Umschlag vor sie hin. Vom Pferd segeln??? Ceci schüttelt den Kopf. „Ich hab nicht die Absicht!" Gerd grinst und Ruth bricht wieder einmal in ansteckendes Gelächter aus. „Keine Bange! Wirst du bestimmt! Vom Himmel ist noch kein Meister gefallen, aber so mancher vom Pferd..." „Stimmt! Das haben wir alle mal mitgemacht." bestätigt ein sonorer Bass vom Eingang.

Andreas, den Ceci oben in der Halle beim Dressurreiten gesehen hat, reicht ihr eine schlanke, gepflegte Hand zum Gruß. „Neu hier? Ich bin Andreas. Wir haben uns ja schon in der Halle gesehen." Cecis Hand wird sanft aber doch intensiv gedrückt.

Irgendwie macht sie dieser Mann verlegen - sie kommt sich richtig winzig vor neben seiner imponierenden Größe. Dabei sitzt sie noch immer auf dem Barhocker und Andreas steht daneben. Genau vor ihrer Nase endet die Reihe der wenigen noch geschlossenen Knöpfe des karierten Flanellhemdes. Leicht gebräunte Haut und ein dunkler Flaum blitzen darüber und ihre Nase registriert einen irgendwie aufregenden Geruch nach Pferd und Schweiß.

Cecis Blick fährt an der Knopfleiste des Hemdes entlang Aufzug. Sie muss fast schon den Kopf ins Genick legen, um an dem sensiblen Mund und der energischen Nase vorbei in Andreas' Augen zu sehen. ‚Hat der Mann Wimpern!' denkt sie beeindruckt. ‚Da könnte man als Frau richtig neidisch werden.' Goldene Punkte tanzen in den moosgrünen Augen, die aber jetzt gerade einen ziemlich erschöpften Ausdruck haben.

118

Mit beiden Händen fährt Andreas sich seufzend durch die feuchten dunklen Locken. „Machst du mir bitte ein Weizenbier, Ruth? Gino hat mich heute richtig ins Schwitzen gebracht." Er lacht: „Aber ich ihn auch!" Sein lausbübischer Gesichtsausdruck lässt auch Ceci schmunzeln. „Geht klar!" Ruth holt das Gewünschte und schenkt aus der Flasche vorsichtig in ein großes Glas ein.

„Prosit!" Andreas hebt Ceci das Glas entgegen und trinkt durstig. „Das tut gut!" Tief aufatmend setzt er das fast leere Glas wieder ab. Dann wendet er sich Gerd zu und gleich darauf sind die beiden Männer in ein Fachgespräch über Pferde und das bevorstehende Turnier verwickelt. Ceci kommt sich ziemlich überflüssig vor.

„Ich zahl dann mal!" wendet sie sich zu Ruth. „Geht aufs Haus." ist die launige Antwort. „Das erste Glas ist immer umsonst! Kannst dich ja revanchieren, wenn du wiederkommst." – „Gerne!" Ceci gleitet vom Barhocker und schnappt sich den Umschlag mit dem Vertrag.

„Tschüss!" klopft sie leicht mit der Hand auf den Tresen. Gerd und Andreas unterbrechen ihre Unterhaltung. „Wenn du willst, habe ich nächsten Mittwoch Zeit für eine erste Stunde – 19 Uhr! Ruf bitte kurz an, falls du es dir anders überlegst – die Telefon- steht im Vertrag." – „Ich komme bestimmt!" Ceci winkt in die Runde und läuft über das Kopfsteinpflaster zu ihrem Auto.

Der Misthaufen hat wirklich gehalten! Ceci lächelt...

*****

119

Viele Pferde und ein ganz besonderer Reiter

Am nächsten Mittwoch bekommt Ceci- wie vereinbart - ihre erste Reitstunde, allerdings noch nicht auf sondern neben dem Pferd.

Gerd, der Reitlehrer, erklärt ihr genau den Körperbau des Pferdes, wie man mit diesen großen Tieren umgehen sollte, die Gangarten und macht sie mit den verschiedenen Schulpferden und deren Eigenarten vertraut. Schon nach kurzer Zeit schwirrt Ceci der Kopf. Mit solchem Informationsfluss hat sie nicht gerechnet.

„Sieh mal, zum Beispiel hier, die Esther - sie könnte dich mit ihren Zähnen ohne Probleme einfach vom Boden aufheben und herumtragen." Ceci ist erwartungsgemäß beeindruckt und freut sich, dass die große Esther dies gar nicht erst versucht und wohl eine eher gutmütige Natur ist. Fest klopft sie den Hals des Pferdes - erfreutes Schnauben antwortet ihr.

Dann wird Ceci in den Vorraum der Reithalle geführt und bekommt ausführlich gezeigt, wie ein Pferd gestriegelt und geputzt wird, warum es wichtig ist, nach dem Reiten die Hufe auszukratzen, in welcher Reihenfolge das am Besten zu geschehen hat undundund...

Dann darf sie Esther, die inzwischen von Ruth zur Reithalle geführt wurde, das Halfter abnehmen, muss es aber gleich wieder anlegen, damit Gerd sehen kann, ob sie seinen Erklärungen auch wirklich gefolgt ist. Sehr begriffsstutzig stellt sie sich wohl nicht an, denn er lobt sie. Oder hat seine jahrelange Erfahrung gezeigt, dass ein Lob die Schüler aufbaut?

Gerd zeigt ihr, wo Esthers Sattel auf dem Querbalken hängt. Den soll sie der Stute auflegen – einfach nur auflegen! Ceci hat ernsthafte Bedenken, dass sie überhaupt auf den hohen Pferderücken hinauf reichen wird, aber mit viel Schwung sollte das wohl irgendwie zu schaffen sein.

Mit gerunzelter Stirn hört sie erst einmal Gerd zu, der gerade erklärt, dass jedes Pferd seinen eigens angefertigten Sattel hat und woran man diese unterscheiden kann. Dann wird es ernst! Ceci schiebt vorsichtig die Arme unter das glänzende Lederpaket und will es so ganz locker vom Balken heben. Denkste locker! Mit diesem Gewicht hatte sie nicht gerechnet. Es hebelt sie regelrecht aus und sie findet sich am Boden wieder.

Unter dem fröhlichen Spott der Umstehenden rappelt sie sich aber gleich wieder auf und wischt verlegen den Hosenboden ab. Ihr Respekt vor Esther und deren vierbeinigen Kollegen wächst, dass sie zum Reiter auch noch dieses Gewicht mit sich herumtragen. Gerd klopft ihr herzhaft die Schulter „Das haben auch fast alle hinter sich. Mach dir nix draus!" und mit leichtem Schwung hebt er den schweren Sattel vom Boden, als wäre er aus Watte, legt ihn auf Esthers Rücken und schiebt ihn zurecht.

Richtig kreuzlahm schleicht Ceci nach dieser ersten Stunde auf ein Glas Cola in die Reiterklause. Hinter dem Tresen steht heute eine schlanke Frau mittleren Alterst, die sich sehr gerade hält. In die dunkelblonden Kringellocken mischt sich erstes Grau. „Du bist bestimmt Ceci!" stellt sie fest und wischt die nassen Hände an ein buntes Frotteetuch bevor sie Ceci eine kräftige Hand reicht, deren Schwielen viel von körperlicher Arbeit ahnen lassen. „Meine Nichte hat mir schon erzählt, dass Gerd heute eine neue Schülerin hat." Aha! Das ist dann also Tante Agathe.

Wie aus dem Nichts steht plötzlich Andreas neben ihr. „Hallo Ceci! Na, hast du Gerds erste Kommandostunde überstanden? Morgen bist du sicher wie gerädert. Mein Muskelkater hat damals zwei Tage lang gemaunzt!"

Einige der kleinen Tische sind besetzt und neugierig recken die anderen Gäste die Hälse nach dem neuen Gesicht. Andreas fasst Ceci um die Schulter und dreht sich mit ihr um. „Darf ich euch Ceci vorstellen? Heute war ihre erste Stunde bei uns. Ich hoffe, dass wir sie jetzt öfter hier haben." Beifälliges Gemurmel antwortet ihm.

121

Dann stellt er Ceci die Reiterinnen und Reiter einzeln vor. Sie muss viele Hände drücken und die Namen schwirren um ihren Kopf. „Oje!" wendet sie sich verstohlen zu Andreas „Die werde ich bestimmt alle verwechseln. Ich kann mir Namen immer so schlecht merken." - „Du wirst schon noch alle kennen lernen. Das ergibt sich einfach so, mach dir keinen Kopf."

Er legt Ceci, die wieder zu Tante Agathe an den Tresen gehen will, eine Hand auf den Arm. „Aber du musst wissen, dass man jetzt von dir erwartet, dass du eine Runde spendierst. Das ist hier Tradition bei Neulingen!" Es hilft nichts, da muss sie durch – eine Runde für heute zum Glück nur zwölf der ‚Reitkollegen' ist fällig. Aber damit hat sie dann auch das Eis gebrochen.

Aufatmend schiebt sie sich neben Andreas auf einen der Barhocker. „Vielen Dank für deine Unterstützung. Vielleicht kann ich mich mal irgendwie revanchieren." - „Wenn du so weit bist, reitest du mit mir aus und wir machen uns einen schönen Tag." wehrt er ihren Dank ab. Das verspricht Ceci gerne, denn bis dahin wird bestimmt noch einige Zeit vergehen.

Aber entweder ist sie ein Naturtalent oder das Erbteil ihres Vaters, der in der Jugend in seiner Heimatstadt sogar Galopprennen geritten sein soll, schlägt bei ihr durch. Schon nach wenigen Reitstunden wird der Reiterhof ihr zweites Zuhause und sie fühlt sich auf dem Pferderücken so heimisch wie zuhause auf der Couch. Viel früher als gedacht hat sie die provisorische Reitbekleidung - alte Sportschuhe und Jeans - durch Reitstiefel und leichte Reithosen ersetzt und geht regelmäßig zweimal in der Woche zum Unterricht.

Aber auch an den Wochenenden treibt sie sich im Stall herum. Wenn es ihr Geldbeutel zuließe, würde sie sich sofort ein eigenes Pferd kaufen, soviel Spaß macht ihr das neue Hobby. Ausgerechnet die große Esther, die Gerd Ceci als ‚Anschauungsobjekt' für Kraft und Stärke der Pferde vorgestellt hatte, wird ihr erklärter Liebling. Die beiden werden ein richtig gutes Team. Gerd sieht es mit Freude.

122

Mit den Leuten im Stall hat Ceci sich angefreundet und der erste Ausritt mit Andreas wird jetzt sicher nicht mehr lange auf sich warten lassen. Unter der Anleitung von Gerd und zusammen mit den anderen Reitschülern hat Ceci schon den ersten Ritt durch das Gelände unternommen.

Jubelnd ist sie Andreas um den Hals gefallen, als sie von diesem Ritt wieder zurück in den Stall kam und er ihr gerade vor die Füße lief. „Das war so wunderbar! Ich wollte gar nicht mehr runter von Esther!" Andreas hat sie lachend durch die Luft gewirbelt und an sich gedrückt.

Immer öfter sitzen die Beiden nach Cecis Unterricht oder an den Wochenenden zusammen, erzählen, schmieden Pläne für Ausritte und verstehen sich immer besser. Ceci merkt mit leichtem Kribbeln im Bauch, dass sie sich für den lustigen Kameraden auch als Mann interessiert, so ganz allmählich fehlt ihr eben auch eine zwischenmenschliche Beziehung, die außerhalb von Büro, Haushalt und Wohngemeinschaft liegt!

Aber immer noch spukt Paul durch ihre Träume. Von ihm bekommt sie jetzt manchmal unverbindliche Postkarten, die sie stirnrunzelnd in die Schreibtischkassette schiebt, aber nie beantwortet. Wenn er sich wirklich um sie bemühen wollte, bräuchte es schon mehr als ein paar Ansichtskarten.

„Sag' mal, hättest du eventuell Lust, mit mir und einigen Freunden nach Sylt zu fahren?" Ceci sitzt nach der Unterrichtsstunde mal wieder neben Andreas in der Reiterklause. Freundschaftlich schlingt er den Arm um ihren Nacken und schaut sie intensiv an. In seinen grünen Augen mit dem dichten schwarzen Wimpernkranz tanzen übermütig die goldenen Pünktchen. Ceci bekommt ganz weiche Knie. Sie schluckt – ist sie schon so weit? „Wieso ausgerechnet Sylt?" bringt sie bemüht harmlos heraus. „Ganz einfach. Meine Eltern haben dort in den Dünen ein Ferienhaus. Ich fahre öfter hin. Es ist schön und ruhig und man kann sich herrlich am Meer erholen."

Erholung hätte Ceci ja nun wirklich dringend nötig nach den ganzen Wirren der letzten Zeit! Unschlüssig dreht sie das leere

123

Wasserglas in ihren Händen und schaut Ruth beim Polieren der Theke zu. „Ich weiß nicht."

„Vielleicht hätte ich da eine Entscheidungshilfe für dich. Wenn du magst, kannst du nachher mit mir nachhause fahren. Ich habe heute Mittag einem Freund meinen letzten Urlaubsfilm vorgeführt und alles steht noch aufgebaut. Schau es dir an, dann kannst du selbst beurteilen, ob die Insel etwas für dich wäre." meint Andreas. Ihren fragenden Blick beantwortet er mit einem schulterzuckenden „Bin Hobbyfilmer – guter alter Schmalfilm!" Ceci gibt sich einen Ruck: „Gut, warum nicht? Aber dann lass uns gleich fahren!" Rasch zahlen sie ihre Rechnungen und gleich darauf folgt Cecis kleines Auto Andreas' Jeep.

So beeindruckend hatte sich Ceci Andreas' Zuhause nicht vorgestellt: In einer weitläufigen Parkanlage mit alten Bäumen und von hohen Hecken abgeschirmt, steht eine herrschaftliche Villa. Andreas und Ceci parken ihre Autos auf knirschendem Kies, der aber allem Anschein nach dabei ist, seinen Kampf gegen das durchdringende Unkraut zu verlieren. Der Außenputz des Hauses bröckelt an mehreren Stellen und die wunderschön geschnitzte Haustür bittet mit protestierendem Quietschen dringend um etwas Öl, als Andreas sie für Ceci öffnet.

Die weitläufigen Räume machen einen ganz schön junggesellen-typisch verlotterten Eindruck, aber alles wirkt dennoch sehr gemütlich. „Hab ich von meinen Großeltern geerbt." beantwortet Andreas ihre verwunderte Frage, wie er denn zu diesem Idyll gekommen sei. „Komm rein und fühl dich wohl. Ich mach uns erst mal einen Espresso." Andreas öffnet eine große Flügeltür und zeigt in ein mit schweren Möbeln eingerichtetes Wohnzimmer. Er verschwindet in einem schmalen Durchgang daneben. Gleich darauf hört Ceci Tassen klappern.

Sie wendet sich – wie angewiesen – durch die Flügeltür und staunt. Zwischen glänzenden, dunklen Kommoden, die nicht weit vom Stadium der Antiquität entfernt sind, Ohrensesseln und einer riesigen Plüschcouch stehen wie Fremdkörper eine

124

große Leinwand und ein Projektor. Moderne Gemälde und bunte skandinavische Teppiche geben dem Raum etwas recht Eigenwilliges.

„Gefällt es dir?" Andreas stellt ein kleines Tablett mit Espressokanne und Tassen auf den niedrigen Couchtisch. „Ist ein bisschen zusammengestoppelt, aber mein. Und ich mag es so, wie es ist." Ceci erkennt einen kleinen, warnenden Unterton in seiner Erklärung. Kritik an der Einrichtung scheint nicht willkommen! „Ich finde, es passt zu dir." ist ihre ehrliche Antwort. „Schön!" Andreas freut sich. „Endlich mal jemand, der nicht daran herummäkelt. Meine Freunde wollen mich immer davon überzeugen, alles neu einzurichten."

Sie lassen sich den starken Kaffee schmecken. „Sollen wir jetzt den Film ansehen oder hast du es dir anders überlegt?" fragt Andreas. „Angucken!" antwortet Ceci und lehnt sich in das Plüschungetüm zurück.

Andreas schließt die dicken Samtvorhänge, im Zimmer wird es dämmerig und Andreas zeigt ihr den Film mit Aufnahmen eines reetgedeckten Friesenhauses, das sich zwischen große Dünen duckt und von dem man dennoch einen wunderbaren Blick zum Wattenmeer hat. Die Bilder sind wirklich überzeugend – es muss herrlich dort sein.

Sehr überzeugend ist aber auch Andreas! Ohne weitere Vorankündigung sind seine Hände und sein Mund plötzlich überall auf Cecis Körper und sie gibt sich diesen lang entbehrten Zärtlichkeiten mit einer Intensität hin, die Beide überrascht. Ein verschreckter Gedanke an Paul lässt Ceci innehalten. Was tut sie hier? Tief holt sie Atem, um wieder zurückzufinden ins reale Leben. Da wühlt Andreas fordernd den Lockenkopf in ihren Schoß und sein Mund bricht ihren letzten Widerstand. Mit einem leisen Aufschrei zieht sie seinen Körper an sich.

Am nächsten Morgen muss sich Ceci erst zurechtfinden in dem fremden Haus. Aber Andreas lässt keine Verlegenheit aufkommen – ganz selbstverständlich sitzen sie zusammen und frühstücken. Ceci hat eines seiner T-Shirts übergezogen und sieht einfach zum Anbeißen aus in dem viel zu großen Kleidungsstück.

Andreas ist auf jeden Fall dieser Meinung und lässt dem Gedanken Taten folgen. „Was meinst du, werden wir zusammen nach Sylt fahren?" fragt er zwischen zwei intensiven Küssen, ihren Körper langsam und genüsslich über seinen Schoß ziehend. Ceci bleibt die Luft weg „Oh ja!". Womit sie eigentlich offen lässt, ob sie damit die Frage beantwortet oder seine fordernde Zärtlichkeit.

Danach muss Ceci aber richtig rennen, um sich noch schnell zuhause fürs Büro umzuziehen. Rolf kommt gerade aus dem Bad, als sie die Wohnungstür aufschließt. Man kann sehen, dass er sich zwingt, nichts dazu zu sagen, dass sie erst morgens nachhause kommt, aber sein düsteres Gesicht spricht Bände.

Ceci fühlt sich zu einer Aussage verpflichtet: „Hör mal, wir haben in aller Freundschaft vereinbart, nur noch eine reine Wohngemeinschaft zu sein. Also schau mich nicht so sauer an!" Rolf räuspert sich „Ist schon gut. Ich darf mich ja wohl noch über dich wundern." seine Missbilligung drückt sich sehr deutlich aus. „Aber wie man sieht, bekommt dir wohl die Reiterei!" ist sein sarkastischer Kommentar. Sie gedenkt nicht, auf diese Bemerkung einzugehen.

„Übrigens werde ich nächsten Monat für zwei Wochen in Urlaub fahren." informiert sie ihn „Mit einem Freund aus dem Reitstall." - „Na dann viel Spaß!" knurrt Rolf und verschwindet wieder im Bad.

*****

126

Andreas

Das raue Klima der Nordsee ist wirklich Erholung pur!

Stundenlange Spaziergänge über den feinen Sandstrand, Ausritte mit Leihpferden entlang des flachen Strandes und durch das aufspritzende Wasser der träge einrollenden Wellen, Sonnenschein auf nackter Haut im Schutz der Dünen und ein Liebhaber an Cecis Seite, der absolut keine Wünsche offen lässt! Cecis Gedanken werden langsam ruhiger und mit jedem Bräunungsgrad der Haut kommt auch ihr Lebenshunger zurück.

Die angekündigten Freunde sind nun doch nicht gekommen. Vielleicht hatte Andreas auch geflunkert, um ihr den Aufenthalt im Ferienhaus schmackhaft zu machen. Aber das ist Ceci herzlich gleichgültig. Im Gegenteil: Sie genießt das ungestörte Zusammensein mit dem Freund.

Das kleine Friesenhaus zwischen den Dünen ist auch wirklich ideal für einen Liebesurlaub: Gemütliche Zimmer, eine Badewanne groß genug für zwei und zu Cecis Entzücken nicht nur ein Innenkamin im puppenkleinen Wohnzimmer sondern auch ein Außenkamin auf der Terrasse des uneinsehbaren Grundstücks. Sie liebt Kaminfeuer! Im alten Bauerngarten rund ums Haus kann sich Ceci gar nicht satt sehen an den blühenden Beeten und Sträuchern. Ein befestigter Weg führt direkt von dort durch die Dünen zu einer kleinen intimen Bucht.

Es ist wunderbar, nach einem sonnigen Urlaubstag und einem leichten Abendessen auf der Terrasse am knisternden Feuer zu sitzen oder – wie jetzt - zu Zweit in der überbreiten Hängematte zwischen den dicken Stämmen der Apfelbäumen zu schaukeln und in die summende Dunkelheit zu träumen. Weit entfernt auf dem dunklen Meer blinken die Laternen der Fischerboote.

Ceci schaukelt sanft in der Hängematte und versucht, im nachtblauen Himmel die Sternbilder zu erkennen. Andreas neben ihr ist schon fast eingeschlafen, seine Hand streichelt leicht über ihren nackten Busen - begehrlich richtet sich die

Brustwarze auf. Unvermittelt wandern Cecis Gedanken zu Paul und ihre Augen füllen sich mit Tränen. Wo er wohl gerade ist und wie es ihm gehen mag?

Wie ein Messer bohrt sich die Sehnsucht in Cecis Herz. Andreas hebt den Kopf „Was ist los?". Seine Finger liebkosen intensiver die eben noch so erregte Brust. Ceci schüttelt den Kopf, schiebt seine Hand zur Seite und gleitet aus der Hängematte. Nachdenklich betrachtet Andreas die schmale Gestalt, die sich - vom heruntergebrannten Kaminfeuer rosig angehaucht - vor dem dunklen Hintergrund des Nachthimmels und der Dünen abzeichnet. Ihre Arme hat sie eng um den Oberkörper geschlungen, als wolle sie sich an und in sich selbst festhalten. Weint sie? Der Atem geht stockend und unregelmäßig. Ihm ist unbehaglich – mit solchen Situationen kann er nicht umgehen.

Die Hängematte knarrt protestierend, als er sich auch über den Rand schiebt und langsam aufsteht. „Was siehst du?" fragt er möglichst unbefangen, stellt sich hinter sie und nimmt sie schützend in die Arme. Leicht lehnt sie sich an ihn und spürt dabei seine Begehrlichkeit.

„Komm, wir gehen runter zum Meer." Sie fasst nach seiner Hand und führt ihn den Weg hinunter zum breiten Strand. In dem feinen, nachtfeuchten Sand strecken sie sich aus und sie zieht ihn fordernd an sich. Im fahlen Mondlicht sieht er Tränenspuren auf ihren Wangen, doch bevor er noch nachfragen kann, lieben sie sich leidenschaftlich und der nachdenkliche Moment verfliegt.

Es gibt aber noch einen weiteren „Haken" in diesem eigentlich so harmonischen Zusammenleben: Von Anfang an hat Andreas keinen Zweifel daran gelassen, dass er kein Interesse an einer Dauerbeziehung mit Ceci hat. „Ich will dir nichts vormachen, das hast du nicht verdient. Mit dir möchte ich immer offen und ehrlich sein. Ich liebe meine Freiheit sehr und auch wenn ich dich wirklich mehr mag, als mögen für mich bedeutet, möchte ich daran nichts ändern."

128

Ceci ist damit zufrieden, schließlich will auch sie – zumindest derzeit - nicht mehr als diese Unverbindlichkeit. Sie fühlt sich wohl mit Andreas und erlebt mit ihm eine erstaunlich vollkommene körperliche Harmonie. Natürlich ist sie auch ein bisschen in ihn verliebt, aber ihr Unterbewusstsein weiß genau, dass diese Gemeinschaft nicht von Dauer sein kann.

Als sie nach dem Urlaub wieder nachhause kommt, sind die Kollegen überrascht, wie gut sich Ceci erholt hat. „Endlich kann man sagen, sie ist wieder die alte." ist die allgemein vorherrschende erleichterte Meinung, denn die Bürogemeinschaft hat sich Sorgen um sie gemacht, weil sie in den letzten Monaten ziemlich in sich gekehrt war und erst durch die Reiterei wieder etwas aufgetaut ist.

Angelika, mit der sich Ceci nach dem ersten Arbeitstag im Café trifft und ihr lachend die Urlaubsfotos präsentiert, ist allerdings wieder einmal nicht einverstanden! „Versteh mich richtig. Mir ist es Recht, dass du endlich auf andere Gedanken gekommen bist. Aber ich wundere mich schon," sagt sie „wie rasch du Paul zu den Akten gelegt hast. Ich dachte, er sei deine große Liebe? Zumindest hast du es so ausgedrückt! Soviel kann er dir aber dann doch nicht bedeutet haben, wenn du ihn so ohne weiteres vergisst?"

Ceci macht eine wegwerfende Handbewegung "Paul, wer ist eigentlich Paul?" zitiert sie einen alten Werbespruch, aber sie kann nicht verhindern, dass ihre Stimme versagt und sich ein dicker Tränenklos im Hals breit macht. „Oh je! Genau sowas hab ich befürchtet!" Angelika nimmt die Freundin in den Arm, der jetzt doch die Augen überlaufen. „Da hast du aber doch noch eine ganze Menge Vergangenheit zu bewältigen!"

Ceci wühlt in der Handtasche nach einem Taschentuch und wird endlich fündig. „Ich habe Paul aus dem Urlaub eine Ansichtskarte geschickt und Andreas mit unterschreiben lassen. Schließlich soll er nicht denken, dass ich mich zuhause im Kummer um ihn vergrabe." Energisch schnäuzt sie die Nase. Angelika trinkt seufzend ihre Kaffeetasse aus „Na da bin ich aber mal gespannt."

129

Und Paul reagiert tatsächlich! „Wieso fährst du ausgerechnet an die Nordsee und wer - zum Teufel - ist dieser Andreas?" will er in einem längeren Brief wissen, der schon am nächsten Tag eintrifft. Sieh' mal an, er kann auch wieder Briefe schreiben!

Postwendend schwärmt Ceci von ihrem guten Freund und Reitkumpel Andreas (Bilde dir bloß nicht ein, nur du hättest ‚gute Freundinnen'!) und dem netten Kreis im Pferdehof. Ihre ‚Wohngemeinschaft' mit Rolf erwähnt sie jedoch nicht.

Immerhin kommt nun ab und zu wieder Post von Paul. Er erzählt zwar nicht gerade viel von sich und seinem Leben, aber es ist ein Lebenszeichen. Auch Ceci schreibt ihm wieder öfter, formuliert aber ihre Briefe sehr vorsichtig. „Wenn er mir nix von sich erzählt, warum sollte ich es dann tun?"

Angelika kann mal wieder nur den Kopf schütteln. „Irgendwann lässt du dich ganz sicher wieder von ihm einfangen. Das kann nicht einfach so aufhören mit euch Beiden. Dazu kenn ich dich zu gut." orakelt sie bedenklich.

Aber da muss sie sich zumindest derzeit keine Sorgen machen - Ceci ist nicht mehr so leicht einzufangen! Im Moment fühlt sie sich sogar ausgesprochen wohl mit ihrem Leben, der Reiterei und Andreas.

*****

130

Da läuft was schief!

Es wird Winter und mit den ersten Schneeflocken überkommt Ceci eine richtige Sehnsucht nach Almenthal.

Eines Abends nach der Reitstunde erzählt sie Andreas von Elli (nicht von Paul!), von Almenthal, wie schön es dort ist und wie gut man sich im Schnee erholen kann. Und ehe sie es sich versieht, überrascht er sie damit, dass er ein langes Wochenende in einem der gemütlichen Gasthöfe gebucht hat.

„Lass mich dir doch eine Freude machen." Mit einem leichten Kuss verschließt er ihren protestierenden Mund und Ceci schiebt seufzend ihre Bedenken zur Seite. Andreas gehört einfach nicht ins Salzburger Land! Warum nur musste sie davon erzählen? Almenthal ist auf immer mit Paul verbunden und es kommt ihr nicht richtig vor, jetzt plötzlich mit einem anderen Mann dorthin zu fahren. Mit Rolf war das etwas Anderes. Durch ihn hat sie Paul, Elli und Almenthal ja erst kennen gelernt. Rolf lief sozusagen außer Konkurrenz…

Ihr erster Weg nach der Ankunft im Gasthof führt sie zu Elli. Andreas hat nach der langen Fahrt die Füße hochgelegt und ruht sich aus. Sie wird ziemlich kühl empfangen! „Ich habe vor ein paar Wochen mit Margarete telefoniert und sie hat mir erzählt, dass Rolf und du nicht mehr zusammen seid. Sind wir eigentlich keine Freunde mehr? Es wäre es mir schon lieber gewesen, das von dir zu erfahren."

Verlegen druckst Ceci herum und entschuldigt sich schließlich. Seufzend muss sie der Freundin Recht geben. Elli scheint ihre Reue glücklicherweise zu akzeptieren. Aber nun will Ceci auch wissen, was denn Paul zu der Neuigkeit gesagt hat.

Elli reagiert überrascht: „Nanu, weiß er das etwa nicht? Ich habe nicht mit ihm darüber geredet. Eigentlich war ich sogar sauer auf ihn, weil er mir nix erzählt hat. Ich dachte, ihr steht dauernd in Kontakt?" - „Er hat sich in letzter Zeit nicht sehr dafür interessiert, wie es mir geht. Also warum sollte ich ihm was sagen? Wir sehen uns nie, hören uns selten und schreiben nur wenig." Ceci wird schnippisch. Man kann richtig sehen, wie sich Elli zur Ruhe zwingt. Gutmütig legt sie den Arm um Cecis Schulter. „Dann solltest du aber ganz dringend einmal mit ihm reden." meint sie. „Ich denke schon, dass ihn das interessiert. Schließlich habt ihr doch ein – na sagen wir mal – aussergewöhnliches Verhältnis zueinander."

„Ach was!" Ceci reagiert heftig und schüttelt Ellis den Arm ab. „Er hat offensichtlich genügend andere Dinge im Kopf. Wenn ich ihm wirklich wichtig wäre, würde er anders mit mir umgehen. Dann hätte er auch schon längst alles erfahren, was mein Zusammenleben mit Rolf betrifft."

Elli ist mit ihrer Geduld langsam am Ende: „Und was ist mit deinem neuen Freund?" will sie wissen. „Aha! Margarethe hat geklatscht!" Ceci muss lachen. „Das ist nix Festes! Wir verbringen einfach nur eine gute Zeit zusammen." Mit einer leichten Handbewegung winkt sie ihr Verhältnis zu Andreas beiseite. Aber dann wird sie sehr ernst: „Paul ist mir wichtiger als alles Andere in der Welt, das weißt du doch, aber ich bin eben kein Mönch, genau so wenig wie dein lieber Herr Sohn. Glaub mir, das habe ich auch schon erfahren müssen und es hat sehr wehgetan!"

Soviel Offenheit nimmt Elli jetzt aber doch übel und sie wendet sich schroff zur Tür. „So, tut mir Leid, du musst mich jetzt entschuldigen! Ich habe sehr viel zu tun. Vielleicht haben wir in den nächsten Tagen Gelegenheit zum Plaudern, aber jetzt muss ich wieder an die Arbeit." Kritik an ihrem Paul verträgt Elli nicht!

Leider gelingt Ceci aber auch in den nächsten Tagen kein Gespräch mit der Freundin. „Du siehst ja selbst, was hier los ist!" ist Ellis grantige Antwort, als Ceci sie in das kleine Café gegenüber einladen will, damit sie sich in Ruhe unterhalten und versöhnen können.

Ja, das sieht Ceci, aber sie weiß doch sehr genau, dass sich Elli schon bei wesentlich mehr Betrieb ausgiebig Zeit für sie genommen hat. Es ist eindeutig: Elli ist eingeschnappt und will die Freundin gerade nicht um sich haben. So bleibt die Missstimmung zwischen ihnen leider bestehen. Nach mehreren vergeblichen Versuchen packt Ceci der Zorn. Mit welchem Recht urteilt Elli über ihr Leben? Und wieso mischt sie sich plötzlich derart in ihr Verhältnis zu Paul?

Ceci schluckt schwer an ihrer Enttäuschung! Mit Andreas kann sie nicht darüber reden. Wie sollte sie ihm die Freundschaft zu Elli erklären, ohne Paul zu erwähnen? Und über Paul will sie keinesfalls mit ihm diskutieren!

Der Freund ist begeistert von Almenthal und der Umgebung. „Nächstes Mal fahren wir nicht nur ein paar Tage hierher!" plant er „Es gibt hier so viele herrliche Skihänge, da muss man einfach länger bleiben." Ceci nickt nur geistesabwesend. Dieser Kurzurlaub war keine gute Idee und sie möchte es bei diesem einen Aufenthalt mit Andreas in Almenthal auch belassen.

Am Vorabend der Abreise versucht sie letztmals, ein Gespräch mit Elli zu führen. Aber die Freundin lässt sich heute sogar durch eine Kollegin am Telefon verleugnen. Sie sei gerade unterwegs und man wisse nicht, wann sie zurückkommt. Dabei kann Ceci ganz deutlich Ellis Stimme im Hintergrund ausmachen. Also fährt sie schweren Herzens ab, ohne sich von Elli zu verabschieden.

Am ersten Arbeitstag wartet im Büro schon ein Brief von Paul, aus dem eindeutig hervor geht, dass Elli gleich nach Cecis erstem Besuch mit ihm gesprochen haben muss. Vorbei ist es mal wieder mit dem gerade wiedergewonnenen liebevollen Unterton - jede seiner Zeilen ist ein einziger Vorwurf! Warum Ceci ihm nichts von der Trennung von Rolf erzählt habe? Ob sie denn nicht der Meinung sei, dass ihn ihr Leben auch etwas anginge? Und wieso sie zusammen mit diesem Andreas in Almenthal aufgetaucht sei?

Ceci geht beim Lesen sprichwörtlich die Wände hoch. „Meinst du nicht, dass du lange genug Zeit und Gelegenheit hattest, dich um mein Leben zu kümmern, aber offensichtlich war es

133

dir dieser Mühe nicht Wert." ist ihre heftige Antwort und einmal mehr der Anlass für Paul, sich erneut auszuschweigen.

„Jetzt kann er aber wirklich lange warten, bis ich mich wieder bei ihm melde!" trumpft Ceci auf, als sie Angelika beim nächsten Treffen vom Urlaub mit Andreas und Ellis schroffem Verhalten erzählt. „Paul kümmert sich sowieso nur um mich, wenn er sich in mein Leben einmischen kann. Das brauche ich nicht mehr!"

Angelika schaut die Freundin nur an und denkt sich ihren Teil – Ceci belügt sich selbst. Doch in gewisser Weise täuscht Angelika sich dieses Mal, denn eigentlich ist Ceci derzeit recht zufrieden mit ihrem Leben, solange sie nur das Thema Paul vermeiden kann, wenn sie auch In manchen Nächten die verzweifelte Sehnsucht nach ihm nicht schlafen lässt....

Immer öfter lenkt sie sich mit Arbeit ab und übernimmt im Büro mehr und mehr Verantwortung, was sich zwar auch recht positiv im Geldbeutel bemerkbar macht, aber dadurch bleibt ihr leider immer weniger Zeit zum Reiten.

Von Rolf sieht sie derzeit nicht viel. Er hat in seinem letzten Urlaub eine nette junge Frau kennen gelernt und verbringt mehr und mehr Zeit mit und bei ihr. Ceci freut sich für ihn. So hat sie die große Wohnung immer öfter alleine für sich.

Abends bekocht Ceci jetzt manchmal Andreas, bevor sie für sich alleine etwas zum Essen richtet. Rolf wird von Sigrid in deren Wohnung umsorgt und sie verbringen dort den Abend und meist auch die Nacht zusammen.

Die körperliche Verbindung von Ceci und Andreas ist nach wie vor ein Höhenflug, aber sonst holt sie so ganz allmählich der Alltag ein und damit ist Ceci überhaupt nicht glücklich. Andreas ganzes Leben spielt sich fast ausschließlich zwischen der alten Villa, deren heruntergekommener Zustand und die lotterige Junggeselleneinrichtung Ceci allmählich auf die Nerven geht, und dem Reitstall ab. Einer geregelten Arbeit geht er

134

nicht nach – er hat eben nur Sohn gelernt, wie Ceci es Angelika gegenüber einmal spöttisch ausdrückt.

Andreas stört sich mittlerweile an Cecis Ehrgeiz, mit dem sie ihrer Arbeit nachgeht und daran, dass sie öfter vergeblich versucht, aus seinem alten Gemäuer ein Zuhause zu machen. „Bleib doch locker, Mädchen! Muss doch nicht alles perfekt sein." ist einer seiner Sprüche, mit denen er Ceci auf die Palme bringen kann.

Andreas ist es gewohnt, auch mal ganz spontan und ohne Rücksicht auf Andere mehrere Tage wegzufahren, in das Ferienhaus auf Sylt oder – wenn ihm danach ist – den kalten Winter in Deutschland hinter sich zu lassen und irgendwohin in die Sonne zu fliegen. Weil Ceci aber auf ihre festgelegten Bürourlaubstage angewiesen ist und auch sonst nicht gerade über ein umfangreiches Budget verfügt, ist Andreas immer öfter allein mit seinen Kumpels unterwegs und manches Mal tagelang verschollen.

Ceci weiß, dass auf diesen Fahrten recht wilde Partys gefeiert werden, auf denen bis zum Umfallen getrunken wird und dass daran auch Frauen teilnehmen. Einmal liegen ganz offen auf seinem Tisch Aufnahmen aus dem Sylter Ferienhaus herum, die ihr buchstäblich die Haare zu Berg stehen lassen. Ceci ist nicht wirklich eifersüchtig, dazu verbinden sie zu wenig tiefer gehende Gefühle mit Andreas, aber durch sein Verhalten fühlt sie sich beleidigt und herabgesetzt.

An einem Sonntag, der mit einem harmonischen Ausritt und anschließendem Umtrunk im Reitstall begonnen hatte und in einem außerordentlich stürmischen Abend in Andreas' breitem Bett endet, fasst sie sich ein Herz und will mit ihm darüber sprechen.

Vielleicht nicht unbedingt die passende Gelegenheit, denn Andreas reagiert sehr schroff. Er springt aus dem Bett und läuft hektisch im Zimmer auf und ab. „Ich hatte immer gedacht, dass du anders bist als diese Weibchen, die alles bestimmen und unbedingt geheiratet werden wollen."

Wütend fährt er mit beiden Händen durch seine dunklen Locken. „Tut mir Leid, aber ein für alle Mal: Wenn du weiter mit mir zusammen bleiben willst, musst du mich so akzeptieren wie ich bin!".

Ceci schluckt – irgendwie sieht er gerade zum Anbeißen aus! Dieser durchtrainierte schlanke Körper und die zerwühlten Haare! Die schräg im Mundwinkel hängende Zigarette gibt ihm so was Verruchtes... Mühsam widersteht sie der Versuchung, ihn wieder ins Bett zu ziehen und mit dem knisternden Liebesspiel fortzufahren, das sie doch erst vor ein paar Minuten atemlos innehalten ließ.

„Ich will weder alles bestimmen und auf gar keinen Fall von dir geheiratet werden. Und weißt du was? Du kannst mich nicht erpressen!" Jetzt wird auch Ceci wütend. „Wenn du mit mir zusammen bleiben willst....." zitiert sie ihn mit abfälligem Unterton und süffisantem Lächeln. „Ich glaube, mein Lieber, du bildest dir entschieden zu viel ein! Inzwischen solltest du wissen, dass ich nicht eines dieser Weibchen – wie du es auszudrücken beliebst – bin. Aber bitte: Wenn du meinst! Dann brechen wir unsere Beziehung lieber gleich ab. Ich mach mich doch nicht zum Gespött deiner Freunde oder zum Trottel. Ich will in den Spiegel gucken und mir sagen können: Ich bin auch wer! Und dazu brauch ich am Wenigsten dich!"

Mit einem Satz springt sie aus dem Bett und greift sich ihre Kleider. Andreas verschwindet wortlos im Bad – Feigling!

Den Schlüssel zur Villa zieht sie von ihrem Schlüsselbund, legt ihn sorgsam auf den Tisch. Ein rascher Rundblick: Die wenigen persönlichen Dinge, die von ihr in der Villa herumliegen, lassen sich verschmerzen. Dann zieht Ceci die Haustür endgültig hinter sich ins Schloss. Das Letzte, was sie von Andreas sieht, ist sein ungläubiger Blick aus dem Badezimmerfenster. Mit Vollgas fährt sie vom Hof. Der Kies spritzt erschrocken nach allen Seiten.

Kaum hat sie jedoch die Ausfahrt hinter sich gebracht, ist es aus und vorbei mit der Ruhe! Sie schreit den ganzen Frust heraus. Wie gut, dass niemand sie hören kann. Plan- und ziellos lenkt sie ihren Wagen über die Straßen, ohne darauf zu achten, wohin sie fährt.

Die Diskussion hat sie tiefer aufgewühlt, als sie vor sich selbst zugeben möchte. Weit über ein Jahr haben Ceci und Andreas viel Zeit miteinander verbracht. Zwar hat sie sich niemals Gedanken darüber gemacht, mit ihm eine wirklich feste Verbindung einzugehen; aber jetzt fühlt sie sich richtig verlassen, auch wenn die Trennung eben ihre eigene Entscheidung war. Außerdem – und das ist auch ein wichtiger Punkt – muss sie sich eingestehen, dass sie mit Andreas einen wirklich guten Liebhaber verliert.

Irgendwann hat sie sich ein bisschen beruhigt und steuert endlich ihr Zuhause an – glücklicherweise ist Rolf heute wohl bei seiner Sigrid geblieben, denn sehen möchte sie jetzt niemanden! Ceci wirft sich aufs Bett und dann kommen schier endlos die Tränen. Sie ist maßlos traurig über die beendete Beziehung, könnte sich aber gleichzeitig ohrfeigen über eben diese Traurigkeit. Und sie wütet gegen sich selbst, dass sie sich überhaupt jemals mit Andreas eingelassen hat.

Es ist nicht zu vermeiden: Beim nächsten Besuch im Reitstall laufen sich Ceci und Andreas natürlich über den Weg. Andreas reagiert schroff auf ihren Versuch, ihn ganz harmlos in ein Gespräch mit Gerd und Ruth einzubeziehen. Offensichtlich hat sie sein Ego zutiefst beleidigt.

Aber so kann Ceci schließlich der Versuchung widerstehen, wenigstens die körperliche Verbindung wieder aufzunehmen, denn diese prickelnde Seite ihrer Beziehung fehlt ihr noch mehr, als sie befürchtet hat.

*****

137

Umbruch

„Ich habe euch zu dieser Versammlung eingeladen, weil ich etwas Wichtiges mitzuteilen habe."

Gerd schaut bedrückt in die neugierigen Gesichter der Umstehenden. „Wir müssen den Reitstall schließen!" Entsetzen breitet sich aus. Im ersten Moment kann niemand etwas sagen – totenstill ist es im Gastraum der ‚Reiterklause'. Aber dann rufen alle durcheinander. Ceci hat das furchtbare Gefühl, jemand zieht ihr den Boden unter den Füßen weg! Der Reitstall ist inzwischen ihr zweites Zuhause geworden - Pferde und Reiter ihre Freunde. Tränen schießen ihr in die Augen und sie muss heftig schlucken.

Durch den Tränenschleier sieht sie Ruth auf sich zukommen, die ihr schluchzend um den Hals fällt. Da ist es um ihre Fassung geschehen und auch sie weint hemmungslos. Viele der anderen Reiterinnen lassen ihren Gefühlen freien Lauf und sogar einige Männer wenden sich verlegen ab, weil sie sich ihrer nassen Augen schämen.

Gerd kann nicht mehr weiter sprechen. Er lässt sich auf eine der Bänke sinken und vergräbt das Gesicht in seinen großen, kräftigen Arbeitshänden. Agathe, seine Lebensgefährtin, übernimmt: „Ihr wisst ja, dass wir den Hof nur gepachtet haben. Nun ist vor einiger Zeit der Besitzer gestorben und die Erbengemeinschaft konnte sich nicht einigen, was mit dem Gelände geschehen soll. Wir haben ein Kaufangebot gemacht, aber unsere absolute Höchstgrenze war den Herrschaften nicht genug. Ein Investor wird auf den Hangweiden am Waldrand so eine Art Luxusbungalowsiedlung errichten. Der Hof ist der Erschließung im Weg und wird abgerissen.

Gerd und ich werden in unsere alte Heimat Niedersachsen zurückgehen und dort einen Reiterhof übernehmen. Die Schulpferde nehmen wir mit. Die Besitzer der Privatpferde müssen wir leider bitten, sich bald eine andere Unterstellmöglichkeit zu suchen – wir sind gerne dabei behilflich. Alles in allem haben wir noch ein halbes Jahr Zeit für die ganze Abwicklung."

Agathe holt tief Atem, ihre Stimme kommt bedenklich ins Schwanken. „Es tut uns so unendlich Leid, hier alles aufzugeben und ich kann nur hoffen, dass ihr uns in guter Erinnerung behaltet. Vielleicht kommt ihr uns einmal auf dem neuen Hof besuchen?" Dann ist es auch mit ihrer Fassung vorbei und sie schmiegt sich weinend an ihren Gerd.

Die traurige Versammlung löst sich bald auf. Niemand hat noch Freude daran, in dem gemütlichen Reiterstübchen sitzen zu bleiben, das nun bald dem Bagger zum Opfer fallen wird.

Ceci schleicht mit gesenktem Kopf an den Ställen vorbei zum Auto. Wie wird ihr das alles fehlen! Tapfer widersteht sie der Versuchung, zu ihrer geliebten Esther in die Box zu schlüpfen und sich an dem weichen Pferdehals auszuweinen. Für Esther ist gesorgt, sie wird mit ihren vierbeinigen Schulpferd-Kolleginnen und -Kollegen nach Niedersachsen umziehen und Ceci ist ganz sicher, dass sie es bei Gerd und Agathe immer gut haben wird. Sie darf die Stute jetzt nicht durch Traurigkeit verunsichern. Gerade Esther hat immer ein gutes Gespür für Gefühle bewiesen.

Ceci steht an ihrem Auto – hier bleiben kann sie nicht und wegfahren will sie nicht. Die Tränen laufen unaufhaltsam. „Ist alles in Ordnung?" Andreas' vertrauter Bass! Und ein starker Arm, der sich um ihre Schultern legt. Ceci lehnt sich an ihn und birgt das Gesicht an seiner Brust. Wie schön das ist, so gehalten zu werden und wie tröstlich. Langsam wird sie ruhiger. „Entschuldige, jetzt hab ich dein ganzes Shirt nass geweint." ist das Erste, das ihr einfällt, als sie sich sozusagen wieder auf eigene Füße stellt. „Macht nix, dafür sind Freunde ja da!" Ceci spürt einen leichten Kuss auf ihrem Haar und staunt. „Sind wir denn noch Freunde?"

Andreas hebt ihr Kinn und schaut liebevoll in ihre Augen: „Das will ich doch sehr hoffen! Ich habe mich wirklich schäbig benommen, dafür möchte ich mich bei dir entschuldigen. Und ich würde mich freuen, wenn wir gute Freunde bleiben könnten."

Ceci hält ihm stumm ihre Hand entgegen und er schlägt erleichtert ein. Andreas schaut hinüber zu den Ställen: „Tja, wirklich schade drum, aber wohl leider nicht zu ändern. Ich werde mal sehen, wo ich mit meinem Gino unterkomme." Sie stehen noch eine Weile zusammen neben Cecis Auto. „Es bleibt uns ja noch eine Zeit hier. Vielleicht landen wir sogar wieder im selben Reiterhof. Auf jedem Fall bleiben wir in Verbindung!"

Dann fährt Ceci vom Hof, Andreas will mit Gino ausreiten, um den Kopf frei zu bekommen. „Ich muss da mal über was nachdenken." sagt er zum Abschied.

In den nächsten Wochen muss Ceci feststellen, dass es nicht so einfach ist, als Reiter ohne eigenes Pferd irgendwo in der Nähe unterzukommen. Der Reiterhof war kein richtiger, eingetragener Verein, sondern eigentlich mehr eine Art Schulbetrieb mit Unterstellmöglichkeiten für Privatpferde. Nachdem der Hof jetzt geschlossen wird, gibt es in der näheren Umgebung nur noch reguläre Reitervereine, die sich Ceci anschaut und bei einigen, die ihre gefallen, fragt sie auch nach, ob es für sie dort evtl. die Möglichkeit gäbe, allein oder in Gruppen auszureiten. Auch möchte sie gerne mit den bei Gerd in letzter Zeit begonnenen Kursen für Springreiten weitermachen.

Nur wenige der Vereine zeigen sich zwar aufgeschlossen, bedauern aber, derzeit keine neuen Mitglieder aufzunehmen, die auf den Schulbetrieb angewiesen sind. Bei Anderen fühlt sich Ceci sehr von oben herab behandelt. Ohne eigenes Pferd hat sie keine Chance – teilweise behandelt man sie wie eine Bittstellerin. Wenn das so weiter geht, muss sie ihr liebstes Hobby – zumindest vorläufig – an den Nagel hängen!

Eines Abends kommt sie nach dem Besuch bei einem dieser ‚hochnäsigen' Vereine an Andreas' Grundstück vorbei und gerade biegt sein Jeep in die Einfahrt. Hupend und winkend macht er ihr klar, dass sie ihm doch zur Villa folgen soll und so fährt sie über den knirschenden Kies. Andreas öffnet mit Schwung die Fahrertür ihres Autos. „Komm rein! Wir haben was zu feiern!" Er strahlt über das ganze Gesicht, will aber nichts verraten, bis Ceci auf der alten Plüschcouch sitzt und er ihr ein gefülltes Champagnerglas entgegen hebt. „Ich hab gerade diesen alten Kasten verkauft!"

„Darauf bräuchte ich eigentlich einen Schnaps!" Ceci ist baff, aber dann stößt sie doch mit dem Freund an. „Jetzt erzähl mal!" fordert sie ihn auf. Und das lässt er sich nicht zweimal sagen. „Ich habe mich einfach an die allgemeine Bauentwicklung angehängt und bei dem Investor, der die Bungalows auf dem Reiterhof baut, nachgefragt, ob denn auch eine alte Stadtvilla mit parkähnlichem Gartengrundstück ein interessantes Objekt wäre. Der Chef kam selbst, um sich die Sache anzuschauen und was soll ich dir sagen?" Andreas gibt sich quasi selbst einen Trommelwirbel vor und schwenkt triumphierend sein Glas: „Er war so begeistert, dass er das Gemäuer für sich selbst gekauft hat. Morgen kommt ein Architekt, der alles aufnimmt und dann Pläne macht. In ein paar Wochen bin ich hier draußen und es wird umgebaut. Weihnachten will der gute Mann mit seiner Familie schon im neuen Heim feiern."

„Und was wirst du machen?" Ceci weiß noch nicht so genau, ob sie sich nun für den Freund freuen soll oder traurig sein, weil innerhalb kürzester Zeit ein weiteres Kapitel ihres Lebens beendet sein wird. Andreas stemmt strahlend die Arme in die Luft – der vielarmige Leuchter schwenkt erschrocken zur Seite und entledigt sich lange aufgesammelter Staubwolken.

„Ich siedle endgültig um nach Sylt!" frohlockt er hustend. „Morgen rufe ich meinen alten Schulfreund an, der inzwischen auch da oben wohnt. Er ist Architekt und wird die Garage in einen Stall für Gino umbauen. Und damit der alte Herr Gesellschaft hat, werde ich noch ein zweites Pferd kaufen. Vielleicht eine knackige Stute?" überlegt er spitzbübisch. „Für meinen alten Jeep wird der Carport an der Hofeinfahrt ausreichen." – „Wenn der nicht jeden Moment zusammenbricht." grinst Ceci, denn sonderlich stabil hat sie dieses Teil nicht in Erinnerung.

Andreas trinkt mit Schwung sein Champagnerglas aus „So, Madame, jetzt lad ich sie zum Essen ein. Keine Widerrede – der Herr Bauunternehmer hat sehr gut gezahlt!"

Es wird ein lustiger Abend. Die Heimfahrt vom Restaurant treten sie allerdings mit dem Taxi an – Ceci hat einen kleinen und Andreas einen ziemlich großen Schwips. Zuerst bringt er – ganz Kavalier - Ceci nachhause. Vor ihrer Haustür nimmt er sie in den Arm und küsst sie leidenschaftlich. „Das musste sein!" beschwichtigt er ihren halbherzigen Protest und folgt federleicht mit der Hand ihrem Blusenausschnitt. Sanft gleiten seine Finger zwischen den Stoff und über ihre nackte Haut. Triumphierend lächelnd zwickt er die sich begehrlich aufrichtende Brustwarze.

„Meinst du nicht, wir könnten ab und zu auch mal vergessen, dass wir nur Freunde sind?" Ceci schiebt ihn energisch zurück Richtung Taxi. „Wenn du so lockere Reden schwingst, komm ich dich und Gino nicht besuchen." droht sie lachend. „Ach komm doch erst mal – über den Rest reden wir dann!" grinst Andreas spitzbübisch und steigt winkend ins Taxi.

Rasch schließt Ceci die Haustür. Puh, das war knapp! Ihre Knie sind ganz weich geworden. Andreas kennt ihren Körper ganz einfach zu gut und weiß genau um seine Schwachpunkte und wie er ein stürmisches Feuer entfachen kann.

Die nächste Überraschung wartet auf sie im Wohnzimmer! Rolf und Sigrid sitzen über irgendwelchen Grundrissplänen. „Ja ist denn überall der Bauboom ausgebrochen?" fragt Ceci entsetzt. „Das nicht gerade, aber wir werden uns eine Eigentumswohnung kaufen." Rolf schwenkt einen vielfarbigen Prospekt. „Das wollte ich dir eigentlich schonender beibringen, aber wenn du schon so mit der Tür ins Haus fällst..." grinst er.

„Ich lass euch denn mal allein." Sigrid, die Ceci gegenüber immer noch etwas verlegen reagiert, schultert ihre Tasche. „Ach was!" Ceci drückt sie ins Polster zurück. „Ich koch mir jetzt einen Espresso und dann reden wir. Wollt ihr auch?" –

142

„Prima Idee!" meint Rolf „Und einen Grappa, du wirst ihn brauchen." Ceci bekommt Vorahnungen.

Als sich die Drei mit Espresso und Grappa an den Esstisch setzen – der Couchtisch ist mit Plänen und Prospekten voll gepackt – rückt Rolf mit der Sprache raus. „Der Kauf der Wohnung muss zum größten Teil finanziert werden und ich möchte, dass Sigrid für alle Fälle abgesichert ist. Der einfachste Weg wäre, wenn wir sobald wie möglich heiraten könnten. Liebe Ceci, ich bitte dich hiermit in aller Form um die Scheidung."

So, jetzt ist es raus. Sigrid sitzt auf ihrem Stuhl wie ein verhuschtes kleines Mäuschen und wagt nicht, den Blick zu heben. Rolf hat einen puterroten Kopf bekommen und seine Hände scheinen nicht zu wissen, ob sie auf dem Tisch Sigrids oder Cecis Hand umfassen sollen.

„So viele Worte hat er nicht mal gemacht, als er mich gefragt hat, ob ich ihn heiraten will." lächelt Ceci Sigrid beruhigend zu. Innerhalb von Sekunden hat sie sich für einen leichten Ton entschieden, obwohl ihr gar nicht so zumute ist. Nun schiebt sie die leere Tasse auf dem Tisch zurück und den kaum angerührte Grappa.

„Es war uns doch Beiden klar, dass wir diesen Schritt irgendwann machen werden. Also dann eben jetzt. Ruf morgen bitte deinen Freund Matthias an." wendet sie sich an Rolf „Wozu hat man denn Anwälte in der Bekanntschaft? Der soll Alles in die Wege leiten. Und jetzt geh ich ins Bett."

An der Tür dreht sie sich noch mal um „Ich wünsche euch alles, alles Gute. Für die Wohnung und für eure Verbindung!" Eine Antwort wartet sie nicht ab, sondern sieht zu, dass sie rasch ihre Zimmertür hinter sich abschließt.

Ein eigenartiges Gefühl ist das! Ceci horcht in sich hinein. Leere, nichts als Leere! Natürlich haben Rolf und sie immer gewusst, dass einer von ihnen irgendwann die gemütliche Wohngemeinschaft verlässt und mit einem neuen Partner

143

zusammen kommt. Aber jetzt, wo es so weit ist, hat Ceci das Gefühl, es würde ein Stück von ihr weggerissen.

Es ist einfach zu viel Umbruch und Auflösung um sie herum! Ceci lässt sich auf den Hocker vor ihrem kleinen Glasschreibtisch fallen und birgt das Gesicht in den Händen. Wieder einmal strömen die Tränen.

Ohne weiter nachzudenken, nimmt sie ihren Briefblock aus dem obersten Fach und schreibt sich den ganzen Kummer von der Seele. Vielleicht hätte sie noch mal darüber nachgedacht, wenn sie keinen Briefumschlag oder nicht die passenden Briefmarke gefunden hätte, aber so adressiert und frankiert sie den Brief und trägt ihn gleich durch die Nacht und den einsetzenden Regen zum Postkasten an der Ecke.

In der Helligkeit des nächsten Morgens könnte sie sich ohrfeigen, als ihr klar wird, dass sie sich ausgerechnet bei Paul ausgeweint hat. So lange Zeit war Funkstille zwischen ihnen Beiden und jetzt bekommt er ausgerechnet diesen Jammerbrief von ihr. Aber es ist nun nicht mehr zu ändern. Mal sehen, was er zu all dem sagen wird.

*****

Überall Veränderung

Aber Paul schweigt sich weiter aus!

Einerseits ist Ceci darüber recht erleichtert, denn irgendwie hat sie schon ein schlechtes Gewissen, ihn einfach so mit ihrem Kummer überfallen zu haben. Schließlich haben sie voneinander ziemlich lange nichts gehört. Andererseits steigt mit jedem Tag ohne Antwort ihr erneuter Zorn auf Paul. Eigentlich könnte er doch Cecis Brief als Zeichen der Versöhnung werten und darauf eingehen? Doch das Telefon bleibt stumm, keine eMail geht ein und auch im Briefkasten findet sich keine Nachricht von Paul. Ceci muss sich damit abfinden!

Mit dem Einsetzen der ersten Herbststürme siedelt Andreas über nach Sylt. Ein paar wenige Möbel und Bilder, der eine oder andere Teppich – mehr nimmt er nicht mit. Das Haus in Sylt ist schließlich komplett eingerichtet. Am Vorabend seiner Abreise ruft er Ceci an: „Hast du Lust, rüber zu kommen? Ich will dir ein paar Schätzchen aus dem Weinkeller vererben und noch ein bisschen Geschirr. Außerdem will ich die letzte Champagnerflasche nicht einpacken müssen und könnte mir keine nettere Gesellschaft vorstellen, in der ich sie austrinken will." Ceci lacht: „Naja, altes Geschirr hab ich zwar genug, aber die Schätzchen klingen interessant. Ich komme!"

Eine halbe Stunde später sitzt sie auf dem alten Plüschsofa. „Nanu, du wirst das gute Stück doch nicht etwa hier lassen?" neckt sie den Freund. Der schnaubt nur, öffnet die Champagnerflasche und schenkt ein. „Aber du trennst dich doch nicht im Ernst von diesen Gläsern?" Ceci ist entsetzt – die wunderschönen geschliffenen Kelche sind Erbstücke von Andreas' Großmutter! „Keine Panik!" schmunzelt Andreas. „Die gehören zu dem alten Geschirr, das ich dir hier lasse. Spülen musst du sie allerdings nach dem heutigen Abend selbst." Ceci ist gerührt „Ich werde sie in Ehren halten! Vielleicht kommst du sie ja auch mal bei mir besuchen."

145

Nach dem ersten entspannten Schluck führt Andreas sie vor eine der schönen alten Truhen, die im Hausflur stehen, so lange er sich zurück erinnern kann. Erbstück von den Groß- oder gar Urgroßeltern. „Ich hab dir alles hier rein gepackt – bis auf die beiden Gläser natürlich, die kommen später dazu. Die Truhe gehört zu deiner ‚Erbmasse' und wird dir morgen von den Möbelpackern gebracht. Die ist einfach zu schwer für uns zwei Beiden."

Neugierig schaut Ceci nach, was denn dort so alles verstaut ist und staunt ungläubig. Sorgfältig eingepackt liegt dort And- reas' Meissner Geschirr, ebenfalls ein Erbstück von seiner Großmutter - obenauf ein offener Karton mit vier Geschwis- tern der wunderschönen Sektkelche. „Und ganz unten in der Kiste liegen die versprochenen Wein-Schätzchen." Andreas weit ausholende Bewegung umfasst das ganze Haus „Wenn du sonst noch etwas haben willst – nur zu!".

Ceci schluckt „Du spinnst doch. Hast du eine Ahnung, welchen Wert allein das Geschirr hat?" Andreas zuckt gleichgültig die Schultern. „Ich habe es in all den Jahren nie aus dem Schrank genommen. Dir gefällt es und ich weiß, du wirst es auch be- nutzen. Also wo ist das Problem? Meine Mutter und meine Großmutter würden sich bestimmt freuen, dass endlich je- mand die schönen Dinge zu schätzen weiß und über den Wert brauchst du dir keine Gedanken zu machen." Er zwinkert ihr zu. „Ich verrate dir mal ein Geheimnis: Es trifft keinen armen Mann!"

Hand in Hand setzen sie sich auf das Plüschungetüm und trin- ken den Champagner aus. „Morgen früh kommt der Transpor- ter und holt die paar Dinge, die nach Sylt mitkommen" Sein Kopf nickt in Richtung der zusammengerückten Kommoden, des großen Ohrensessels, einigen Teppichrollen, einem Stapel Umzugskisten und zugehängter Bilder.

„Deine Kiste werden sie auch transportieren. Dann fahre ich zum Reiterhof und hole Gino ab. Sein Stall auf Sylt ist die reine Pracht! Ich hoffe, er wird deswegen nicht hochnäsig. Eine Gefährtin für ihn habe ich auch schon ausgesucht, sie zieht nächste Woche ein. Man darf gespannt sein, wie sich die Beiden vertragen." Andreas seufzt: „Wenn nur die lange Fahrt mit dem Pferdehänger nicht wäre. Aber da müssen wir wohl durch."

Die Flasche ist leer und Ceci bewahrt nur mühsam die Fassung: „Pass auf dich auf, hörst du? Wenn ihr euch eingelebt habt, schreib mir mal, wie es dir und Gino geht." Andreas nimmt die Freundin fest in den Arm, auch ihm scheint der Abschied jetzt doch schwer zu fallen. „Mach ich. Und du kommst uns bald besuchen, versprochen?" Ceci nickt und wühlt sich so richtig in seine Umarmung. Tief atmet sie Andreas' charakteristische Duftmischung von herbem Rasierwasser, Leder und Gino ein. Sagen kann sie nichts mehr, denn die Tränen sitzen zu locker.

Dann reißt sie sich los und zieht leise zum letzten Mal die schwere Haustür hinter sich ins Schloss. Auf dem Weg zu ihrem Auto späht sie zu den erleuchteten Fenstern zurück. Andreas' Silhouette hebt sich gegen das warme Licht des alten Kronleuchters im Wohnzimmer deutlich ab. Er steht vor dem großen Fenster und winkt ihr nach. Im Rückspiegel wird sein Bild langsam kleiner und verschwindet, als Ceci an der Ausfahrt abbiegen muss. Ceci seufzt! Wie einsam der Freund im Grunde doch ist...

Als Ceci am nächsten Abend nachhause kommt, steht Rolf nachdenklich vor der großen Truhe, welche die Möbelpacker einfach vor der Wohnungstür abgestellt haben. Nur ein schmaler Durchgang führt noch in die Wohnung. Selbst mit größter Anstrengung können sie das schwere Stück nicht gemeinsam in die Wohnung bugsieren. Ceci muss Gläser und Geschirr vor der Wohnungstür vorsichtig aus der Truhe nehmen. Erst als auch die Wein-Schätzchen in die Regale im Keller eingeräumt sind, schaffen sie es, die leere Truhe in den breiten Flur der Wohnung ziehen.

„Meinst du, das Ding ist hier sehr im Weg?" Ceci hat Bedenken, sich einfach so auszubreiten. „Aber wenn ich das in mein Zimmer stelle, kann ich mich nicht einmal mehr umdrehen!".

147

„Ach was!" Rolf ist großzügig. „Außerdem wirst du hier bald jede Menge Platz haben." Cecis Herz macht einen Ruck nach unten! Sie muss sich immer noch darüber im Klaren werden, ob sie die schöne Wohnung denn alleine überhaupt bezahlen kann. „Wann werdet ihr denn eure Wohnung beziehen?" fragt sie vorsichtig nach.

„Wenn alles klappt, bin ich bis Weihnachten hier weg. Vertrag und Finanzierung sind soweit fertig und wir können nächste Woche unterschreiben. Im Grunde sind in der Wohnung nur noch ein paar Ausstattungsdetails zu richten. Wir suchen Tapeten und Teppichböden aus und die Fronten der Einbauküche – der Bauunternehmer meinte, dass dann in längstens vier Wochen alles fertig sein wird und wir einziehen können." - „Na, dann werde ich mir mal durchrechnen, ob ich hier bleibe oder etwas Kleineres und Billigeres suche." Mit leichtem Ton geht Ceci über ihre düsteren Gedanken hinweg, damit Rolf sich nicht um sie sorgt.

Gemeinsam bringen sie das Geschirr und die Gläser vom Treppenabsatz in die Wohnung und verstauen dann alles wieder in der großen Truhe. „Was macht eigentlich unsere Scheidung?" fragt Ceci. „Also weißt du, Matthias ist ja schon aus allen Wolken gefallen, als ich ihm erzählt habe, warum ich ihn so hochoffiziell in seiner Kanzlei besuche." Rolf muss lachen: „Vor mir war gerade ein älteres Ehepaar bei ihm, das sich wegen unüberbrückbarer Differenzen nach 40 Ehejahren scheiden lassen will. Er war richtig erschüttert! Und dann kam ich auch noch mit unseren Wünschen!"

Matthias meint, dass ihre Scheidung ohne Probleme und schnell erledigt sein wird. Ihren Hausstand haben sie ja quasi schon aufgeteilt und da Beide mit der Trennung einverstanden sind, bedarf es keiner längeren Wartezeit.

„Sigrid und ich könnten uns sogar schon um einen Hochzeitstermin im Frühjahr bemühen." meint Rolf. „Ob es sehr unüblich wäre, wenn ich dich gerne als meine Trauzeugin hätte?" Also zumindest für den Moment ist das sogar für Ceci zu viel:

„Lass uns darüber sprechen, wenn es soweit ist und wenn Sigrid das auch möchte!" wehrt sie ab.

*****

Ein Neuanfang?

Die Zeit rast!

Andreas und Gino scheinen sich an der Nordsee gut eingelebt zu haben. „Gino ist wieder richtig jung geworden mit der übermütigen ‚Susi' an seiner Seite." berichtet Andreas. „Wann kommst du uns denn mal besuchen?" Ceci hat dazu noch keinen Plan. „Vielleicht im Frühling!" antwortet sie unverbindlich.

Eines Morgens auf dem Weg zum Büro fallen Ceci zwei große Umzugswagen auf, die in die Einfahrt zu Andreas' alter Villa abbiegen. Der Herr Bauunternehmer und seine Familie scheinen den Umbau bewältigt zu haben und einzuziehen.

Und als in der darauf folgenden Woche der erste Schnee dieses Winters fällt, zieht Rolf aus. Gemeinsam mit Sigrid haben er und Ceci lange darüber beraten, welche Möbel, Geschirr und Anderes er mitnehmen wird. Am Umzugstag selbst wird Ceci nicht zuhause sein, obwohl es ein Samstag ist und sie nicht zur Arbeit gehen muss. „Sei mir nicht böse!" bittet sie Rolf „Aber das will ich mir nicht antun. Wirf den Wohnungsschlüssel in den Briefkasten und das war's." Sie wird den Tag mit Angelika verbringen.

Einen Scheidungstermin hat Matthias ihnen inzwischen auch mitgeteilt – ausgerechnet Cecis Geburtstag. „Ach was!" lacht sie – zugegeben etwas mühsam -, als Rolf dazu seine Bedenken äußert. „Wer kann sich schon zum Geburtstag einen neuen Familienstand schenken? Ist mal was Anderes!"

Am Samstag in aller Frühe verlässt Ceci die noch gemeinsame Wohnung. Ungemütlich und unpersönlich sieht es dort aus. Was Rolf an Möbeln mitnimmt, ist alles schon zurecht gestellt. Vollgepackte Umzugskisten stapeln sich die Wände hoch.

Der Abschied von ihrem Noch-Ehemann ist kurz. Mit gesenkten Köpfen stehen sie einander gegenüber. „Ach Ceci!" seufzt Rolf unglücklich. „Wie konnten wir das nur so verbocken?"

150

Da ist Ceci aus der Wohnung geflüchtet! Viel zu locker saßen wieder einmal die Tränen. Rolf hat Recht – was ist nur aus all ihren Plänen geworden? In frohen Zeiten übermütig und voll Freude geschmiedet, in trüben Zeiten als Rettungsanker gebraucht, damit man zusammen hält und das Leben weiter geht. Wenigstens bleibt ihnen eine tiefe Verbundenheit, eine wirkliche Freundschaft miteinander. Trotz der Dankbarkeit darüber lässt Ceci die aufkommende Angst vor der Zukunft schaudern.

Bevor sie sich - wie verabredet - bei Angelika zum Frühstück einfindet, lenkt sie kurz entschlossen ihren Wagen vor die Stadt und läuft eine große Runde am Waldrand entlang, um ihre Gedanken zu beruhigen. Die Luft ist kalt und klar, frühe Sonnenstrahlen lassen die schneegepuderten Baumwipfel glitzern. Es ist ein wunderschöner Wintertag. Ceci wickelt sich fest in ihre warme Jacke und stapft über den leise knirschenden Schnee. Mit leisem Knacken reißt das dünne Eis auf den letzten Pfützen der gefrorenen Wege. Niemand ist außer ihr um diese Zeit unterwegs und wieder erfasst sie das inzwischen fast schon vertraute Gefühl grenzenloser Leere und Einsamkeit. Und ohne jede Vorankündigung überfällt sie plötzlich die altbekannte verzweifelte Sehnsucht nach Paul.

Als sie – wesentlich später als gedacht – bei Angelika klingelt, ist sie restlos erschöpft und durchgefroren. „Ach du liebes Bisschen!" ist alles, was die Freundin bei dem Anblick der verheulten Gestalt herausbringt. „Ich steck dich erst mal in eine Wanne mit heißem Wasser, du bist ja eiskalt!"

Angelika ist entsetzt! Was ist denn da schon wieder passiert? Cecis Zähne klappern und sie lässt es einfach geschehen, von Angelika umsorgt und in das wohlig-warme Badezimmer geschoben zu werden. Stumm schaut sie zu, wie die Freundin Wasser in die Wanne laufen lässt. „Ich hole dir jetzt noch einen heißen Tee und du gehst inzwischen in die Wanne." kommandiert Angelika. Als sie mit einem dampfenden Becher zurückkommt, hat sich Ceci unter den duftenden Schaum gleiten lassen. Sie wirkt schon etwas ruhiger.

Dankbar nimmt sie den großen Becher. „War eben doch nicht so einfach!" nuschelt sie über den Rand. „Wieder mal ein Lebensabschnitt beendet."

„Aber ich denke, du freust dich für Rolf?" Angelika runzelt die Stirn. „Warte mal! Da ist doch bestimmt noch was Anderes schief gelaufen?" Ceci bekommt einen puterroten Kopf und das nicht nur vom warmen Wasser. „Na klar!" seufzt Angelika „Mal wieder Paul, stimmt's?" Ceci pustet verlegen in den Tee: „Das auch ein bisschen, aber im Prinzip Weltschmerz allgemein." redet sie sich raus. Angelika merkt, dass die Freundin nicht weiter darüber reden möchte und lenkt ein: „Wenn dir warm genug ist, kommst du raus – Frühstück ist fertig."

Als Ceci – fest in Angelikas dicken Bademantel eingemummelt – in die gemütliche Wohnküche tappt, ist Horst, Angelikas Mann, schon fast fertig mit dem Frühstück und sitzt mit der Zeitung vor seinem Kaffee. „Na du!" begrüßt er sie gut gelaunt. „Ich hab gehört, ihr macht heute einen Frauentag? Ihr habt es gut – ich muss trotz Samstag ins Büro! Bei uns ist das Chaos ausgebrochen! Wenn du mal einen neuen Job brauchst – garantiert mit jeder Menge Überstunden und viel Stress – einfach nur bei uns nachfragen!"

Angelika schaufelt Rührei auf die angewärmten Teller „Ich glaube, Ceci hat gerade genug Hektik, da braucht sie nicht auch noch dein Büro." Dankbar nimmt die Freundin den ersten Bissen Ei und angelt ein knuspriges Brötchen aus dem Korb. „Na man weiß ja nie. Vielleicht komme ich irgendwann auf dein Angebot zurück."

Das gute Frühstück stellt Ceci wieder einigermaßen auf die Beine und so sind die Freundinnen bald unterwegs in der Stadt. Einkaufen muss Angelika allerdings alleine, Ceci zieht sich auf eine Beraterfunktion zurück. „Ich muss erst mal kalkulieren, wie ich finanziell klar komme, wenn ich die große Wohnung behalten will. Also fange ich schon mal mit Sparen an." ist ihre achselzuckende Begründung.

Beladen mit vielen Tüten landen sie zum Schluss – wie üblich - auf dem gemütlichen Sofa des Stammcafés. „Weißt du eigentlich schon, was du Weihnachten machen wirst?" Genüsslich vertieft sich Angelika in ein großes Stück ihrer geliebten Schokosahnetorte. Ceci zündet sich eine Zigarette an: „Keine Ahnung! Aber auf keinen Fall werde ich zu meinen Eltern fahren und mir ihre Vorwürfe zu meiner Trennung von Rolf anhören. Wir haben da gerade ziemlich unterschiedliche Meinungen."

Energisch stößt sie eine große Rauchwolke aus. Angelika wedelt mit der Hand die Schwaden vor ihrem Gesicht weg „Danke fürs Räuchern!" - „Sorry!" Cecis Zigarette stirbt einen gewaltsamen Tod im Aschenbecher. „Ich hab meiner Mutter schon gesagt, ich würde zum Skilaufen fahren und erst nach Sylvester zurückkommen. Wahrscheinlich werde ich mich aber einfach ins Bett legen und Klingel und Telefon abstellen." - „Und warum fährst du nicht wirklich?" Angelika ist verwundert. „Ganz einfach: Wenn ich Skilaufen gehe, dann in Almenthal, wenn Almenthal, dann Elli und wenn Elli, dann Paul." Cecis Hand beschreibt eine Wendeltreppe, um dann auf die Tischplatte abzustürzen. „Und wenn Paul, dann wieder nur Kummer. Brauch ich gerade nicht!" Sie runzelt die Stirn: „Ich mach mir keine Illusionen, dass es jemals anders werden könnte."

„Dann kommst du einfach zu uns - wenigstens am Heiligen Abend." bittet Angelika. „Ich möchte nicht, dass du alleine zuhause rumsitzt! Das sollte niemand an einem solchen Tag." - „Nee, lass mal – geht schon. Andreas hat mich gestern Abend auch eingeladen. Es sei so schön einsam – Sylt im Winter - und er hat mit Ausritten gelockt und leckerem Orangenpunsch am Kaminfeuer." Ceci muss lachen: „Der Hallodri weiß genau, wie er mich rumkriegen könnte. Aber daraus wird nix. Ich bleib daheim und damit Punkt."

Angelika weiß, wann sie verloren hat. „Dann eben zur Gans am ersten Weihnachtstag." fordert sie „Da plane ich dich fest ein!" - „Mal sehen, bis dahin ist ja noch ein bisschen Zeit." Ceci weicht aus.

153

Draußen wird es langsam dunkel – die Freundinnen brechen auf. „Soll ich noch mit zu dir kommen?" Angelika kann sich vorstellen, wie es in ihrer Freundin aussieht. „Danke, aber da muss ich jetzt alleine durch." seufzt Ceci „Bin mal gespannt, wie chaotisch Rolf die Wohnung hinterlassen hat oder ob er noch aufgeräumt hat." Im Briefkasten liegt – wie mit Rolf abgesprochen – der Wohnungsschlüssel. Ohne Kommentar! Ceci schluckt – aber was hatte sie denn eigentlich erwartet?

Entgegen ihrer Befürchtungen ist die Wohnung sauber und aufgeräumt. Auf dem Couchtisch steht ein großer bunter Blumenstrauß. An die Vase ist ein Zettel gelehnt: „Hoffentlich ist alles zu deiner Zufriedenheit. Wir melden uns bald! Liebe Grüße von Sigrid und Rolf." Mit einer heftigen Bewegung reißt Ceci den Bogen in zwei Teile: „Scheiss drauf!" brüllt sie los. Plötzlich ist in ihr nichts als grenzenlose Wut – auf Rolf und seine neue Partnerin, auf die ganze Welt und vor allen Dingen auf sich selbst. Und das tut am meisten weh, dafür kann man niemanden verantwortlich machen!

Dann schaut sie sich in der Wohnung um. Wie verabredet hat Rolf die Möbel aus dem Arbeitszimmer mitgenommen, die beiden Kommoden aus dem ehemals gemeinsamen Schlafzimmer, sein Bett, den schön geschwungenen Garderobenschrank – ein Erbstück von seiner Großmutter und von ihm und Ceci liebe- und mühevoll aufgearbeitet. Alle Esszimmermöbel und die größere der beiden Couches im Wohnzimmer sind weg. Auch die Teppiche hat er eingepackt – seine neue Wohnung ist mit Fliesen und Parkett ausgelegt, da werden sie schön zur Geltung kommen. In der alten Wohnung – nein, in IHRER Wohnung! korrigiert Ceci ihre Gedanken – ist herrlich weicher Teppichboden verlegt, da braucht es nicht unbedingt zusätzliche Teppiche. Dafür hat Ceci alle Bilder und die Pflanzen behalten.

Ceci sucht sich einen besonders guten Rotwein aus dem eingebauten Weinschrank der Küche. Sie schneidet eine triumphierende Grimasse: Ätsch! Diesen Schrank wollte Rolf beim Kauf der Küche unbedingt haben und jetzt musste er ihn mit den anderen Küchenmöbeln ihr überlassen.

Nachdenklich am Wein nippend schlendert sie von Zimmer zu Zimmer und schmiedet Einrichtungspläne. Wie wird sie die Wohnung gestalten? Ganz sicher wird das Gästezimmer wieder seiner alte Bestimmung zugeführt und sie in das große Schlafzimmer umziehen. Ihren kleinen Schreibtisch wird sie im Gästezimmer stehen lassen.

Den früher von Rolf und ihr gemeinsam als Büro genutzten Raum wird sie vorerst einfach abschließen – im Grunde braucht sie das Zimmer eigentlich nicht. Ihr Bett und den gemütlichen Ohrensessel wird sie aus dem Gästezimmer wieder ins Schlafzimmer zurück transportieren. Da Rolf die beiden Kommoden von dort mitgenommen hat, ist jetzt Platz für eine gemütliche Schmökerecke.

Das Wohnzimmer erscheint ihr riesig mit nur einer Couch, dem niedrigen Glastisch davor und der großen Regalwand, die merkwürdig trostlos aussieht ohne Rolfs Bücher. Die Essecke ist vollkommen leer geräumt, nur der große Kübel mit der ausladenden Yuccapalme steht dort noch. „Komm her, armes Ding, du musst dich nicht so alleine fühlen!" tröstet Ceci die Pflanze und wuchtet den Topf neben die Couch. „Siehste! So leisten wir Beide uns Gesellschaft."

„Jetzt red ich schon mit Pflanzen!" Ceci schüttelt den Kopf „Nimm's nicht persönlich." Sie streichelt über die langen rauen Blätter der Yucca und beschließt, den Abend mit einer Schlaftablette zu beenden. „Morgen ist auch noch ein Tag und dann werde ich hier alles zurechtrücken."

Es ist ein eigenartiges Gefühl, im Bett zu liegen und nach langer Zeit wieder die Tür nicht zu schließen. Die summende Stille lässt ihre Gedanken nicht zur Ruhe kommen. Schließlich steht sie auf und nimmt noch eine zweite Tablette. Sie hat ja nix zu versäumen und kann schlafen so lange sie will. Und endlich gelingt ihr das auch!

Die zweite Schlaftablette war ein Fehler, das merkt sie am nächsten Morgen sofort. Ihr Kreislauf will überhaupt nicht in Schwung kommen. Das Gesicht ist total verquollen, als hätte

155

sie die ganze Nacht geweint. Vielleicht hat sie das auch? Auf jeden Fall kann sie sich nicht daran erinnern. Erst gegen Mittag quält sie sich aus dem Bett.

Das Wetter entspricht ihrer trüben Stimmung. Die dünne Schneedecke von gestern ist über Nacht zu schmutzig-grauen Eisplatten zusammen gefroren. Ungeduldig zerrt Sturm an den dürren Ästen der Birke vor dem Haus und weht spielerisch irgendwelchen Abfall über die Straße. Der Himmel ist düster und erzählt vom nächsten Regenguss.

Ceci steht mit einer der dicken Teetassen am Fenster und pustet in die heiße Flüssigkeit. Eigentlich müsste sie Möbel umräumen und ihre Kleider aus dem viel zu schmalen Schrank im Gästezimmer in den großen Einbauschrank umziehen.

In der Küche stehen sorgfältig aufgestapelt Geschirr und Gläser, die früher im Esszimmerschrank gewohnt haben und nun in die teils geleerten Küchenschränke umziehen sollen.

Andreas' schönes Meißener Geschirr und die Sektkelche könnte sie in der Glasvitrine des Wohnzimmerschranks arrangieren – bestimmt würde dort alles wunderbar zur Geltung kommen.

Müsste – sollte – könnte! Ceci verzieht das Gesicht. Wozu? Ist doch völlig egal und es interessiert auch niemanden, ob und wann sie das Alles erledigt. Sie muss auf niemanden Rücksicht nehmen, aber es fragt auch niemand nach ihr. Natürlich weiß sie, dass sie jederzeit bei Angelika und Horst anrufen kann oder auch bei Rolf und Sigrid. Sogar die fröhliche Hausgemeinschaft wäre mit Sicherheit für sie da, wenn sie es denn nur wollte.

Und das ist der eigentliche Knackpunkt: Ceci hat den Überblick verloren, was sie eigentlich will! Alles um sie herum ist irgendwie geschehen ohne ihr direktes Zutun, aber auch, ohne dass sie es verhindert hat. Wenn sie jetzt noch einmal die Zeit zurückdrehen könnte, an welchem Punkt ihres Lebens würde sie einen anderen Weg einschlagen? Selbst zu dieser hypothetischen Entscheidung fühlt sie sich - zumindest im Moment -

156

nicht fähig. Cecis Gedanken wirbeln wie bunte Kreisel durch ihren Kopf.

So endet der Tag schon, nachdem er eigentlich nie richtig begonnen hatte. Ceci vergräbt sich wieder im Bett und ihre Stimmung schwankt zwischen düsteren Tagträumen und Sturzbächen von Tränen. Irgendwie hatte sie sich ihren Neustart in die Unabhängigkeit ganz anders vorgestellt.

*****

Ein verkorkstes Weihnachtsfest

„Liebste Ceci, ich hoffe, du hast die schweren Gedanken und Sorgen inzwischen gut überstanden? Leider habe ich deinen Brief erst gestern erhalten. Ich war einige Monate im Ausland und ausgerechnet der Umschlag mit deinem Brief ist mir nicht nachgeschickt worden. Dabei hatte ich Maria doch so sehr gebeten, darauf zu achten, dass wichtige Post sofort weitergeleitet wird. Sie hat während der ganzen Zeit meine Wohnung gehütet. In den nächsten Tagen wird sie nach Wien zurückgehen. Ihre Ausbildung hier in München ist beendet."

Pauls Brief kommt zwei Tage vor dem Weihnachtsfest, von dem Ceci immer noch nicht weiß, wo und mit wem sie es verbringen wird. Ihre Stimmung ist gerade dem Thermometer entsprechend auf dem Nullpunkt angelangt. Der letzte Bürotag des Jahres war nur Hektik und Stress! Mit ihrer Mutter hat sie heute telefonisch heftig gestritten, weil diese partout nicht einsehen will, dass die Tochter zu Weihnachten nicht unter die familiären Fittiche flüchten will.

Pauls ausgesprochen liebevolle Worte sind also willkommener Balsam für Cecis verunsicherte Seele! „Es tut mir so Leid, dass ich ausgerechnet nicht da war, als du einen Freund gebraucht hast. Wir müssen uns unbedingt wiedersehen, dann kannst du mir ausführlich berichten, wie das Alles gekommen ist und welche Pläne du für die Zukunft hast. Bitte melde dich bald bei mir!" Der Brief schließt zu Cecis entzücktem Erstaunen mit „In Liebe dein Paul" und verursacht damit so etwas wie einen Kurzschluss in ihrem Kopf.

Nur zwei Telefonate führt sie: Mit ihrer zutiefst beleidigten Mutter, der sie mitteilt, dass sie nun endgültig nicht unter dem Familienweihnachtsbaum stehen wird, sondern morgen wie geplant in die Berge fährt, und mit Angelika, um ihr den Gänsebraten am ersten Weihnachtstag abzusagen. „Nanu? Ich denke, du wolltest nicht zu deinen Eltern?" staunt Angelika. „Bleibt auch dabei! Ich fahre nach München oder in die Berge – das wird sich finden." Ceci ist nahezu übermütig.

158

„Paul?" Angelika kennt die Freundin zur Genüge und trifft sofort den richtigen Punkt. „Ja, aber vielleicht doch Elli oder Beide oder auch was ganz Anderes. Ich weiß es noch nicht." antwortet Ceci der Freundin ehrlich. „Ich melde mich zwischendurch, mach dir keine Sorgen."

Ceci packt eine Reisetasche mit warmer Kleidung aber auch einem festlichen Outfit, schließlich kann man ja nie wissen, was man so über die Feiertage braucht.

Schon ganz früh am nächsten Morgen startet sie Richtung München. Fröhlich trällert sie die Weihnachtslieder im Autoradio mit und endlich, endlich stellt sich bei ihr so etwas wie Weihnachtsstimmung ein. Sie freut sich unbändig auf Paul und auf sein überraschtes Gesicht, wenn er ihr nachher die Tür öffnen wird. Ob er sich über die Feiertage bei seiner Mutter angekündigt hat? Die Freundin wird nicht schlecht staunen, wenn sie dort gemeinsam auftauchen! Ceci hat ein schlechtes Gewissen. Durch die Ereignisse der letzten Monate hat sie Elli ziemlich vernachlässigt. Hoffentlich ist sie ihr nicht böse darüber.

Trotz des beginnenden Feiertagsverkehrs kommt sie zügig durch nach München und steuert gegen Mittag in die ruhige Münchner Seitenstraße. Auf Anhieb findet sie sogar einen der hier seltenen freien Parkplätze und nimmt dies als gutes Vorzeichen. Als sie jedoch ziemlich außer Atem die Treppen zu Pauls Wohnung hinauf klettert, wird ihr doch etwas mulmig zumute. Wie wird er wohl auf ihren Überraschungsbesuch reagieren? Auf ihr zögerndes Klingen öffnet Maria die Tür. „Du?" ist alles, was Beide verblüfft herausbringen.

Als hätte jemand einen Schalter umgelegt, ist alle Freude aus Ceci gewichen. Am liebsten hätte sie auf dem Absatz herumgedreht und wäre die Treppen wieder hinunter gerannt. Aber sie nimmt sich krampfhaft zusammen: „Ja hallo! Das ist aber nett, dich zu sehen. Ich bin auf der Durchreise und wollte mich auf eine Tasse Kaffee einladen." – Puh, da hat sie gerade noch die Kurve genommen!

159

Auch Maria hat ihre Fassung wieder gewonnen und öffnet weit die Wohnungstür. „Komm doch rein und mach es dir bei uns gemütlich." ‚Bei uns!' Ceci bekommt weiche Knie und einen Kloß in den Hals. „Paul ist gerade vor ein paar Minuten in die Stadt gegangen, um noch ein paar Weihnachtseinkäufe zu erledigen. Wir wollen später nach Almenthal fahren und mit Elli das Weihnachtsfest verbringen. Am zweiten Weihnachtstag fahren wir dann weiter: Große Sylvesterfeier mit Freunden in Wien! Ich freue mich schon so auf die Tage!"

Maria führt Ceci in die Küche und sie muss feststellen, wie gut diese sich hier auskennt – ja hier zuhause ist! Und dann bewirtet Maria – ganz Hausherrin – Ceci in Pauls Wohnung und diese fühlt sich entsetzlich.

Munter erzählt Maria von ihrer Prüfung und dass sie jetzt endlich mit der Schule fertig ist. „Ich weiß noch nicht genau, wo ich mich bewerbe, aber am liebsten wäre mir, ich könnte in München und in Pauls Nähe bleiben. Weißt du, er hat mir schon gefehlt in den letzten Monaten!" nickt sie und wartet offensichtlich auf Cecis Zustimmung. Diese gibt geistesabwesend zustimmende Laute von sich. Die Sprache ist ihr abhanden gekommen.

Maria plaudert eifrig weiter. Ceci hört zu, aber die Worte ergeben in ihrem Kopf keinen Sinn. Erst als Maria fragt „Wohin fährst du denn eigentlich von hier aus? Bist du auch mit Freunden über die Feiertage verabredet?" schaltet Cecis Verstand wieder ‚auf Sendung'. „Ja, ich bin auf dem Weg nach Innsbruck." flunkert sie – ausgerechnet diese Stadt ist ihr als Erstes eingefallen! „Jetzt muss ich aber auch weiter, sonst fragt man sich, wo ich denn bleibe." Eine wirklich gute Gelegenheit, sich eilig zu verabschieden! „Grüße bitte Paul ganz herzlich von mir und natürlich auch Elli." bittet sie Maria.

Wie Ceci unbeschadet die steilen Treppenstufen hinunter, aus dem Haus und in ihr Auto gekommen ist, kann sie später wirklich nicht mehr sagen. Sie könnte sich stundenlang ohrfeigen!

Wann wird sie endlich lernen, dass ein liebevoller Brief für Paul keine tiefer gehende Bedeutung hat? Warum nur hat sie sich wieder einmal so hinreißen lassen?

Nachdem sie zügig losgefahren ist - das Bild der zum Abschied vom Balkon winkenden Maria noch lange im Rückspiegel - steuert sie den nächsten freien Parkplatz an. Ihre Hände zittern derart, dass sie kaum das Zigarettenpäckchen aus dem Handschuhfach nehmen kann. Endlich nimmt sie einen tiefen Zug! Was nun? Aus dem Rückspiegel schauen ihr ratlose Augen entgegen. Paul feiert mit Maria. Auch zu Elli kann sie nicht mehr fahren, die feiert mit Maria und Paul. Vor ihren Augen verschwimmt alles.

„Verdammt!" Protestierend tönt die Hupe, als Ceci voll Wut auf das Lenkrad schlägt. Die Menschen in ihrer Umgebung drehen sich verstört um – was ist da los? Die Zigarette zischt im Schneematsch vor dem Autofenster und endlich kommen die Tränen! Sie legt die Stirn auf das Steuer und weint hemmungslos. Hier ist niemand, der sie kennt oder wegen dem sie sich zusammen nehmen müsste.

„Hier können sie nicht stehen bleiben!" Energisch klopft es am Seitenfenster. Ceci hebt ihr verheultes Gesicht. Eine Politesse winkt sie unerbittlich weiter. „Das ist nur für Kurzparker!" - ‚Na also,' Ceci ist verbittert ‚noch nicht mal der Parkplatz ist mir gegönnt!' Hoch auf spritzt der Schneematsch, als sie ungestüm losfährt und die Politesse notiert sich erbost das Kennzeichen. Plan- und ziellos kurvt Ceci durch Münchens Straßen. Die Menschen haben es alle eilig, letzte Weihnachtseinkäufe zu erledigen. Große Päckchen werden geschleppt und fest eingebundene Weihnachtsbäume.

Irgendwann stellt sie fest, dass sie auf dem Weg zur Autobahn nachhause ist. Was soll's? Das ist auch Recht! Also zurück.... Schon nach wenigen Kilometern auf der Autobahn klingelt ihr Handy Alarm. Ein rascher Blick aufs Display zeigt Pauls Nummer. Sie lässt es klingeln. Aber Paul ist hartnäckig, immer wieder versucht er, sie zu erreichen. Da schaltet sie das kleine Gerät einfach aus.

161

Es wird schon dunkel, als Ceci wieder in ihre Heimatstadt einfährt. Auf dem Parkplatz des großen Supermarktes nahe ihrer Wohnung herrscht an diesem letzten Tag vor Weihnachten Großbetrieb. Ach ja! Siedendheiß fällt Ceci ein, dass sie auch noch einkaufen muss - jetzt, wo sie die Feiertage zuhause verbringt.

Auf der langen Fahrt hat sie sich überlegt, dass sie einfach so tun wird, als sei sie nicht in ihrer Wohnung. Sie will niemanden sehen! In ihrem Kopf ist der Plan perfekt aufgestellt. Das Auto wird sie in der Tiefgarage der Firma abstellen und dem Pförtner erzählen, dass sie nicht weiß, wo sie während ihres Weihnachtsurlaubs das Fahrzeug sonst sicher abstellen könnte. Während eines längeren Sommerurlaubs hat sie das schon einmal praktiziert und weiß, dass es damit kein Problem gibt. So kann niemand beim Anblick des Wagens auf dem Abstellplatz vor ihrer Wohnung stutzig werden und vermuten, dass sie zuhause ist.

Jetzt aber erst noch rasch einkaufen! Ohne weiter darüber nachzudenken wirft Ceci recht wahllos einige frische Lebensmittel und Tiefkühlkost in den Einkaufswagen. In der Wein- und Sektabteilung angelt sie drei Flaschen besten Champagner aus dem Regal. ‚Schließlich gibt es etwas zu feiern!' denkt sie grimmig ‚Cecis Dämlichkeit!!' Gut, dass sie immer zwei der praktischen Klappkisten im Kofferraum hat, darin kann sie ihre Einkäufe verstauen. Ein bisschen schwieriger wird es dann, sich in die Wohnung zu schleichen.

Glücklicherweise sind ihre direkten Nachbarn über die Feiertage verreist. Leise tappt Ceci zweimal durchs Treppenhaus, bis alle Einkäufe in der Wohnung sind. Dann fährt sie weiter zum Büro. Dem netten älteren Pförtner erklärt sie die Situation. „Kein Problem!" versichert er „Sie wissen doch, hier wird ihrem Blechspielzeug nix passieren. Meine Kollegen und ich passen schon auf." Im hinteren Teil der Tiefgarage stellt Ceci das Auto ab. Ein bisschen bereut sie inzwischen schon ihre Planung. Was, wenn sie doch noch irgendwohin fahren möchte?

„Schluss! So bleibt es jetzt! Kannst ja jederzeit widerrufen! Bist doch niemandem verantwortlich!" Cecis Stimme hallt unheimlich in der leeren Garage. Sie erschrickt – hat sie doch gar nicht bemerkt, dass sie laut mit sich selbst redet. Na, das kann ja heiter werden!

„Vielen Dank, Herr Meyer, für ihr Verständnis!" lächelt Ceci dem Pförtner entgegen. „Würden sie mir jetzt bitte ein Taxi rufen, damit ich zu meinen Freunden fahren kann?" Erklärend hebt sie ihre kleine Reisetasche hoch. Fast hätte sie diese auf dem Rücksitz vergessen. „Kein Problem!" antwortet Herr Meyer mit seiner Lieblingsfloskel. „Kommen sie doch inzwischen zu mir ins Pförtnerhaus. Ich hab gerade frischen Tee aufgebrüht. Sonst frieren sie mir noch am Tor fest." Ausgiebig belacht er seinen Witz und Ceci verzieht pflichtschuldig das Gesicht.

Das Taxi ist zum Glück rasch da, denn Ceci wird eingehend nach ihren Urlaubsplänen gefragt und ihr fällt schon nix mehr Passendes ein. „Vielen Dank für den Tee und ein schönes Weihnachtsfest für sie und ihre Familie!" verabschiedet sich Ceci. „Ja, bis nächstes Jahr!" kalauert Herr Meyer und winkt eifrig aus seinem Glaskasten.

Der Taxifahrer ist ausnahmsweise ein schweigsamer Vertreter seines Berufsstandes. Ceci ist das Recht. Ihr reicht die Schwätzerei für heute! Als er sie jedoch vor dem Haus abgeliefert hat und Ceci Fahrt- und Trinkgeld aus ihrer Geldbörse zählt, fragt er unvermittelt „Haben sie einen Weihnachtsbaum?" Ceci gerät ins Stottern: „Nein. Ich bin ganz ungeplant allein zuhause und da wollte ich....nicht extra für mich..... eigentlich überhaupt nicht....."

Wortlos steigt der Fahrer aus und öffnet den Kofferraum. Ein weißes Kunststoffnetz presst die Zweige einer winzigen Tanne an den dünnen Stamm. „Schenke ich ihnen!" Mit Schwung nimmt er das Bäumchen aus dem Auto und drückt es Ceci in die Hand. „Aber das kann ich doch nicht annehmen!" protestiert sie. „Jetzt haben sie keinen Baum!"

163

„Ich brauche keinen!" Der Mann schüttelt heftig den Kopf. „Hat mir vorhin ein Kollege geschenkt – für meine Familie. Meine Frau hat mich mit den Kindern gestern verlassen und ich habe heute mit zwei Kollegen den Dienst getauscht, damit ich über den Heiligen Abend unterwegs bin und nicht zuhause sitzen muss. Wozu brauche ich also einen Weihnachtsbaum?" Noch ehe sich Ceci von ihrer Überraschung erholt hat, ist er wieder eingestiegen und losgefahren. Jetzt steht sie da – mit einem Weihnachtsbaum...

Im Nebenhaus geht das Treppenlicht an. Ceci muss sich sputen. Das ist bestimmt Frau Moll mit ihrem Dackel. Um diese Zeit muss der kleine Kerl immer raus. Sie nimmt das Bäumchen und ihre Reisetasche auf und verschwindet ohne das Licht einzuschalten im Hauseingang.

Es wird ein sehr einsames und trauriges Weihnachtsfest für Ceci. Das kleine Bäumchen schmückt sie liebevoll. „Armer Kerl! Du kannst ja nix dafür. Sollst nicht umsonst aus dem Wald gerissen sein!" Nun leistet die kleine Tanne – mit einigen Strohsternen, Holzfiguren und roten Bändern behängt - der Yuccapalme neben der Couch Gesellschaft. Beide teilen sich die Lichterkette. Für das Bäumchen allein war sie viel zu lang.

*****

164

Alles wird gut

„Ich habe das noch nie zu einem Menschen gesagt: Ceci, ich liebe dich!" Wie lange hat Ceci gehofft und gewartet, diese Worte von Paul zu hören und jetzt stehen sie endlich in seinem Brief, der am ersten Arbeitstag im neuen Jahr im Büro auf sie wartet.

Doch immer wieder hat sie Marias Bild vor Augen, wie sie in Pauls Wohnung die ‚Hausherrin' gibt und vom Zusammenleben mit Paul erzählt. Kann sie Paul vertrauen oder wird er sie einmal mehr enttäuschen? Ceci ist hin- und hergerissen zwischen Liebe und Vorsicht. Ihre Gefühle fahren mal wieder Achterbahn.

„Bitte lass' uns reden." schreibt Paul weiter. „Maria wird in einigen Tagen hier ausziehen. Sie will sich zwar unbedingt in München bewerben, aber ich habe ihr gesagt, dass sie hier nicht länger bleiben kann und sich eine eigene Wohnung suchen muss. Wir waren und sind einfach nur gute Freunde, glaube mir. Ich bitte dich inständig: Melde dich!"

Doch Ceci zögert! Noch vor wenigen Tagen an seiner Wohnungstür, bevor Maria öffnete, hätte sie alles für seine Liebe liegen und stehen lassen und keinen Moment darüber nachgedacht, ob sie sich damit richtig oder falsch verhält, aber jetzt weiß sie nicht, was sie tun soll.

Angelika ist auch keine wirkliche Hilfe! Natürlich galt der Freundin Cecis erster Anruf. „Spontan würde ich sagen: Lass die Finger davon!" rät Angelika. „Aber ich weiß ganz genau, dass du das nicht hören willst und sowieso nie befolgen wirst! Dann kann ich mir das genau so gut auch sparen." Ceci muss lachen. „Im Ernst: Am Liebsten würde ich sofort nach München umziehen." -„Na also!" seufzt Angelika. „So was habe ich mir gedacht. Wirklich raten kann dir hier keiner. Du musst selbst abwägen, was du tun willst. Aber wie wäre es fürs Erste mal damit, sich mit Paul zusammen zu setzen?"

Das ist eine gute Idee und so wählt sie gleich Pauls Handynummer. Leider erwischt sie nur die Mailbox und kann nur eine Nachricht hinterlassen. „Ich habe deinen Brief bekommen. Rufst du mich bitte heute Abend zuhause an?" Und nach kurzem Zögern fügt sie hinzu „Ich freue mich sehr!". Das schon auf der Zunge liegende „Ich liebe dich" konnte sie noch in letzter Sekunde herunter schlucken. Für dieses Zugeständnis scheint es ihr dann doch noch zu früh.

Der Tag nimmt einfach kein Ende. Immer wenn Ceci nach gefühlten zwei Stunden auf die Uhr schaut, sind gerade einmal nur wenige Minuten vergangen. Aber endlich kann sie Feierabend machen. Der Berufsverkehr hat ein Einsehen und lässt sie von Staus verschont zügig nachhause fahren. Eigentlich notwendige Einkäufe, die sie auf dem Heimweg erledigen wollte, hat sie auf Morgen verschoben. Jetzt will sie nur noch in die Nähe ihres Telefons!

Aber Paul lässt sich Zeit! Ceci zieht mit dem Telefon in der Hand nervöse Runden durch die Wohnung. Als sie es schon fast nicht mehr aushält, klingelt es endlich. Ceci holt tief Atem – „Gaaaaaanz ruhig!" beschwört sie ihre Ungeduld. Nach dem dritten Klingeln geht sie dran.

„Hallo!" - „Hallo meine liebste Ceci!" Pauls Stimme ist wie immer warm und liebevoll. „Wie schön, dass du dich gleich gemeldet hast." Ceci reißt sich zusammen und fragt erst einmal, wie es ihm geht. „Ich bin schon wieder auf dem Weg nach Spanien." antwortet Paul. „Noch ein halbes Jahr, dann sollte das Projekt abgeschlossen sein und ich schlage meine Zelte wieder auf Dauer in München auf. Bis dahin ist Maria auch endgültig aus meiner Wohnung ausgezogen. Sie hat ab nächsten Monat einen Job und ist auf der Suche nach einem Appartement."

Ceci weiß nicht, wie sie am Besten seinen Brief und die Liebeserklärung zur Sprache bringen soll. Schließlich springt sie sozusagen einfach in das kalte Wasser. „Sag mal, meinst du ernst, was du da geschrieben hast?" - „Dass ich dich liebe?" Paul ist ganz gelassen! „Aber sicher, damit mache ich keinen

Spaß. Du bist für mich der Mensch, mit dem ich mein Leben verbringen möchte." Ceci verschlägt es glatt die Sprache! Einfach so ganz nebenbei, als wäre es das Selbstverständlichste von der Welt, stellt er mal eben ihr Leben auf den Kopf!

„Ceci…?" fragt er zögernd in die Leitung, als sie nicht antwortet. „Hab ich mit etwa geirrt? Ich dachte zumindest, es geht dir ähnlich…." Ceci lacht! Ein jubelndes, befreiendes Lachen!

„Aber ja, Paul. Ich liebe dich. Vom ersten Augenblick an!" Paul stimmt in das Lachen ein. „Und ausgerechnet jetzt sitzen wir hunderte von Kilometer voneinander entfernt. Das Leben ist ungerecht." Ceci widerspricht vehement: „Aber wir reden miteinander! Und das ist mehr, als so manches Mal, wenn wir uns gegenüber gesessen sind. Seit Jahren schleichen wir umeinander und haben uns in Andeutungen ergangen. Keiner von uns hat wirklich einmal ausgesprochen, wie ihm zumute war." Dem kann Paul nur zustimmen.

Es wird ein langes und sehr inniges Gespräch. Als Ceci später auflegt, könnte sie die ganze Welt umarmen! Endlich, endlich haben sie zueinander gefunden – alles wird gut.

*****

Alles wird anders

Ceci streckt erste Fühler aus, in München einen Job zu suchen. Außerdem fragt sie ihre dort ansässige Schulfreundin, ob deren Verlobter ihr bei der Wohnungssuche behilflich sein könnte, schließlich arbeitet er in einem großen Münchener Maklerbüro und bei diesen guten Verbindungen sollte doch etwas Passendes zu finden sein.

Den ersten Dämpfer bekommt sie bei den Wohnungsangeboten: Ach du liebes Lieschen, haben die dort Preise! „Da kann ich mir gleich noch einen zweiten Job suchen, um die Wohnung zu bezahlen."

Ceci sitzt warm eingepackt auf Angelikas Terrasse in den ersten vorsichtigen Strahlen der Frühlingssonne. Zaghafte grüne Pünktchen in der kalten Erde lassen erahnen, wo Schneeglöckchen auf wärmeres Wetter warten.

„Oder ich suche gleich eine Wohnung für Paul und mich gemeinsam. Da könnten wir schon Geld sparen." überlegt sie. „In seine alte Wohnung will ich nicht einziehen. Außerdem ist da immer noch Maria zugange. Bis vor kurzem habe ich noch gedacht, es wäre böse Absicht, dass sie nicht auszieht. Aber jetzt denke ich, sie hat die gleichen Wohnungsprobleme wie ich."

„Ich weiß nicht!" Angelika schüttelt den Kopf. „Vielleicht ist es ohnehin besser, wenn ihr nichts überstürzt. Jetzt habt ihr euch so lange Zeit gelassen, da fände ich es gut, wenn ihr dabei bleibt." Sie schenkt dampfenden Tee in die Becher nach. „Wie geht es Paul eigentlich?" Die Frage kostet sie immer noch Überwindung. Über lange Zeit hatte sie ein richtiges Feindbild zu Paul aufgebaut. Es fällt ihr nicht leicht, jetzt in Cecis Euphorie einzustimmen.

„Gut soweit. Heute Abend werden wir zum letzten Mal für die nächsten Wochen, vielleicht sogar Monate telefonieren. Seine Firma schickt ihn in irgendein Kaff ganz weit hinten in der

Sierra Nevada, wo sich Fuchs und Has' ‚Gute Nacht' sagen. Dort ist alles vorerst Provisorium: Unterkunft in einem Baucontainer, kein Telefon – geschweige denn ein Handynetz. Email dito! Kommunikation mit der Zivilisation nur über Funk möglich. Da ist es nix mit mal eben anrufen und schon gar nicht privat!

In nächster Zeit können wir nur noch über den guten alten Brief in Verbindung bleiben. Seine Münchner Firma schickt alle Post zur spanischen Vertretung und von dort wird sie irgendwie an den Popo der Welt weitergereicht. Kann sein, Paul bekommt meine Briefe gesammelt, wenn er gerade schon wieder von dort abreisen will."

„Dass es so was noch gibt!" Angelika ist entsetzt. „Und wenn man mal einen Arzt braucht?" „Hör bloß auf, das habe ich auch schon gefragt. Weißt du was Paul gesagt hat?" Ceci schwenkt theatralisch den Becher. „Wenn ich mir das Bein breche, muss ich eben 10 Kilometer bis zur nächsten großen Straße krabbeln und einen LKW anhalten!" - „Männer!" Die beiden Frauen sind sich einig.

„Was sagt er denn zu deinen Münchner Plänen?" will Angelika jetzt wissen. Ceci wird rot. „Die habe ich ihm noch nicht verraten. Das wird meine Überraschung! Wir haben verabredet, dass ich ihn gleich besuche, wenn er zurückkommt. Und wenn er mich dann für die Rückreise zum Bahnhof oder Auto bringen will, frage ich ihn, ob er nicht vielleicht lieber in meiner neuen Wohnung einen Kaffee trinken möchte. Auf sein Gesicht freue ich mich heute schon wie ein Schneekönig."

„Ach du liebes Bisschen!" Angelika ist fassungslos. „Euch ist wirklich nicht zu helfen. Was ist, wenn irgendwas schief geht? Mit seinem Job? Mit deinem Job? Mit der Wohnung?" - „Wird schon alles gut laufen!" Cecis Optimismus ist ungebrochen.

Und sie behält Recht! Am nächsten Abend kommt ein Anruf von Bernd, dem Verlobten ihrer Münchener Schulfreundin Irene. Er hat gleich zwei gute Neuigkeiten: Eine Wohnung und einen Job. Die Zweizimmer-Wohnung liegt nicht weit von

169

Pauls Wohnung entfernt, ist geräumig, hat eine neuwertige Einbauküche, einen Mini-Balkon und – das Wichtigste – ist bezahlbar.

„Du suchst doch auch einen Job?" fragt Bernd. „Unsere Chefsekretärin hat heute verkündet, dass sie schwanger ist und schon in ein paar Wochen in Urlaub geht mit anschließendem Mutterschutz. Ich denke, der Job wäre genau richtig für dich. Meinem Chef habe ich schon gesagt, dass du gleich eine Bewerbung schickst. Ist das in Ordnung?" Ceci jubelt: „Na klar! Mache ich heute Abend noch fertig und schicke die Unterlagen morgen früh sofort los." Für das nächste Wochenende wird sie dann auch schon zum Vorstellungsgespräch und zur Unterschrift des Mietvertrags in München eingeladen.

Die Wohnung ist wirklich ideal. In der kleinen Einbauküche mit allem Schnickschnack gibt es sogar eine winzige Frühstücksecke mit zwei einigermaßen bequemen Barhockern. ‚War doch gut, dass ich mir noch keine Esszimmermöbel gekauft habe.' gratuliert sich Ceci im Stillen. Die nach der Trennung von Rolf bei ihr verbliebenen Möbel reichen vollkommen aus, um das kleine Schlafzimmer und das Wohnzimmer gemütlich einzurichten. Sie muss auch nichts aus der alten Wohnung irgendwo unterstellen oder verkaufen. Alles passt wunderbar! In den nächsten Wochen werden die Räume noch renoviert und ein neuer Teppichboden verlegt, dann kann sie einziehen.

Die Einbauküche der alten Wohnung wird sie an den Nachmieter verkaufen. Hoffentlich zahlt er einen guten Preis. Dann hätte sie die Kaution für die neue Wohnung problemlos zur Verfügung. Um ihre schöne Küche tut es ihr schon Leid, aber sie wurde genau auf den Grundriss der Wohnung abgestimmt und eingepasst. Alles ist in einwandfreiem und gepflegtem Zustand. Der neue Mieter kann sich dazu nur gratulieren.

Der Chef des Maklerbüros und Ceci sind sich auf Anhieb sympathisch und als sie wieder aus München abfährt, hat sie auch den unterschriebenen Arbeitsvertrag in der Tasche.

170

Die Kündigung ihres alten Jobs fällt Ceci schwerer als gedacht. Sie hat schon ziemlich lange in diesem Büro gearbeitet und zu Chef und Kollegen ein gutes Verhältnis. Die Urlaubstage, die ihr noch zustehen, will sie für ihren Umzug verwenden. Eine junge Sekretärin aus dem Schreibbüro freut sich schon darauf, ihre Stelle einzunehmen und Ceci verspricht, die Kollegin noch gut einzuarbeiten.

Wie gerne hätte sie Paul vom reibungslosen Ablauf ihrer Pläne erzählt, aber einerseits soll es ja eine Überraschung für ihn werden und andererseits ist er schließlich im spanischen Niemandsland verschwunden. Ceci schreibt ihm eifrig Briefe, die sie – wie mit ihm abgesprochen – an die alte Münchner Adresse richtet, damit sie zusammen mit anderer Post an das Münchner Hauptbüro seiner Firma weitergeleitet werden.

An einem lauen Frühsommerabend klingelt noch spät das Telefon. Ceci – hundemüde und gerade unterwegs Richtung Bett – brummt ziemlich unwirsch in den Hörer: „Ja!" Zwischen lautstarkem Rauschen und Knattern kann sie ganz entfernt Pauls übermütige Stimme ausmachen:

„Endlich eine Art Telefon – Knack -…. sofort bei dir anrufen …- Knack - kaum erwarten … - Knatterknatterknatter - Post – Knack - ganzen Karton – Knatter - … sehr gespannt - Piiiiiiep - … Sehnsucht…." In die schlagartig einsetzende Stille ruft Ceci verzweifelt: „Paul! PAUL!!!!!" Aber die Verbindung ist schon wieder unterbrochen.

Fast eine Stunde sitzt Ceci noch neben dem Telefon. Vielleicht ruft Paul ja wieder an. Aber leider tut sich nichts. Immerhin besteht die vage Aussicht, dass man irgendwo im Gebirge am Aufbau einer Telefonleitung arbeitet und sie bald wieder regelmäßig von Paul hört. Die Zeit ohne Paul, von der Ceci glaubte, dass sie sich endlos hinziehen würde, galoppiert geradezu!

Ehe sie sich versieht, ist schon ihr letzter Arbeitstag im alten Büro gekommen. Der Chef trägt selbst den Karton mit Cecis privaten Dingen aus dem Schreibtisch – unter anderem die Kassette mit Pauls Briefen – zu ihrem Auto. Die Kollegen umarmen sie und Ceci hat einen dicken Kloss im Hals. Erst heute realisiert sie so richtig, wie sehr sich ihr Leben verändern wird.

Mit Schwung schließt der Chef den Kofferraumdeckel. „Nun liebe Ceci." räuspert er sich „Noch mal alles, alles Gute für ihre Zukunft. Ich hoffe doch sehr, dass sie uns besuchen werden, wenn sie in die alte Heimat kommen?" Ceci nickt heftig und dann fällt sie dem netten älteren Herrn zu dessen Verblüffung um den Hals. Verlegen tätschelt er ihren Rücken, aber dann ist der rührselige Moment auch schon vorbei. Winkend und hupend fährt sie vom Hof.

Zuhause ist es überhaupt nicht mehr gemütlich. Die Schränke sind schon fast leer und an den Wänden entlang stapeln sich bereits gepackte Umzugskisten.

Heute Abend ist Ceci mit Rolf und seiner Sigrid zum Essen beim Stamm-Italiener verabredet. Als sie im Restaurant eintrifft, sind die Beiden schon da und strahlen ihr entgegen. „Habt ihr eine Bogenlampe verschluckt?" fragt Ceci gutmütig, als sie sich den Stuhl zurecht stellt. „Ihr verbreitet ein Leuchten... kaum auszuhalten!"

„Ich werde Papa!" triumphiert Rolf und Sigrid wird doch tatsächlich rot. Ceci bewahrt die Fassung und eine fröhliche Miene. So sehr haben sie und Rolf sich jahrelang vergebens gewünscht, ein Kind zu bekommen. Für Rolf geht dieser Wunsch jetzt endlich in Erfüllung.

„Darauf müssen wir trinken. Enzo!" Der kugelrunde Wirt flitzt an ihren Tisch. „Bitte 2 Gläser Prosecco und ein Glas Orangensaft!" - „Prego Signora!" Geschäftig eilt Enzo davon und bringt das Gewünschte. Die Drei stoßen auf die Zukunft an.

„Das passt ja wirklich alles wunderbar." seufzt Ceci nach einem entspannten Schluck Prosecco. „Anfang nächster Woche unsere Scheidung – Ende nächster Woche mein Umzug." - „Und nächsten Monat heiraten wir!" Rolf strahlt schon wieder mit Sigrid um die Wette. „Ich sage dir rechtzeitig Bescheid,

172

denn darüber sind wir uns einig: Wir möchten dich gerne als Trauzeugin haben." Sigrid nickt eifrig: „Wir legen den Termin auch extra auf einen Freitag, damit du besser planen kannst."

Ceci seufzt erneut – dieses Mal aber nur innerlich. Warum ist den Beiden nur so viel daran gelegen? Naja, der alten Zeiten mit Rolf zuliebe wird sie eben die Trauzeugin spielen, was soll's.

Enzo nähert sich mit dampfenden Tellern und Ceci spürt ihren Magen knurren. Zum Essen kommt sie in letzter Zeit nicht sehr regelmäßig. Sie merkt es auch deutlich an den schlabbernden Hosen!

„Mmmh?" fragt sie durch die ersten Pasta-Bissen in Rolfs Richtung. Sie war so auf das Essen konzentriert, dass sie seine Frage nicht verstanden hat. „Ich wollte wissen, was bei Elli los ist. Meine Mutter hat mir ihr telefoniert und sie war sehr bedrückt, weil Paul im Moment so eine schwierige Phase hat. Ihr steht doch noch in Kontakt?"

„Wieso hat Paul eine schwierige Phase? Er ist in Spanien und wird erst irgendwann in den nächsten Wochen zurückkommen." Ceci schüttelt etwas genervt den Kopf. Rolf staunt: „Wieso Spanien? Er ist in München und stellt dort angeblich alles auf den Kopf!"

Mit lautem Klirren fällt Cecis Besteck auf den großen Pasta-Teller. Das darf doch nicht wahr sein! „Tut mir Leid, ihr Beiden. Ich muss sofort los!" Eilig greift Ceci aus ihrem Geldbeutel einen Schein und legt ihn neben den Teller. „Ich melde mich!" Rolfs Protest hört sie schon nicht mehr – mit großen Schritten drängt sie an eintreffenden Gästen vorbei durch die Tür des Restaurants.

Noch im Laufen schlüpft sie hektisch in die Ärmel ihrer Jacke und angelt das Handy aus der großen Umhängetasche. Eilig wählt sie Pauls Münchener Telefonnummer. Keine Antwort! Während sie den Motor ihres Wagens startet, versucht sie die Handynummer. Es klingelt zweimal, dann wird das Gespräch weggedrückt. Das wiederholt sich einige Male, bis die neutrale Ansage kommt „The person you have called is temporarily not available." Jemand hat Pauls Handy ausgeschaltet!

Noch in der Nacht fährt sie nach München. Mit den ersten Sonnenstrahlen trifft sie vor Pauls Haus ein und klingelt Sturm. Keine Antwort - niemand öffnet. Immer wieder versucht sie abwechselnd den Festnetzanschluss, die Handyverbindung und die Wohnungstür. Das Festnetz wird immer noch nicht beantwortet, das Handy ist immer noch ausgeschaltet und die Wohnungstür bleibt verschlossen.

Endlich erbarmt sich einer der Hausbewohner. „Sagen sie mal, wie lange wollen sie hier eigentlich noch Sturm klingeln?" Erboste Miene unter schlafzerzausten Haaren. Ein älterer Mann steckt seinen Kopf aus dem Fenster genau über der Haustür. „Können sie sich eventuell vorstellen, dass hier noch jemand schlafen will? Zu wem wollen sie denn eigentlich so dringend?"

Ceci entschuldigt sich zuerst kleinlaut für den Aufruhr, den sie verursacht und erklärt, wen im Haus sie unbedingt erreichen muss. „Da können sie aber lange klingeln. Die Beiden sind gestern mit Koffern und Taschen weggefahren. Urlaub nehme ich an. Servus!" Das Fenster wird mit einem energischen Knall geschlossen.

Ceci lässt sich auf die Stufen der Eingangstreppe sinken. Was ist nur los? Wieso ist Paul schon hier und hat sich nicht bei ihr gemeldet? Wohin ist er nur gefahren? Offensichtlich mit Maria.

Als sie sich ein kleines Bisschen beruhigt hat, wählt sie kurz entschlossen Ellis Nummer. Die klingt auch noch recht verschlafen – Ceci ist gar nicht klar, wie früh es tatsächlich noch ist – wird aber sofort hellwach, als sie Cecis Stimme hört.

„Na, dass du dich noch traust, hier anzurufen!" poltert sie los. „Meinem Paul die große Liebe vorzugaukeln. Er war schon drauf und dran, seinen Job in hinzuschmeißen, weil er nichts mehr von dir gehört hat, so sehr hat er sich um dich gesorgt. Aber dann kam dein Brief und er wusste endlich Bescheid. Du hast mich sehr enttäuscht, Ceci, sehr sehr sehr! Und du brauchst dich nie wieder bei mir zu melden!"

Ceci kommt überhaupt nicht dazu, den Wortschwall zu unterbrechen. „Ha!" Elli packt jetzt den letzten Trumpf aus: „Aber wenigstens weiß Paul jetzt, wo er hingehört. Maria wird nun doch meine Schwiegertochter. Dafür sollte ich dir dann wohl dankbar sein? Aber soweit käme es noch!" - „ELLI!" Ceci schreit den Namen der Freundin verzweifelt in den Hörer. „Lass mich in Ruh'!" Elli brüllt zurück und dann ist die Verbindung unterbrochen.

„Krutzinesen! Jetzt reicht es mir aber!" Der Nachbar von vorhin schiebt einen zornroten Kopf aus dem Fenster. „Wenn sie jetzt nicht hier verschwinden, ruf ich die Polizei!" Zack! Fenster wieder zu.

Ceci tappt mit schweren Schritten zu ihrem Auto. Nein, sie schlafwandelt. Denn das kann eigentlich nur ein schlimmer Albtraum sein. Sie ist völlig verstört und kann keinen klaren Gedanken fassen. Was ist da bloß passiert?

Lange sitzt sie wie versteinert hinter dem Steuer. Um sie herum erwacht der Münchner Stadtteil zu geschäftigem Leben und Treiben. Hunde werden Gassi geführt, Kinder spielen fröhlich lachend Fangen auf dem Parkplatz und rund um Cecis Auto. Hausfrauen eilen mit großen Einkaufstaschen zum Markt und schleppen ihre schwere Last zurück ins Haus.

Die Fenster der anderen Wohnungen in Pauls Haus werden weit geöffnet, Betten zum Lüften heraus gelegt und wieder zurück ins Zimmer genommen. Die Sonne wandert weiter, die Kinder vergessen ihr Spiel und laufen zurück in die angrenzenden Häuser Es ist Mittagszeit und nun kehrt ein bisschen Ruhe ein, nur eine junge Mutter schiebt ihren Zwillingskinderwagen an Cecis Auto vorbei über den Bürgersteig.

Irgendwie bringt dieser Anblick wieder Leben in die reglose Gestalt auf dem Fahrersitz. Mit einem tiefen Atemzug erwacht sie aus ihrer Lethargie. An den Fenstern von Pauls Wohnung sind alle Rollläden fest herunter gelassen. Ceci begreift langsam eine gewisse Symbolik: Sie wurde aus Pauls Leben ausgeschlossen.

Es kostet sie viel Kraft, den Autoschlüssel umzudrehen und loszufahren. Im Rückspiegel wird Pauls Haus langsam kleiner und sie erinnert sich an ihren letzten Besuch, an Marias winkende Gestalt auf dem Balkon. Hat sie etwas mit Pauls eigenartigem Verhalten zu tun? Ob Ceci das wohl jemals erfahren wird? Jetzt will sie nur noch weg hier und raus aus dieser Stadt.

Erschrocken wird ihr klar, dass sie eigentlich gerade dabei ist, ihr ganzes Leben umzukrempeln, um in eben dieser Stadt zu wohnen. Dass sie hier eine Wohnung angemietet und einen Arbeitsvertrag unterschrieben hat. Dass sie spätestens in zwei Wochen aus ihrer alten Wohnung ausgezogen sein muss. Dass in der nächsten Woche der Umzugswagen kommt, um ihren gesamten Besitz abzuholen und hier in diese Stadt zu bringen. Dass es aber für sie keinen Anlass mehr gibt, hier zu wohnen und zu arbeiten.

Ceci wundert sich über sich selbst: Sie fühlt sich vollkommen leer – keine Wut, keine Trauer, keine Tränen. Ganz klar fällt sie die Entscheidung, dass sie nicht nach München ziehen wird. Jetzt muss sie versuchen, erst einmal aus den vereinbarten Verträgen heraus zu kommen.
Die erste Raststätte nach München auf der Autobahn fährt sie an und sucht sich einen Platz im hintersten Teil des Lokals. „Bitte einen doppelten Espresso und ein Croissant." ordert sie bei der gleichgültigen Bedienung. „Und ein großes Glas Mineralwasser."

Sie wartet noch bis die junge Frau das Tablett vor sie hinstellt, dann nimmt sie ihr Handy und wählt Irenes Münchner Telefonnummer. Das Gespräch fällt ihr nicht leicht und erwar-

176

tungsgemäß reagiert Bernd sehr ungehalten, als sie ihm ihre Entscheidung mitteilt.

„Weißt du, Ceci, ich habe mich sehr für dich eingesetzt. Sowohl für die Wohnung als auch für den Job hatten wir mehrere Bewerber, aber ich konnte durchsetzten, dass du Beides bekommen hast. Nun stehe ich vor meinem Chef ziemlich dumm da."

„Bernd, es tut mir wirklich Leid!" Ceci ist sehr betroffen, das merkt auch Irenes Verlobter. „Aber ich kann beim besten Willen nicht nach München kommen. In meinem Leben hat sich etwas Entscheidendes verändert und ich möchte bleiben, wo ich mich zuhause fühle. Bitte, kannst du mir helfen?"

Bernd ist absolut nicht beruhigt, aber er verspricht, sich noch heute Mittag mit dem Chef zu beraten und auch dem Wohnungseigentümer ihre Entscheidung mitzuteilen. „Falls du hier irgendwelche Entschädigungen zahlen musst, tut mir das Leid, Ceci, aber es wäre nicht zu ändern. Ich rufe dich an, sobald ich Näheres weiß."

Als Ceci das Gespräch beendet, ist ihr klar, dass sie sich wohl auch bei Irene und Bernd nicht mehr melden muss. Diese Bekanntschaft kann sie bestimmt vergessen.

Und dann fährt sie endgültig nachhause. Zumindest dahin, wo derzeit noch ihr Zuhause ist. Auf dem Anrufbeantworter ist Rolfs besorgte Stimme: „Was war denn los mit dir gestern Abend? Ruf uns doch bitte gleich mal an, wenn du das hörst." War es wirklich erst gestern Abend, dass sie beim Italiener gesessen und von Paul gehört hat?

Allmählich merkt Ceci, dass sie die ganze Nacht unterwegs war und es inzwischen schon wieder Abend geworden ist. Den Anruf bei Rolf und Sigrid verschiebt sie auf den nächsten Tag und auch alles Andere, was es jetzt zu erledigen gibt. Sie fällt ins Bett wie ein Stein und schläft sofort ein.

*****

177

Neuanfang - anders als gedacht

Ceci ist so erschöpft, dass sie fast 12 Stunden durchschläft. Erst gegen Mittag des nächsten Tages wacht sie auf und findet sich nur mühsam zurecht. Alles tut weh – die nervliche Anspannung und die vielen gefahrenen Kilometer stecken ihr in den Knochen.

Der erste Anruf gilt dem Umzugsspediteur. Fairerweise muss sie ihm sofort mitteilen, dass der Umzug in der nächsten Woche nicht Richtung München gehen wird, aber wohin kann sie noch nicht sagen, nur dass sie ihre Wohnung zu diesem Termin räumen muss.

So etwas hat der Spediteur auch noch nicht erlebt. Ceci kann am Telefon förmlich sein Kopfschütteln hören. Aber er ist sehr hilfsbereit und sichert zu, Möbel und Umzugskisten wie vereinbart abzuholen und zu einem annehmbaren Preis einzulagern bis sie eine neue Wohnung gefunden hat. Denn ausziehen muss sie aus der alten Wohnung – soviel steht fest. Der Nachmieter hat den Vertrag schon lange unterschrieben und seinerseits den Umzug organisiert.

„Bist du da? Ich muss mit dir reden!" Ceci weiß, dass sie sehr kurz ist – fast unhöflich – am Telefon. „Natürlich, komm nur gleich vorbei. Was gibt es denn so Dringendes?" Nur den ersten Satz hat Ceci noch gehört, dann hat sie auch schon aufgelegt. Angelikas Stimme klang sehr verwundert, aber sie wird bestimmt gleich verstehen.

Ceci kann es kaum noch abwarten, endlich bei ihrer Freundin anzukommen. Als sie mit viel zu viel Gas auf den Parkplatz vor das Haus fährt und eine Vollbremsung machen muss, rettet sich Angelikas Schwiegermutter gerade noch mit einen Sprung zurück in die offene Haustür.

„Nana Ceci! Wenn du dein Auto mit Gewalt kaputt fahren willst – bitte. Aber lass mich da raus." Die nette Frau schüttelt lachend die sorgfältig frisierten Locken und Ceci entschuldigt sich wortreich. Ganz blass ist sie geworden. Frau Manz hat vollkommen Recht, wie kann sie sich nur so gehen lassen!

„Also dann, ihr Zwei. Ihr habt euch bestimmt wieder viel zu erzählen?" verabschiedet sie sich von ihrer Schwiegertochter. „Wir telefonieren." Angelika winkt hinterher und dreht sich dann zu Ceci, die noch immer käsweiß an ihrem Auto lehnt.

„Was ist denn mit dir los? Du siehst aus wie irgendwas, das der Hund ausgespuckt hat." stellt sie fest. „Komm rein, ich mach uns einen Tee." - „Lieber einen Cognac, du wirst ihn brauchen und ich sowieso." seufzt Ceci. Sie fühlt sich ganz eigenartig – vollkommen ruhig und abgeklärt.

Endlich sitzen die beiden Freundinnen am Esstisch im sonnenwarmen Erker vor ihrem Cognac. „Also?" fragt Angelika. Ceci nimmt das bauchige Glas in beide Hände und schwenkt ganz sanft die goldgelbe Flüssigkeit. „Ich habe ab nächste Woche keine Wohnung mehr und keinen Arbeitsplatz." stellt sie einfach fest. Dann hebt sie das Glas, prostet Angelika zu und trinkt es mit einem großen Schluck aus.

Als sie jetzt das fassungslose Gesicht der Freundin sieht, muss sie lachen – sie versteht sich selbst nicht - dann nimmt sie Angelikas Glas und leert auch dieses. „Keine Wohnung, keinen Job, kein Paul. Ich habe mit Elli telefoniert, der liebe Bub heiratet seine Maria. Herzlichen Glückwunsch!"

Und dann kommen endlich, endlich die Tränen – wahre Sturzbäche. Angelika wird es Himmelangst! Sie hält die schmale Gestalt im Arm und kann nichts anderes tun, als sie hin und her zu wiegen und ihre beruhigende Worte zuzuflüstern, von denen sie doch genau weiß, dass sie derzeit nicht in Cecis Bewusstsein vordringen.

Glücklicherweise kommt in diesen Minuten Horst ausnahmsweise einmal früher aus dem Büro zurück. Gemeinsam mit ihrem Mann gelingt es Angelika, die schluchzende Ceci auf die Couch zu bugsieren und eine warme Decke über sie zu legen.

179

Mit sanfter Gewalt flößt sie ihr Beruhigungstropfen ein und nach endlosen Minuten ist Ceci übergangslos eingeschlafen.

„Uff!" Horst lässt sich auf einen Sessel fallen. „Was ist denn da passiert?" Seine Frau setzt sich ihm gegenüber. „Keine Ahnung! Aber soviel steht fest: Sie wird nicht nach München umziehen." Ratlos schauen Beide auf Cecis stille Gestalt. Selbst jetzt noch im Schlaf stehlen sich immer wieder Tränen aus ihren Augenwinkeln, rinnen über die blassen Wangen und versickern langsam im weichen Wollbezug des Sofakissens.

„Ich glaube, unser Gästezimmer ist für die nächste Zeit besetzt." seufzt Angelika. „Nächste Woche muss sie aus ihrer alten Wohnung raus, da hilft nix. Keine Ahnung, wie sie die Münchner Verträge lösen wird, aber zuerst einmal muss sie erzählen, was eigentlich passiert ist. Vielleicht ist ja auch alles nur halb so schlimm und ihr sind einfach nur die Nerven in die Knie gegangen." Horst schüttelt bedenklich den Kopf „Muss schon was Schlimmeres sein. So kenn ich unsere Ceci gar nicht."

Angelika hat auf dem Sessel neben der Couch die Nacht verbracht, damit Ceci nicht alleine bleibt. In der ersten Morgendämmerung regt sich die Freundin und sofort ist Angelika bei ihr. „Alles in Ordnung?" Mühsam setzt sich Ceci auf die Kante der Couch und zieht die warme Decke ganz fest um sich. „Entschuldige bitte!" Ganz leise flüstert sie. „Ich wollte dich nicht erschrecken. Es tut mir Leid!"

Angelika legt den Arm um ihre Schultern. „Jetzt hör aber auf. Da ist nichts, das dir Leid tun muss. Ich bin nur froh, dass du zu mir gekommen bist. Ich koche jetzt einen Kaffee und mache uns Toast und Ei, dann erzählst du in aller Ruhe. – Keine Widerrede! Es wird etwas gegessen!" Cecis noch nicht einmal formulierter Protest wird im Keim erstickt. „Und du gehst inzwischen ins Bad und machst dich ein bisschen frisch."

Gesagt – getan. Eine Viertelstunde später sitzen die Freundinnen erneut am Esstisch im Erker und spähen in den grauen, frühen Morgen. Ceci pustet in den heißen Kaffee und wärmt sich an dem dicken Becher die Hände. Zwar verzieht sie das Gesicht, als Angelika ihr vom Rührei auf den Teller häuft und einen frischen Toast dazu legt, aber nach einem Blick in das energische Gesicht der Freundin nimmt sie zögernd ein paar Bissen. „Meinst du, du kannst jetzt erzählen?" fragt Angelika betont ruhig und Ceci nickt.

Dann berichtet sie ganz gefasst von ihrem Gespräch mit Rolf beim Italiener, ihrer Fahrt nach München, dem vergeblichen Versuch, Paul zu erreichen und über das Telefonat mit Elli.

Angelika unterbricht sie nicht, Ceci muss sich jetzt erst einmal alles von der Seele reden. Aber innerlich ist sie aufgewühlt und entsetzt. Sowas gibt es doch nur in schlechten Romanen!

Endlich ist Ceci mit ihrem Bericht am Ende. Ihre Hände zittern derart, dass sie kaum noch den Kaffeebecher halten kann. Angelika nimmt ihn ihr vorsichtig aus der Hand und streichelt über die eiskalten Finger. „Lass uns jetzt erst einmal darüber nachdenken, wie wir dir eine neue Wohnung und einen neuen Job beschaffen können. Alles Andere muss zunächst zurückstehen. Ich glaube, irgendwer hat da eine Riesenschweinerei in Gang gesetzt. Hier muss ein Missverständnis oder eine Intrige der allergrößten Kategorie vor sich gehen. Vielleicht hat Horst eine Idee, wie und wo wir Paul auftreiben können. Elli wird uns dabei wohl keine große Hilfe sein?"

Ceci schüttelt vehement den Kopf. „Nein! Ich will nichts mehr von Paul wissen und auch nicht von Elli. Kann sein, dass du Recht hast, aber wieso hat Paul mich nicht gefragt, wenn irgendwer irgendetwas über meine Person behauptet? Wobei ich mir überhaupt nicht vorstellen kann, wer das sein sollte, geschweige denn, was man so Schreckliches über mich erzählen könnte. Und ich habe auch keine Ahnung, warum er so überstürzt aus Spanien zurückgekommen ist, was er Elli erzählt hat und warum er jetzt wohl Knall auf Fall Maria heiraten will.

Ich dachte wirklich, ich könnte mich auf ihn und seine Liebe verlassen. Wir würden einander vertrauen und über alles miteinander reden können. Offensichtlich habe ich mich gründlich in ihm getäuscht und auch in Ellis Freundschaft." Davon ist Ceci auch nicht abzubringen. Das Kapitel Paul will sie endgültig schließen!

„Moin!" gähnt es von der Tür. „Ihr seid ja schon wach." Horst reckt und streckt sich die Müdigkeit aus den Knochen. „Gibt es auch schon einen Kaffee für mich? Mir ist da heute Nacht noch etwas eingefallen, aber ohne koffeinhaltige Unterstützung bringe ich das nicht zusammen."

Angelika holt rasch einen dampfenden Becher aus der Küche und Ceci rückt auf der gepolsterten Bank zur Seite, damit Horst sich setzen kann. Gespannt warten die Beiden, dass sein Koffeinpegel auf „Unterhaltung" springt. Endlich scheint es soweit zu sein – Horst wuschelt sich durch die allmählich er-grauenden Locken.

„Meine Mutter war doch gestern hier. Hat sie dir eigentlich nix von ihrer Einliegerwohnung erzählt?" Angelika bekommt gro-ße Augen. „Nein, wir haben zwar über alles Mögliche geredet, aber darüber nicht." Erneutes Gähnen: „Die wird demnächst frei. Die Mieterin heiratet und zieht in das Haus der Schwiege-reltern. Wird sehen, was sie davon hat!" unkt er prophetisch. „Was meinst du, Ceci, wäre das was für dich? Kein besonderer Komfort, aber zwei Zimmer, eingerichtete Küche, Mini-Bad, Mini-Terrasse, Abstellplatz und – ich kann aus persönlicher Erfahrung berichten - sogar einigermaßen nette Vermieter."

Cecis Augen füllen sich mit Tränen: „Das ist fast zu schön, um wahr zu sein." flüstert sie. Angelika fällt ihrem Mann um den Hals. „Wunderbar! Genau das Richtige! Und außerdem gleich bei uns um die Ecke!"

Dann umarmt sie die Freundin. „Siehst du – alles wird gut. Jetzt hast du schon ein Dach über dem Kopf und bis du einzie-hen kannst, wohnst du bei uns. Einen Job finden wir auch noch!"

„Ich mache mich jetzt stadtfein" grinst Horst „und fahre auf

182

dem Weg ins Büro bei meinen Eltern vorbei, damit sie keine Nachmieter suchen. Wann musst du denn raus aus deiner alten Wohnung?" – „Nächste Woche." Ceci kann ihr Glück immer noch nicht fassen. „Na dann" Horst schaut in den leeren Kaffeebecher „pack mal deine Siebensachen und bring sie gleich zu uns. Kommt gar nicht in Frage, dass du in der halbleeren Wohnung alleine rumhockst.".

Angelika umarmt ihren Mann „Du bist ein wahrer Schatz." – „Weiß ich." grinst er „Kostet dich aber mindestens einen ausgiebigen Pasta-Abend mit Rotwein und Dessert." Dann stibitzt er noch rasch ein Scheibe Toast und einen großen Löffel Rührei direkt aus der Pfanne und verschwindet kauend im Bad.

Horst hält Wort und spricht noch auf dem Weg ins Büro mit seinen Eltern. Angelika und Ceci richten gerade gemeinsam das Gästezimmer für einen längeren Aufenthalt her, als das Telefon Sturm klingelt. „Alles klar." berichtet Horst. „Die Mieterin zieht sogar schon übernächste Woche aus, mein Vater will noch ein bisschen renovieren, aber in vier Wochen hat Ceci ein neues Zuhause. Und die junge Frau ist ganz froh, dass sie nicht noch zwei Monatsmieten zahlen muss. Dazu wäre sie nämlich vertraglich verpflichtet, wenn nicht so rasch eine neue Mieterin gefunden wäre."

Angelika hat das Telefon auf Lautsprecher gestellt, damit Ceci mithören kann. „Mein Vater besorgt ein Mietvertragsformular, das könnt ihr morgen gemeinsam ausfüllen und unterschreiben. Außerdem kannst Du noch Wünsche zur Renovierung äußern. Aber bitte keine goldenen Wasserhähne – das ist nicht im Budget." lacht er. „Jetzt muss ich aber dringend was tun für die Familienkasse. Der Schreibtisch liegt voll. Tschüss Ihr Beiden!" – „Tschühüss!" antwortet es zweistimmig.

„Was würde ich nur ohne Euch tun?" Ceci lässt sich auf den kleinen Schreibtischsessel sinken. Die Tränen sitzen schon wieder ziemlich locker. „Keine Ahnung, musst du aber auch nicht drüber nachdenken." Angelika legt ihr die Hand auf die Schulter. „Und nicht wieder losheulen. Du hast genug geweint für die letzten und die nächsten beiden Jahre – es reicht jetzt.

Wir machen das Zimmer noch fertig und dann fahren wir in die alte Wohnung, Koffer packen und zusammenräumen."

Als Horst am Abend nachhause kommt, ist Ceci sozusagen schon übergesiedelt. Im Keller sind Kartons eingelagert mit Kleidern und Schuhen, die erst wieder im Winter gebraucht werden. Die Reste aus Vorrats- und Kühlschrank hat sie Angelika als Beitrag zum Haushalt gegeben. Neben dem Gästebett steht ihre alte Freundin aus einsamen Tagen - die Yucca-Palme - und die wenigen anderen Grünpflanzen spähen neugierig vom Fensterbrett in den unbekannten Garten.

„In der Wohnung stehen jetzt nur noch die Kartons und Möbel, die der Spediteur abholen und einlagern wird." berichtet Ceci. „Mit deinen Eltern habe ich auch gesprochen und mich für morgen angekündigt, damit ich den Mietvertrag unterschreibe."

„Und ich habe als Dankeschön gleich den ersten Pasta-Abend vorbereitet." Angelika bittet zu Lasagne und frischem Salat. „Ceci hat als Nachtisch eine ‚Zuppa inglese' gezaubert. Wenn du die gegessen hast, sprichst Du anschließend italienisch ohne Vorkenntnisse." Horst lässt sich gerne verwöhnen und greift ausgiebig zu.

Beim abschließenden Espresso setzt er eine geheimnisvolle Miene auf. „Was würdet ihr sagen, wenn ich vielleicht sogar einen Job für Ceci hätte?" Der kleine Kaffeelöffel klirrt aus Cecis Hand auf die Fliesen unter dem Esstisch. „Unmöglich!" erklärt sie mit Bestimmtheit. „In der heutigen Zeit wachsen gute Jobs nicht einfach so auf den Bäumen. Also ich weiß, dass du ein richtiger Tausendsassa bist, aber das kann ich mir jetzt doch nicht vorstellen."

„Ist aber so!" lacht Horst in Angelikas und Cecis ungläubige Gesichter. „Frau, nein: Fräulein Neumann – unsere Chefsekretärin -" erklärt er Ceci „muss sich dringend um die Pflege ihrer Mutter kümmern und geht so schnell wie möglich zurück in die hanseatische Heimat.

Die alte Dame ist vor einigen Tagen gestürzt und kann wohl zukünftig nicht mehr alleine bleiben. Na und unser ‚Seelchen' will sie nicht in irgendeinem Heim wissen. Außerdem scheint auch genügend Geld vorhanden zu sein, damit die Beiden sorglos leben können. Also: Voila!" schließt er mit einer weltmännischen Geste.

Ceci kann ihr Glück nicht fassen. Angelika hat mit einem Jubelruf ihren Mann fast in einer ausführlichen Umarmung erstickt. „Hilfe!" keuchend befreit er sich von der geliebten Last „Lass mich leben." Aber da wird er sofort gnadenlos von Ceci umarmt, der schon wieder die Tränen über die Wangen laufen – aber dieses Mal sind es eindeutig Freudentränen. „Das muss dringend aufhören." Horst reicht ihr ein Taschentuch. „Du kannst auf Dauer nicht unser Vorzimmer überschwemmen. Übermorgen um neun Uhr hast du einen Vorstellungstermin beim Chef und wenn du dich nicht gar zu dämlich anstellst, wirst du ab nächsten Ersten von Fräulein Neumann eingearbeitet."

Angelika ist schon nach der für alle Fälle immer im Kühlschrank gelagerten Sektflasche gerannt und dann stoßen die Freunde fröhlich auf Cecis Zukunft an. „Prost Frau Kollegin!" scherzt Horst.

*****

185

Ceci lebt sich ein

Ceci kann es immer noch nicht glauben: Alles – naja fast alles – hat sich zum Guten gewendet.

Das Bewerbungsgespräch mit Horsts Chef ist reibungslos gelaufen. Fräulein Neumann war geradezu entzückt, sie nicht zum nächsten Monatsersten sondern sogar gleich ab dem folgenden Montag einarbeiten zu dürfen. „Wissen sie – eigentlich sind sie ein Glücksfall für uns." zwinkert sie Ceci verschwörerisch zu. „Sie kommen aus einer ähnlichen Branche, haben eine schnelle Auffassungsgabe und kommen mit dem Chef auf Anhieb prima aus. Er ist nämlich nicht immer ganz einfach zu nehmen." verrät sie und bekommt dabei rosige Wangen.

Ceci muss innerlich grinsen – mit dem Rotwerden seiner Vorzimmerdame braucht sich der Chef nicht umzustellen, das ist auch ihr immer noch treu geblieben. Fräulein Neumann ist sehr erleichtert, dass sie sich – nachdem Ceci mit allen laufenden Arbeiten vertraut gemacht wurde - schon nach wenigen Tagen auf den Weg zu ihrer Mutter machen kann. Ceci bekommt zum Abschied viele gute Ratschläge und ein rosa Alpenveilchen fürs Bürofenster. Sie verspricht, es zusammen mit den anderen Grünpflanzen immer gut zu versorgen.

Der Chef verabschiedet seine langjährige Mitarbeiterin mit einem großen Blumenstrauß und einer kleinen Ansprache im Kollegenkreis. Es wird mit Sekt angestoßen und alle winken Fräulein Neumann ausgiebig nach, die – immer wieder ihr Taschentuch für die Abschiedstränen zückend – ins Taxi nachhause steigt. Dann ist Ceci endgültig und alleine für alle anstehenden Arbeiten zuständig.

Horst kommt gleich darauf ins Vorzimmer und klopft an die offene Tür zum Chefbüro: „Darf ich ihre neue Sekretärin heute ausnahmsweise etwas früher entführen?" Der Chef ist in eine Akte vertieft und nickt etwas abwesend: „Irgendwas Besonderes?" Auch Ceci reckt neugierig den Hals. „Wohnungsabnahme!" antwortet Horst und zu Ceci gewandt „Deine Wohnung ist fertig renoviert und du kannst entscheiden, wann du einziehst." Ceci jubelt! So wohl sie sich bei Angelika und Horst fühlt, möchte sie doch deren Freundschaft nicht zu lange strapazieren und möglichst rasch in eigene vier Wände umziehen. „Dann kann ich ja auch mit dem Spediteur einen Termin abstimmen, wann meine Möbel geliefert werden." freut sie sich. „Zum Umzug gibt es einen Tag Sonderurlaub." brummt der Chef hinter seiner Akte und Ceci weiß gar nicht, wie ihr geschieht.

Sie hat in den letzten Wochen so viel Glück gehabt. Der Chef des Münchner Büros hat zwar ihre Zeugnisse und anderen Unterlagen mit einem bitterbösen Brief an sie zurück geschickt, aber immerhin kam sie hier mit einem blauen Auge davon. Dass man nicht gerade erfreut über ihre kurzfristige Absage war, ist Ceci durchaus verständlich.

Aus dem Mietvertrag für die Münchner Wohnung kam sie nicht ganz so unbeschadet. Sie musste eine Monatsmiete zahlen, weil der Wohnungsbesitzer schließlich nicht sofort neu vermieten konnte und somit einen Verdienstausfall hatte.

Aber Ceci ist heilfroh, dass die Sache doch insgesamt noch so gut ausging. Eine kleine Summe bleibt ihr sogar noch übrig aus dem Erlös des Küchenmöbelverkaufs an den Nachmieter ihrer alten Wohnung.

Von Irene und Bernd hat sie nichts mehr gehört. Leider! Aber das ist erst einmal nicht zu ändern. Sie hofft sehr, dass die alte Schulfreundin ihr irgendwann verzeiht.

Ob Paul und Maria inzwischen schon verheiratet sind? „Ceci kommst du?" Horst unterbricht ihre Gedankengänge gerade noch rechtzeitig. „Ja, sofort!" Ceci fährt die PC-Programme herunter und schließt den Schreibtisch ab. „Bis morgen!" ruft sie ins Chefbüro. „Jaja." ist die gleichgültige Antwort. Der Chef ist schon wieder in seine Arbeit vertieft.

187

Während der letzten Tage ist Ceci der Einfachheit halber immer mit Horst zur Arbeit und wieder nachhause gefahren. Heute führt sie der Heimweg zu Horsts Elternhaus. Angelika wartet schon vor der Haustür. „Ich muss mir doch auch gleich ansehen, wie deine neue Wohnung geworden ist." begrüßt sie die Freundin und umarmt ihren Mann. Da kommt schon Horsts Vater mit dem Wohnungsschlüssel und öffnet die separate Eingangstür zur Einliegerwohnung. Das große Haus liegt am Hang und ist quasi in den Berg hinein gebaut.

Für Cecis neue Wohnung bedeutet das Fenstertüren im großen Wohnzimmer mit Ausgang zur winzigen Südterrasse neben dem Abstellplatz für Cecis Auto, je ein kleineres Fenster in Küche und Schlafzimmer, die schon zur Hälfte im Berg liegen und ein fensterloses Bad und einen kleinen Abstellraum auf der Bergseite.

Ceci ist begeistert über die gelungene Renovierung. Horsts Vater hat sie selbst ausgeführt. Die vorhandenen Raufasertapeten wurden weiß gestrichen, der Holzfußboden in Wohn- und Schlafzimmer abgeschliffen und neu versiegelt. Der Fussboden in Küche, Bad und Flur war ohnehin mit pflegeleichten weißen Fliesen ausgelegt.

„Ich muss wirklich nur noch meine Möbel bringen lassen." freut sie sich. „Meine Frau hat noch Gardinen übrig. Wenn du willst, schau mal, ob sie dir gefallen und zur Einrichtung passen." Auch Herr Manz freut sich. „Und wenn du Hilfe brauchst beim Lampenaufhängen oder sowas, meldest du dich einfach eine Etage höher."

Ceci bekommt die Wohnungsschlüssel ausgehändigt. Ein Exemplar gibt sie gleich weiter an Angelika. „Für alle Fälle." Horst wirft einen Blick auf die Armbanduhr. „Hast du die Nummer vom Spediteur greifbar? Es ist noch nicht zu spät für einen Anruf. Vielleicht kannst du gleich einen Termin vereinbaren." - „Gute Idee!" Ceci zückt ihr Handy und ein paar Minuten später ist auch dieser Termin festgelegt.

„Ich muss euch nur noch ein paar Tage auf die Nerven gehen," fällt sie Angelika um den Hals „dann ist hier Einzug." Sie dreht sich mit ausgebreiteten Armen im noch leeren Wohnzimmer um die eigene Achse. „Und jetzt lade ich euch zum Pizza-Essen ein." – „Gute Idee, ich habe nämlich vergessen, einzukaufen." lacht Angelika. „Aber dann gleich los, ich hab Hunger!" kommandiert Horst.

Vor der Pizzeria laufen die Drei Rolf und Sigrid in die Arme. „Das ist aber schön." Rolf umarmt seine frisch von ihm geschiedene Frau und ihre Freundin und schüttelt Horst begeistert die Hand. Sigrid ist da etwas zurückhaltender, aber auch sie strahlt über die unverhoffte Begegnung.

Enzo schiebt sofort zwei Tische zusammen, damit die Freunde gemeinsam an einer langen Tafel sitzen können und legt die großen Speisekarten zurecht. Bis er zwei Krüge Mineralwasser und duftendes Pizzabrot als ‚Gruß des Hauses' bringt, haben sich schon alle für Speisen und Getränke entschieden und können direkt bestellen.

Rolf nimmt einen großen Schluck Wasser und klopft mit seinem Messer leicht an das Glas. „Ihr Lieben, am 14. wird geheiratet! Ich möchte euch herzlich einladen, anschließend mit uns so richtig lecker essen zu gehen. Zur Abwechslung mal wieder hier." Mit einer theatralischen Geste umfasst er lachend den gemütlichen Gastraum. „Wir haben schon reserviert und werden heute anschließend mit Enzo das Menü besprechen."

Sigrid legt der neben ihr sitzenden Ceci die Hand auf den Arm: „Und ich möchte dich noch mal ausdrücklich bitten, unsere Trauzeugin zu sein." Ceci verspricht es. „Geht es dir denn wieder besser?" fragt Sigrid etwas verlegen. „Aber ja!" antwortet Ceci leichthin „Ich habe einen neuen Job gefunden und bin dort sehr zufrieden. Nächste Woche ziehe ich in meine neue Wohnung um; du siehst, alles klappt wunderbar." – „Schön!" Sigrid freut sich: „Wir hatten uns wirklich Sorgen um dich gemacht. Zuerst wussten wir überhaupt nicht, was du eigentlich partout in München wolltest, aber als du dann doch über-

189

raschend hier geblieben bist - ohne Wohnung und Job – wurde uns die Sache noch rätselhafter."

„Ach das war nix." wehrt Ceci ab. „Jetzt ist alles wieder gut und richtig und niemand braucht sich darüber Gedanken zu machen." Und niemanden geht das Alles etwas an, fügt sie in Gedanken hinzu. Außer Angelika und Horst kennt keiner die wahren Gründe und so soll es auch bleiben.

Die Freunde verbringen einen gemütlichen Abend miteinander. Aber als Ceci spät in das Gästebett der Freunde fällt, kann sie lange nicht einschlafen. Die Gedanken fahren Karussell. Wenn der Chef bei seinem Versprechen bleibt, ihr am Umzugstag frei zu geben, wird sie nur noch zwei Tage hier wohnen und sich zum Wochenende in ihrer neuen Wohnung einrichten.

Und der Chef hält sich daran. „Brauchen sie Hilfe, Ceci?" fragt er sogar „Dann könnte ich ihnen noch zwei tüchtige Handwerker besorgen." – „Nein danke. Die Wohnung ist soweit fix und fertig. Der Spediteur wird meine Möbel liefern und auch aufbauen." Ceci strahlt: „Ich freuen mich auf meine eigenen vier Wände."

Dann geht alles ganz schnell. Der Spediteur ist pünktlich da und im Handumdrehen sind Schränke, Regale und das breite Bett aufgebaut. Die von Ceci beim Auszug in der alten Wohnung genauestens beschrifteten Umzugskisten werden entsprechend in Wohn-, Schlafzimmer und Küche gestapelt und dann verabschieden sich die fleißigen Transporteure schon mit Handschlag von Ceci.

Bevor sie noch die Wohnungstür schließen kann, fährt hupend Angelikas Ente vor. „Hilf mir mal." ruft die Freundin aus dem Wagenfenster. „Uiiih!" Ceci bekommt eine Kiste in die Arme gedrückt, aus der frisches Brot verlockend duftet. Verschiedene Dosen, Tüten und frisches Obst verraten als ihren Bestimmungsort die Küche.

Angelika trägt einen großen Korb mit verräterisch klappernden Flaschen und einen kleineren mit Putzmitteln und Wischtüchern. Cecis Dank wehrt sie lachend ab: „Irgendwas brauchst du ja schließlich auch in Kühlschrank und Vorratskammer. Der Rest ist reiner Egoismus. Wenn ich dir auspacken helfe, will ich auch was Gutes essen und trinken."

Gesagt, getan: Die Freundinnen beginnen mit dem Schlafzimmer und arbeiten schweigend Hand in Hand. Rasch füllen sich Kleiderschrank und die kleine Kommode. Die leeren Kisten werden auseinander geklappt und stapeln sich auf der Terrasse.

„Weißt du was?" Angelika lässt sich pustend auf die Matratze fallen. „Du suchst jetzt die Kiste mit Gläsern, Tellern und Besteck. Ich beziehe inzwischen das Bett und dann ist das Schlafzimmer auch schon fertig. Aber jetzt hab ich Lust auf ein Glas Sekt und leckeres Essen." Damit ist Ceci einverstanden.

Glücklicherweise haben die Umzugsleute die großen Aufkleber „Achtung zerbrechlich!" auf den entsprechenden Kisten berücksichtigt und diese vorsichtig zur Seite gestellt. So hat sie gleich das Gesuchte gefunden. „Wie praktisch, dass die Küche eingerichtet ist."' atmet sie auf „So kann ich schnell ein paar Sachen mit der Hand abwaschen."

An der Wohnungstür klingelt es Sturm. Draußen steht Horst mit einem großen Blumenstrauß und hinter ihm der Firmenlieferwagen. „Der ist vom Chef." drückt er Ceci die Blumen in die Hand. „Und im Lieferwagen habe ich dein restliches Grünzeug von zuhause und deine Koffer und Taschen. Der Chef hat mir heute Mittag frei gegeben unter der Voraussetzung, dass ich mich hier nützlich mache."

Ceci ist überwältigt. „Keine Überschwemmung." scherzt Horst, als er bemerkt, wie gerührt Ceci ist und dass die Tränen mal wieder locker sitzen. Da muss sie lachen. „Die Blumen müssen erst mal ins Waschbecken. Meine Blumenvasen sind noch irgendwo verstaut." - „Die kannst Du vorerst auch gerne von uns bekommen." Hinter Horst taucht seine Mutter auf mit einem großen Kuchentablett und der Vater trägt einen Korb mit Bechern, Thermoskanne und allerlei Kleinkram. „Jetzt gibt es erst einmal Kaffee."

Dann sitzen alle im Wohnzimmer auf Couch, Sessel und Klappstühlen und lassen sich den frisch gebackenen Manz'schen Streuselkuchen schmecken. „Den Sekt trinken wir eben nachher, wenn wir noch ein bisschen weiter gearbeitet haben." bestimmt Angelika und alle sind einverstanden. Frau Manz trägt zufrieden das leere Kuchentablett und die Thermoskanne nach oben.

Ihr Mann macht sich zusammen mit seinem Sohn daran, die mit „Lampen und Elektrokram" beschriftete Kiste auszupacken. Ceci muss nur sagen, welchen der einfachen Strahler sie wohin haben will und die Herren gehen ans Werk.

„Wie bei den Heinzelmännchen." Ceci schüttelt verwundert den Kopf. „Kneif mich mal!" Angelika gehorcht. „Auuuu! Alles klar, ich träume nicht."

Dann nehmen die Freundinnen das Wohnzimmer in Angriff. „Hier könntest du eigentlich auch eine kleine Essecke unterbringen." meint Angelika. Ceci nickt – eigentlich gar nicht so dumm.

Die Regalwand passt wie extra angefertigt an die lange Wand, schräg dazu gestellt die bequeme Couch mit dem gläsernen Tisch und vor der Fensterfront zur Terrasse der große Ohrensessel. Für gemütliche Leseabende platzieren sie neben dem Sessel die vor einigen Jahren extra für Ceci angefertigte Stehlampe mit den bäuerlichen Motiven auf dem getöpferten Fuss und dem hohen, mit hellem Möbelstoff bezogenen Lampenschirm.

Da bliebe noch eine kleine Ecke an der Tür zur Küche frei. „Ich könnte mir einen Bistrotisch kaufen." überlegt sie laut. „Dazu die beiden Klappstühle. Das passt doch und ist ausreichend?" – „Gute Idee!" meint Angelika. „Wo soll denn der Fernseher hin?" Horst unterbricht die Gedankengänge.

192

„He, hier sieht es ja schon richtig toll aus. Ihr seid wirklich fleißig." lobt er die beiden Frauen. „Am Besten hier in die Regalwand. Erstens stand er da immer und zweitens ist genau dort in der Wand der Kabelanschluss und eine Steckdose." Horst hebt die Hände „Gegen so viel Fachkenntnis bin ich machtlos." zwinkert er seinem Vater zu. „Also dann: Weiter geht's!"

Draußen ist es schon fast dunkel, als Frau Manz klingelt. „Oben steht ein Gulasch mit Spätzle für Alle und danach ist Schluss für heute." Aber zuerst schaut sie sich auch staunend an, wie weit die Wohnungseinrichtung gediehen ist.

Überall hängen Deckenlampen und Strahler, der Fernseher läuft gerade Probe. In den Küchenschränken herrscht mustergültige Ordnung. Die schmale Spülmaschine bewältigt gerade den letzten Spülgang, dann sind sämtliche Gläser, Geschirr und Bestecke sauber. Nur zwei Kisten mit Andreas' Meißner Geschirr warten noch darauf, dass Ceci die Teile mit der Hand abwäscht und sie dann in die gläserne Vitrine der Regalwand dekoriert.

Cecis kleiner Schreibtisch wurde vor das Fußende des Bettes im Schlafzimmer geschoben. Etwas gewöhnungsbedürftig, aber eigentlich sieht es gar nicht mal schlecht aus. So hat sie hier einen kleinen Arbeitsplatz und dadurch im Wohnzimmer Platz gespart für die geplante Essecke. Herr Manz ist sehr zufrieden mit seiner Idee.

Im Badezimmer konnten die Umzugsleute noch Cecis Waschmaschine anschließen, aber jetzt ist kein Platz mehr für den halbhohen Schrank, in dem sie früher ihre Handtücher und Badetücher eingeräumt hatte. Der muss sich eben mit Cecis leeren Koffern und Reisetaschen, dem Staubsauger und Putzeimern den Abstellraum teilen und fungiert als Schrank für Putz- und Waschmittel.

Der Stapel leerer Umzugskisten auf der Terrasse ist hoch angewachsen. Horst wird ihn nach dem Essen in den Firmenbus packen und morgen beim Spediteur abgegeben.

Mit ihren Pflanzen hat Ceci liebevoll die Fenster dekoriert und die Yuccapalme hat ihren angestammten Platz beim Ohrensessel eingenommen. Die Räume wirken wohnlich und gemütlich.

„Morgen schaust du dir mal die Gardinen an. Ich glaube, du wirst einiges finden, das hier gut passen könnte." meint Horsts Mutter. „Und einen großen Wollteppich hätte ich noch und zwei passende Brücken. Sowas hast du ja überhaupt nicht mitgebracht?"

„Davon habe ich mich scheiden lassen." zwinkert Ceci. „Morgen schau ich mir gerne mal ihr Lager an." Dann legen aber wirklich alle die Werkzeuge aus der Hand. Ceci nimmt noch rasch die Sektflasche aus dem Kühlschrank und dann geht es eine Etage höher – das Gulasch findet hungrige Abnehmer.

*****

Der ganz normale Alltag und eine Winterreise nach Sylt

Ceci ‚lebt so vor sich hin', wie sie es einmal im Telefonat mit Andreas ausdrückt. Seine wortreich vorgebrachten Zweifel an ihrer Zufriedenheit darüber kann sie nur lachend abstreiten. Wirklich fühlt sie sich derzeit ausgesprochen wohl. In ihre kleine Wohnung zieht sie sich gerne zurück, kuschelt sich in den gemütlichen Sessel zum Lesen, Fernsehen, Musik hören und Ausruhen.

In Mutter Manz' Stoffkiste auf dem Dachboden ist sie tatsächlich fündig geworden. Mit einfachen weißen Gardinen kann sie nun die großen Fenstertüren des Wohnzimmers vor neugierigen Blicken abschirmen und auch für das Schlafzimmerfenster hat der Stoff gereicht. Für das Küchenfenster hat ihr Angelika sogar extra eine Bistrogardine „Auf Maß bitteschön!" gehäkelt. Und der weiche Wollteppich in gedeckten Farben im Wohnzimmer hat genau die richtige Größe für den Bereich zwischen Regalwand, Couch und Sessel, verdeckt dabei aber dennoch nicht zu viel von dem schönen Holzboden.

Wie mit Angelika geplant, hat Ceci nach einem Bistrotisch Ausschau gehalten und ein richtiges Schnäppchen gemacht. Bei einer Haushaltsauflösung im Nachbarort entdeckte sie zum Spottpreis einen kleinen Tisch mit runder Marmorplatte und gusseisernem Mittelfuß - genau das Richtige für ihre Wohnung. Zusammen mit ihren beiden schwarzen Klappstühlen bildet er jetzt die Essecke zwischen Küchentür und Wohnzimmer. In einem alten Milchkrug steht darauf immer ein kleiner bunter Blumenstrauß – ein richtiger Hingucker!

Nach und nach hat Ceci mit Bedacht die Bilder ausgewählt, die sie aufhängen möchte. Es sind nicht viele, aber sie kommen gut zur Geltung an den ausgesuchten Plätzen. Die meisten ihrer Bilder bleiben allerdings an der Wand neben dem Schrank in der Abstellkammer stehen. Vielleicht wird sie einmal umdekorieren oder sie werden verschenkt oder sie zieht irgendwann wieder um – Ceci macht sich darüber jetzt keine Gedanken.

Lange hatte sie Pauls Hochzeitsgeschenk angeschaut – es sogar ins Wohnzimmer getragen und dort gegen die Rücklehne der Couch gestellt, um es intensiver zu betrachten. Aufatmend hat sie bemerkt, dass dieses Bild keine Gefühle in ihr auslöst. Dennoch hat sie es wieder zurück zu den anderen Bildern in die Kammer gebracht.

Zur Wohnungseinweihung hatte sie auch Rolf und Sigrid eingeladen – jetzt frisch verheiratet. Sigrid ist inzwischen kugelrund und glücklich, dass es bis zur Geburt nicht mehr lange dauert. Nachdem Ceci ihre Aufgabe als Trauzeugin offensichtlich mit Bravour gelöst hatte, muss sie sich seither immer wieder gegen den Vorschlag wehren, jetzt auch noch Patentante zu werden. Das ist ihr – bei aller Toleranz – denn doch ein bisschen viel.

Rolf war ziemlich verwundert, dass Ceci ihnen Pauls Hochzeitsgeschenk angeboten hat. „Dir hat das Bild doch immer so viel bedeutet!" Aber er meinte, es passe nicht in seine und Sigrids Wohnung, also musste Cecis es weiter in der Abstellkammer belassen.

Weihnachten und der Jahreswechsel stehen schon wieder vor der Tür. Ceci zieht sogar in Erwägung, nach Almenthal zu fahren und hat schon den Hörer in der Hand, um Elli anzurufen, bringt es aber dann doch nicht fertig aus Angst vor Enttäuschung. Die Einladungen Ihrer Eltern und auch von Angelika mit ihrer und Horsts Familie zu feiern, schlägt sie aus.

Ein bisschen rächt es sich jetzt, dass sie durch die Wohnung in Horsts Elternhaus so viel Familienanschluss hat. Sie wird kaum ungestört bleiben können. Auch wenn Angelika ihre Absage respektiert, die freundlichen Vermieter werden nicht verstehen, dass sie ausgerechnet zu einem solchen Familienfest alleine sein möchte.

„Tut mir Leid." Angelika hat sich mit frisch gebackenen Plätzchen zum Tee eingeladen. „Meine Schwiegermutter macht schon Pläne, wie sie dich zum Essen und unter den Weihnachtsbaum locken könnte. Sie hat Angst, dass du alleine hier unten depressiv wirst!" – „Oje, da hilft wohl doch nur Flucht." seufzt Ceci. „Vielleicht sollte ich Andreas' Einladung annehmen. Heute früh kam eine Karte von ihm – schau mal!"

Angelika bestaunt die Postkarte mit der ungewohnten Ansicht der Sylter Dünen im Schnee und liest, was Andreas geschrieben hat: ‚Hallo Burgfräulein! Hast du dich in Deiner Kemenate verschanzt oder bist du zugänglich für Ideen? Ich biete dir ein garantiert weihnachtsbaumfreies Haus ohne Gänsebraten, aber mit gutem Whisky und dummen Bemerkungen. Zusagen bitte an Herrn Gino und Fräulein Susi, Adresse „Im Stall" oder telefonisch an deinen alten Freund Andreas'.

Angelika muss lachen. „Na das hört sich doch gut an. Was wirst du tun?" Ceci zuckt die Schultern. „Wahrscheinlich hinfahren. Alles Andere wird mir zu viel. Meine Eltern sind sowieso schon sauer, also ist es wurscht. Ich schau mal, ob die Zugverbindungen einigermaßen erträglich sind, denn mit dem Auto will ich die weite Strecke um diese Jahreszeit nicht fahren. Das wird dann eben so etwas wie ein Gottesurteil, ob ich das Angebot annehmen soll oder nicht."

Die Götter scheinen es gut mit Ceci zu meinen, denn es gibt nahezu perfekte Zugverbindungen – sie muss in beide Richtungen nur in Hamburg in die bzw. aus der NordOstseeBahn umsteigen. Die ganze Fahrt dauert zwar ziemlich lang, aber mit dem Auto wäre sie auch nicht schneller unterwegs und so kann sie es sich wenigstens mit einem Buch im Zug gemütlich machen.

„Was hätte ich denn auch zu versäumen?" fragt sie Angelika, die sie zum Zug bringt und versprochen hat, sie auch wieder vom Bahnhof abzuholen. „Pass auf dich auf, hörst du?!" mahnt die Freundin. „Keine depressiven Anwandlungen bitte und lass dir von Andreas nicht gleich wieder den Kopf verdrehen."

Ceci umarmt sie lachend. „Keine Sorge! Nicht gleich und nicht später. Ich melde mich, wenn ich angekommen bin. Schöne Weihnachten und Grüße an die ganze Familie!" und schon wird es auch Zeit, einzusteigen. Ceci winkt noch eifrig auf den Bahnsteig hinaus, dann sucht sie im anfahrenden Zug nach ihrem Abteil.

Wie immer bei Bahnreisen muss sie an ihre Fahrt nach Wien denken und den zudringlichen Mitreisenden. Nicht zuletzt deswegen hat sie heute einen Platz im Großraumabteil reserviert. Viele Plätze sind besetzt, die Gesichter der meisten Menschen wirken abgehetzt. ‚Weihnachtsstress!' vermutet Ceci und kuschelt sich in die Ecke ihres Fensterplatzes. ‚Damit habe ich in diesem Jahr zum Glück nix am Hut.' Das eintönige Geräusch des Zuges und die Heizungswärme lassen sie schon bald vor sich hin dösen. Also klappt sie das Buch zu und hält erst einmal einen Mittagsschlaf.

Verführerischer Kaffeeduft weckt sie. Ein junger Mann in einer Art Uniform, der eine schmales Wägelchen vor sich herschiebt, bietet Getränke und kleine Snacks an. Da sie schon überlegt hat, wie sie irgendwann mit Gepäck und Mantel in den Speisewagen umziehen soll, kommt ihr dieses Angebot gerade recht. Mit dem knusprigen belegten Brötchen, einem großen Becher Kaffee und der Flasche Mineralwasser sollte sie bis Hamburg genügend Proviant haben.

Der Zug hält nicht oft und erst ab Göttingen lichten sich die Sitzplätze. Ceci liest in ihrem Buch oder schaut aus dem Fenster in die vorbeifliegende, langsam in der Dämmerung verschwindende Landschaft. Sie hängt trüben Gedanken nach: Wie wäre es gewesen, wenn sie doch einfach nach Almenthal gefahren wäre? Vielleicht in die kleine Familienpension, die dem Skischullift gegenüber liegt und die immer so einladend gewirkt hat? Dann hätte sie Elli mit einem Besuch überraschen können. Ganz bestimmt hätte diese sich sogar gefreut. Und sie hätte endlich wieder etwas von Paul gehört. Vielleicht hätte er sogar seine Mutter über die Feiertage besucht?

Hätte hätte hätte - Ceci schüttelt den Kopf über sich selbst. Wie kann man nur so dumm und verbohrt, so vollkommen ohne Selbstachtung sein wie sie? Elli wäre sicher nicht erfreut gewesen, sie zu sehen. ‚Erinnere dich nur an das letzte Telefo-

198

nat mit ihr.' ermahnt sich Ceci. Und selbst wenn Paul in Almenthal sein sollte, dann auf jeden Fall mit Maria, seiner Ehefrau.

Die lange Zugfahrt bekommt ihr nicht – keine Ansprache, keine Ablenkung, einfach zu viel Zeit zum Denken! Glücklicherweise wird eben über den Lautsprecher die Zugeinfahrt in Hamburg angekündigt. Seufzend streckt Ceci die steif gewordenen Beine und packt das fast ausgelesene Buch in die Umhängetasche. Um sie herum ist eifrige Geschäftigkeit – Koffer und Pakete werden aus den Gepäcknetzen gewuchtet.

Ceci bekommt ein schlechtes Gewissen, weil sie für Andreas kein Geschenk besorgt hat, auch wenn sie sich beide darüber einig wa-ren, Weihnachten zu ignorieren. Nun ja, vielleicht bemerkt sie während der Urlaubstage, dass er sich für irgendwas besonders interessiert. Dann wird sie es eben als reichlich verspätetes Einzugsgeschenk deklarieren.

Sie reiht sich mit ihrem Köfferchen in die Warteschlange der eifrig diskutierenden Aussteigenden ein und kommt sich ganz besonders schmal und verloren vor. Empfindlich kalter Wind empfängt sie auf dem Bahnsteig und weht sogar ein paar Schneeflocken über die Gleise in die große Halle. Brrrrrrrr! Wie ungemütlich!

Sie hat nur eine Viertelstunde Umsteigezeit, so muss sie sich sputen, um das richtige Bahngleis zu finden. Der Zug nach Westerland steht schon bereit und Ceci freut sich fast, wieder in eines der dumpf überheizten Bahnabteile flüchten zu können.

Noch fast drei Stunden Fahrtzeit, dann ist sie endlich am Ziel. Inzwischen hat sie richtig Sehnsucht nach einer ausgiebigen Dusche, leckerem Essen und entspanntem Beinehochlegen am Kamin. Auf-atmend lässt sie sich in das abgewetzte Kunstleder des Sitzes fallen. Aus der Umhängetasche tönt gedämpft das Klingeln ihres Handys.

199

„Moin, moin!" grüßt Andreas. „Fisch oder Fleisch?" will er wissen. „Kapier ich nicht." Ceci schüttelt verständnislos den Kopf. „Möchten gnä' Frau zum Dinner lieber etwas gedünsteten Fisch oder Steak?" Andreas Stimme verströmt serviceorientierte Aufmerksamkeit. Ceci kann sich geradezu vorstellen, wie er sich am Telefon verbeugt, eine blütenweiße Serviette über dem linken Arm. „Siehst du jetzt wirklich so aus, wie du gerade tust? Frack, weißes Hemd, Fliege?" will sie wissen. Amüsiertes Kichern antwortet ihr. „Kann ich gerne anziehen, aber im Moment bin ich auf dem Weg ins Bad und trage Haut." Ceci spürt ein verräterisches Kribbeln zwischen den Schulterblättern. Das hat sie jetzt davon. „Na dann erkälte dich mal nicht! Zum Dinner lasse ich mich gerne überraschen, aber bitte komplett bekleidet." Dröhnendes Lachen lässt das Handy scheppern, dann hat Andreas aufgelegt.

Ceci ist mit einem Mal ganz leicht zumute. Mit dem Freund wird sie alle schweren Gedanken weglachen können. Sie kann es jetzt kaum noch abwarten, das gemütliche Friesenhäuschen wiederzusehen.

Diese Leichtigkeit legt sich etwas bei der Ankunft in Westerland. Der schon in Hamburg ungemütliche Wind bläst hier stürmisch. Die Wolken können sich nicht entscheiden, ob es regnen oder schneien soll. Windböen fegen die nasse Mischung im Eiltempo um die Bahnhofsecken. Ceci duckt sich in die Eingangstür der Halle und blinzelt über den um diese späte Stunde nur mäßig erhellten Bahnhofsplatz. Mit ihr sind nur wenige Menschen bis hierher gefahren, die jetzt ziel-strebig in der Dunkelheit verschwinden. Hat Andreas etwa die Ankunftszeit verschlafen?

Gerade als sie nervös die Tiefen ihrer Umhängetasche nach dem Handy umwühlt, hält ein vertrauter Jeep mit Schwung direkt vor ihr und Andreas stürzt quasi aus der Tür. „Entschuldige, aber der alte Klapperkasten wollte einfach nicht anspringen!" Rasch hat er ihr die Reisetasche aus der Hand genommen und ehe sie es sich recht versieht, sitzt sie schon auf dem Beifahrersitz.

200

Andreas schwingt sich hinter das Steuer und ignoriert das protestierende Kreischen der Gangschaltung. „Morgen muss ich unbedingt mal nachschauen, woran das liegt. Bis dahin nützt es überhaupt nix, wenn du motzt!!!" Er klopft auf das Armaturenbrett. „Jetzt bringen wir erst mal Ceci nachhause." Strahlend wendet er sich zu ihr: „Ich hatte schon befürchtet, dass ich dich mit Gino abholen muss und wie der Schimmelreiter im Sturm vor dem Bahnhof auftauche, auch wenn Gino alles andere als ein Schimmel ist." Eifrig belacht er seinen Witz. „Sorry, aber die Wagenheizung funktioniert auch nicht. Ist dir sehr kalt? Du sagst ja garnix? Naja, ich habe uns eine Suppe gekocht, dann wird dir sicher gleich warm und der Kamin ist auch schon angeheizt."

Ceci stößt einen schrillen Pfiff aus und Andreas steht sofort panisch auf dem Bremspedal. „Hilfe! Was ist passiert?" Der Jeep kommt schlingernd zum Stehen, zum Glück läuft der Motor noch. „Guten Abend, lieber Andreas. Es ist schön, dich wiederzusehen. Danke, die Fahrt war erträglich und ja, mir ist kalt und ich habe Hunger." Ceci grinst in sein verblüfftes Gesicht. „Sag mal, hast du hier oben niemanden zur Unterhaltung? Du sprudelst ja wie ein isländischer Geysir!" Da muss er auch lachen, legt den Gang ein und fährt – jetzt ganz zivilisiert – weiter. „Du hast ja so Recht, ich benehme mich unmöglich. Aber ich habe mich doch so auf dich gefreut und hatte richtig Stress, als der Jeep vorhin gestreikt hat."

Vorsichtig biegt er ein in das schmale Inselsträßchen, das zu seinem Haus führt. Im Scheinwerferlicht tanzen die Schneeflocken jetzt immer dichter. Die Wolken scheinen eine Entscheidung getroffen zu haben. „Uiiiih, das ist aber schön geworden!" Der breite Lichtstrahl erfasst einen weißen Lattenzaun, der neu aussieht, das große Gattertor steht offen. Eifrig bemühen sich die wirbelnden Flocken, den breiten Kiesweg zum Haus zu bedecken. Über der niedrigen Haustür verbreitet eine Laterne einladenden Schein und auch über der ehemaligen Garage, deren nunmehr waagrecht geteiltes Tor die neue Nutzung als Stall verrät, schaukelt eine helle Laterne im stürmischen Wind.

201

Andreas lenkt den Jeep in den Schutz des Carports zwischen Haus und Stall. „Ich mache noch schnell das Tor zu – geh du schon mal ins Haus. Die Tür ist offen. Aber nicht erschrecken, da wartet die erste Überraschung!" Keine Zeit zum Wundern – Ceci hangelt ihre Tasche vom Rücksitz und stemmt sich gegen den Wind zum Haus. Puh! Ist das ein ungemütliches Wetter. Aufatmend schiebt sie die Tasche an die Garderobe und schält sich aus der dicken Jacke.

Im nächsten Moment bleibt sie stocksteif stehen. Etwas knurrt im tiefsten Bass aus der dämmerigen Tiefe der Diele. Zum Glück öffnet sich eben wieder die Haustür und Andreas knipst die Deckenlampe an. Das Knurren verstummt, stattdessen jault der Bass jetzt ungestüm los. An Ceci vorbei springt ein großer schwarzer Zottelhund und wirft sich vor Andreas auf den Boden.

„Na du Strolch! Hast du Ceci ordentlich erschreckt?" Andreas amüsiert sich köstlich über Cecis ungläubiges Staunen. Aber das dauert nicht lange. Ceci hängt die Jacke auf und kniet sich neben das zottelige Ungetüm. „Ist der aber schön!!! Wie heißt er denn?" – „Na sag ich doch: Strolch! Stand eines Tages vor meinem Haus, hat sich mit Gino und Susi angefreundet und wollte nicht mehr weg. Ich habe dann herausgefunden, dass er zu einem Pärchen im Ferienhaus weiter drüben am Strand gehört. Die haben sich aber in ihrem Urlaub nur gestritten und das wurde diesem jungen Mann wohl zu viel. Da ist er auf eigene Faust losgezogen und bei mir gelandet."

Ceci krault das dichte Fell schon die zweite Runde – Strolch räkelt sich vor Entzücken. „Und wieso ist er immer noch hier?" – „Die Herrschaften haben sich dann noch während des Ur- laubs getrennt. Eigentlich war der Hund als Verlobungsge- schenk für die verwöhnte Dame gedacht. Ihr war aber mehr an einem teuren Schmuckstück gelegen. Du weißt doch: Dia- monds are the girls best friends! Da gab es schon den ersten Knatsch. Na und der Herr Neu-Ex-Beinahe-Verlobte wollte dann durch den Hund auch nicht mehr an seine Freundin erin- nert werden und schon blieb Strolch bei mir. War ein guter Deal, nicht nur finanziell. Ich bin nur mal gespannt, wie groß er noch wird. Er ist erst ein halbes Jahr alt und ich kann ihn schon kraulen ohne mich zu bücken."

Strolch springt auf und schüttelt sich, dass die schwarzen Locken fliegen. „Er scheint rassemäßig irgendwo zwischen Königspudel und Riesenschnauzer angesiedelt zu sein." mutmaßt Ceci und streckt die Beine. „Na warten wir's einfach ab. Jetzt aber rein in die gute Stube!" kommandiert Andreas. „Wir essen erst mal unsere Suppe zum Aufwärmen, dann richtest du dich ein und ich lege inzwischen die Steaks auf den heißen Stein." – „Oh ja!" Ceci fällt wieder ein, wie hungrig sie ist.

Die heiße Hühnersuppe bringt die Lebensgeister zurück und Ceci merkt beglückt, wie Wärme in ihr aufsteigt. „Es ist schön bei dir." seufzt sie und ihr Blick umfasst die gemütliche Esseecke unter den dunklen alten Balken mit dem Rundbogen zur einfachen Küche und dem breiten Durchgang in das kleine Wohnzimmer.

Im Kamin knistern dicke Holzscheite. Strolch hat sich auf ein riesiges Kissen zwischen den beiden Ohrensesseln vor dem Kamin zurückgezogen. Unter seinen schwarzen Haarsträhnen blinzelt er zu den Menschen hinüber.

„Du kennst dich ja hier aus - kannst schon mal deine Tasche auspacken." Andreas stapelt die Suppenteller und verschwindet in der Küche. „Meinst du, die Zeit reicht noch zum Duschen? Ich muss mir dringend die Bahn abspülen." fällt Ceci ein. „Na klar. Ich warte mit den Steaks bis du wieder runterkommst. Die Kartoffeln sind im warmen Ofen und die sour cream wird inzwischen nicht schlecht." tönt es aus der Küche. Strolch begleitet Ceci die schmale Treppe nach oben. Das alte Holz wurde seit ihrem letzten Besuch mit einem dicken Teppich belegt. Ein bisschen vermisst Ceci das frühere Knarren und Knarzen der Stufen.

Unschlüssig steht sie in dem engen Flur – welcher der beiden Räume im Obergeschoss fungiert inzwischen als Gästezimmer? Strolch beantwortet die nicht ausgesprochene Frage in dem er die Tür geradeaus mit der Schnauze aufstößt. Im ge-

203

dimmten Schein einer Stehlampe erkennt Ceci Andreas' breites Bett und einen altertümlichen Schreibtisch unter dem großen Fenster. Aha, dann also das andere Zimmer!

Darin steht auch ein breites Bett mit korbgeflochtenem Kopfteil und bunten Bettbezügen. Aus Korbgeflecht ist auch der mit vielen ebenfalls kunterbunten Kissen bedeckte Sessel neben einem niedrigen Tisch, auf dem ein Strauß gelber Rosen prangt. An der Vase lehnt ein Kärtchen, mit schwungvollem „Willkommen in der Alternativ-Heimat" beschriftet.

Ceci schluckt – Rührung über die liebevolle Fürsorge breitet sich in ihr aus. Es ist wirklich ein richtiges Heimkommen. Die aufkommenden Tränen verhindert Strolch, der sich auf die Suche nach dem Besuch begeben hat und mit Schwung die Tür aufstößt. Aufseufzend lässt er sich auf den dicken Teppich fallen. Die Augen scheinen zu sagen ‚Jetzt werd endlich fertig – unten riecht es nach Essen und ich will nix verpassen!' Und weil es Ceci ähnlich geht, hat sie in kürzester Zeit ihre Tasche ausgepackt. Wenigstens das Bad ist seit ihrem letzten Besuch unverändert und Ceci richtet sich über einer Hälfte des Doppelwaschbeckens häuslich ein.

Ein sehnsüchtiger Blick streift die hohe freistehende Badewanne, aber das Planschen verschiebt sie auf einen anderen Tag, jetzt wird nur geduscht. In ihren kuscheligen Hausanzug warm verpackt, poltert sie endlich mit Strolch die Treppe wieder runter.

„Perfektes timing!" lobt Andreas „Gerade hat der Stein die richtige Temperatur. Kannst du schon mal die Kartoffeln aus dem Backofen holen?" Zischend landet das erste Steak auf der heißen Oberfläche und verbreitet sofort leckeren Duft. Ceci holt die Schüssel mit den gebackenen Kartoffeln aus dem Ofen und stellt sie auf den Tisch in der Essecke, den Andreas inzwischen neu gedeckt hat. Der Herr des Hauses ist ganz beschäftigt mit seiner Brutzelei und deutet nur über die Schulter zum Kühlschrank. Ceci versteht und findet dort eine Schale sour cream.

„Probier schon mal den Wein. Die Steaks kommen gleich." Ceci gießt den Rotwein aus der fein geschliffenen Dekantier-Karaffe in die bauchigen Gläser. Strolch verzieht sich unter den Tisch. Genüsslich schnuppert sie in ihr Glas. „Feines Tröpfchen!" – „Das will ich meinen." Andreas bringt die Steaks. „Schließlich bist du ja ein ganz besonders lieber Gast."

Es wird ein rundum gelungener Abend, der Cecis Sehnsüchten während der langen Bahnfahrt voll entspricht. Nach dem köstlichen Essen und dem wirklich hervorragenden Wein darf sie sich im Ohrensessel niederlassen und die Beine hochlegen.

Träge blinzelt sie ins Kaminfeuer und krault Strolchs Nacken: „Ich glaube, jetzt bin ich erst mal wunschlos glücklich!" seufzt sie. „Na gut, dann trinke ich den Espresso alleine." zwinkert Andreas in Erwartung des sich auch prompt einstellenden Protestes.

Den Espresso spülen sie noch mit einem guten alten Armagnac nach und dann gähnt Ceci zum Gotterbarmen. „Ach du liebes Lieschen!" lacht Andreas „Ich glaube, für heute hast du genug." Ceci nickt nur, der nächste Gähn-Anfall lässt keine weitere Erwiderung zu.

„Dann ab mit dir ins Bett!" kommandiert der Herr des Hauses. „Ich schau noch mal nach den Pferden und geb der Spülmaschine was zu tun, dann mache ich auch Feierabend. Es ist spät geworden."

Ceci gehorcht ausnahmsweise ohne Gegenwehr. „Grüß Gino von mir – morgen komme ich mit und die Susi will ich schließlich auch kennenlernen." Dann verschwindet sie nach oben – gefolgt von Strolch.

Andreas schaut nach den Pferden und löscht die Laternen über Stall und Haustür. Fürsorglich stellt er noch einen Funkenschutz vor den Kamin, in dem die letzten Holzscheite verglimmen und denkt auch noch daran, die Spülmaschine einzuschalten.

205

Im Treppenhaus brennt nur ein schwaches Nachtlicht, aber aus Cecis Zimmer fällt der warme Schein der Nachttischlampe. Vorsichtig schleicht er an die Tür. Von Ceci ist nur noch ein blonder Wuschelkopf in den Kissen zu sehen.

Vor ihrem Bett hat sich Strolch ausgestreckt und schaut Andreas fragend an. „Bleib du nur – ist in Ordnung." versichert ihm dieser und dann geht auch er zu Bett. ‚Schön ist das, einmal nicht alleine im Haus zu sein.' Mit diesem Gedanken ist auch er sofort in tiefem Schlaf.

Der Sturm hat sich inzwischen gelegt und es fallen nur noch ein paar einzelne Schneeflocken. Langsam wühlt sich der Mond aus der dichten Wolkendecke.

*****

Ein etwas anderes Weihnachtsfest

Es werden wunderbar erholsame Tage auf der Insel und rund um das kleine Friesenhäuschen. Ceci genießt es, den Tag nach ausgiebigem Schlaf in der riesigen Badewanne mit Aussicht über die Insel zu beginnen. Wenn ihm die Sache zu lange dauert, beweist Strolch seine Fähigkeit im Umgang mit Türklinken und scheucht seine zweibeinige Freundin liebevoll aus dem Wasser. Durch die offene Tür zieht dann der verlockende Duft von frischem Kaffee und Ceci sputet sich, das Frühstück nicht zu versäumen.

Das Wetter hat sich entschieden gebessert. Zwar ist es immer noch schneidend kalt, aber trocken. Die dünne Schneedecke hat nur einen Tag gehalten, dann hatte der Wind sie und die grauen Wolken weg geweht.

Nach dem Frühstück machen Ceci und Andreas jeden Morgen einen Ausritt. Ceci dick eingepackt in einen viel zu großen Rollkragenpullover und eine alte Jacke von Andreas, denn ihre eigentlich recht warmen Wintersachen sind einfach nicht ausreichend für diese extrem klare, kalte Luft.

Gino hat sich richtig gefreut, sie wiederzusehen – Ceci war ganz gerührt. Mit der sanften Susi hat sie sich sofort gut verstanden und so sind sie also in leichtem Trab jeden Tag für einige Zeit unterwegs – Andreas auf Gino, Ceci auf Susi und vor, hinter und zwischen ihnen die wirbelnden schwarzen Locken von Strolch.

Den erneuten Umbau des alten Nebengebäudes von einer geräumigen Garage in einen Pferdestall hat Ceci ausgiebig bestaunt. Andreas hat alles rundum bestens isolieren und zwei große Fenster einbauen lassen, damit im Sommer die Luft ausreichend zirkulieren kann, es aber im Winter immer kuschelig warm ist und auch die neuen Wasserleitungen nicht einfrieren können. Die beiden Pferde haben ein richtiges kleines Paradies ganz für sich allein.

Das an sein Grundstück hinter dem Stall angrenzende Land hat Andreas dazu gepachtet, damit Gino und Susi nach dem Winter ausreichend Weideland und Auslauf haben. „Die Zäune sind schon alle nachgeschaut und in Tip-Top-Zustand." berichtet er stolz. „Außerdem haben wir den besten Wachhund überhaupt!"

Der beste Wachhund liegt während dieser Erzählung auf dem Rücken vor dem Kamin mit fest an den Körper gezogenen Pfoten und schnarcht laut vor sich hin. Ceci will sich ausschütten vor Lachen. „Naja, schließlich schläft er nicht immer!" grinst Andreas.

Wie es sich Ceci erhofft hatte, kommen die beiden alten Freunde wunderbar miteinander aus und haben viel zu lachen. In dieser ausgelassenen Stimmung hätten sie doch fast das Weihnachtsfest verpasst. Ausgerechnet Angelika erinnert sie daran.

„Fröhliche Weihnachten!" schallt es aus dem Telefon. „Wir fahren gleich mit allen Päckchen zur Bescherung bei Horsts Eltern und da wollte ich dich vorher noch mal angerufen haben. Wie geht es euch denn so im hohen Norden?" will sie wissen. Ceci gibt eine Kurzbeschreibung ihrer Urlaubstage und trägt der Freundin viele Grüße auf an Horst und seine Eltern, ihre Vermieter. Sie verabreden das nächste Telefonat spätestens zu Neujahr.

„Oje!" seufzt Ceci „Ein Glück, dass sie angerufen hat, sonst wäre mir meine Mutter bis in die Steinzeit böse, weil ich es versäumt hätte, frohe Weihnachten zu wünschen." Andreas geht diskret in den Stall, um die Pferde zu füttern, damit Ceci allein mit ihren Eltern telefonieren kann.

Als sie nach wenigen Minuten an seiner Seite auftaucht, um ihm zu helfen, ist sie sehr wortkarg und verschlossen. Andreas schiebt es auf das Telefonat mit den Eltern, die – wie er weiß – nicht davon begeistert sind, dass ihre Tochter zum hohen Familienfest nicht zuhause ist. Erst später, als sie unter den niedrigen Deckenbalken am Esstisch sitzen und Tee trinken, macht er sich Sorgen, denn die Freundin ist jetzt sehr blass und als sie sich zu Strolch beugt, der ebenfalls ganz besorgt nicht von ihrer Seite weicht, sieht Andreas gerade noch eine verräterische Tränenspur, bevor sich Ceci rasch über die Wange wischt.

„Was ist los?" Seine breite Hand legt sich auf ihren Unterarm. Ceci will sie eigentlich abschütteln, aber es fühlt sich so wunderbar beschützend und warm an. Sie legt die Wange auf seinen Handrücken. „Eigentlich ist es etwas sehr Erfreuliches. Sigrid hat gestern ein kleines Mädchen bekommen und Rolf ist jetzt endlich Vater." Andreas bleibt ganz still – da kommt bestimmt noch mehr, vermutet er. Und er hat Recht.

„Weißt du, ich habe mir immer ein Kind gewünscht." Über Cecis Wangen – und auch Andreas Handrücken – strömen die Tränen jetzt nur so. „Zuerst war immer noch etwas Anderes wichtiger: Rolfs Studium, sein Job, mein Job. Erst einmal alles anschaffen, was man meint, brauchen zu müssen. Dann die USA-Rundreise, die Wohnungseinrichtung ergänzen, das große Auto undundund." Andreas schiebt ein Taschentuch neben Cecis tränennasses Gesicht.

Sie hebt den Kopf und wischt sich über die Wangen. Als sie die Nase putzt, stemmt Strolch seine Vorderpfoten in ihren Schoss und will sie tatkräftig unterstützen. Sie umarmt den großen Hund und redet weiter direkt in das dichte Halsfell. Andreas muss ganz genau hinhören, um nichts zu verpassen.

„Dann dachte ich endlich, ich sei trotz aller Vorsichtsmaßnahmen schwanger, aber es war nur eine hormonelle Störung. Du hättest mal sehen sollen, wie Rolf reagiert hat - er war völlig außer sich! Für ein Kind sei er jetzt noch nicht bereit. Und diese Erleichterung, als es sich als Fehlalarm herausstellte! Ich hätte ihn umbringen können." Die Empörung lässt sie auch jetzt noch den Kopf heben – die tränendicken Augen blitzen zornig auf. „Naja und als wir dann getrennte Wege gegangen sind, war es sowieso besser, dass wir keine Kinder hatten."

209

Seufzend schiebt sie den Hund vom Schoss „Liebelein, du wirst auf Dauer ziemlich schwer." Strolch ist beleidigt – immerhin ist er hier doch der Kleinste und Jüngste!

„Eigentlich dachte ich, über die ganze Sache wäre ich schon längst weg, aber als meine Mutter mir vorhin von der kleinen Helene erzählte, waren all die Gefühle und Gedanken wieder da und es hat ganz furchtbar weh getan." Andreas schiebt die Tassen mit dem jetzt kalten Tee zusammen. „Das sind keine Nachrichten mal eben zum Tee – ich hole uns jetzt einen Whisky."

Ceci geht in die kleine Gästetoilette gleich neben der Haustür, um sich die Tränen abzuspülen. Aus dem Spiegel blickt ihr ein verquollenes Gesicht mit roter Nase entgegen, ein paar letzte Tränen stehlen sich noch aus den Augenwinkeln. Ach Du lieber Gott! Warum kann sie eigentlich nicht weinen, wie man es immer in diesen gepflegten Frauenromanen liest: Ein feines Tränennetz über rosigen Wangen, das vom Helden der Geschichte und potentiellen Ehemann liebevoll tröstend weggeküsst wird? Nein, sie muss bei solchen Gelegenheiten aussehen wie ein Schlossgespenst! Über diese Gedanken muss sie schließlich lachen und damit hat der Tränenstrom wirklich ein Ende.

Der Weihnachtsabend wird trotz allem noch ganz gemütlich. Andreas und Ceci arbeiten Hand in Hand in der kleinen Küche - es gibt ein Fondue. Andreas schnibbelt Fleisch und Gemüse, Ceci ist für Salat und die Soßen zuständig.

Strolch liegt im Durchgang zum Esstisch und lässt sein Herrchen nicht aus den Augen. Schließlich könnte doch auch für ihn etwas dabei sein. Seine Kalkulation ist geht auf, denn er bekommt einige Fleischstücke unter sein abendliches Hundefutter gemischt.

Später sitzen bzw. liegen die Drei vor dem Kamin. Ceci und Andreas lassen sich einen wunderbaren 16jährigen Lagavulin schmecken. Die Musikanlage steuert eine alte Konzertaufnahme von Andrés Segovia bei, über dessen klassische Gitarrenmusik sich die beiden Freunde einig sind. Eine absolute Ausnahme, denn sonst geht ihr Musikgeschmack ziemlich getrennte Wege.

Cecis aufgewühltes Gemüt hat sich wieder beruhigt, worüber Andreas sehr froh ist. Zwar kann er ihren Kummer im Prinzip verstehen, aber das ‚Problem Kind' kommt in seiner Welt so überhaupt nicht vor. Deshalb ist er erleichtert, das Thema mit Ceci nicht weiter vertiefen zu müssen.

Die letzten Töne der CD verklingen, das Feuer ist fast herunter gebrannt. „Ich geh noch mal mit Strolch zu den Pferden und dann sollten wir Schluss machen für heute." schlägt er vor. „Mhmm" stimmt Ceci träge zu, die mit geschlossenen Augen die letzten Tropfen des Whiskys genießt.

Als Andreas und Strolch zurückkommen, ist Cecis Sessel leer, der Funkenschutz bereits vor den Kamin gerückt. Andreas begegnet dem fragenden Blick des Hundes mit einem Schulterzucken.

Bis auf das Nachtlicht am Treppenabsatz ist es dämmerig im Haus. Leise patschen die Hundepfoten vor ihm auf der Treppe. „Ceci?" fragt er vor dem dunklen Gästezimmer. Keine Antwort.

Strolch stößt mit der Schnauze Andreas' Zimmertür auf. Durch das große Fenster zu Düne und Meer fällt silbriges Mondlicht auf sein breites Bett und jetzt weiß er, wohin Ceci verschwunden ist.

Rasch lässt er seine Kleider einfach auf den Boden fallen und streckt sich neben dem schlanken Körper der Freundin aus. Wie sehr hat er sich auf diese Nähe gefreut und wie schwer ist es ihm gefallen, sie nicht zu bedrängen.

*****

211

Abschied von der Insel

Die Tage vergehen wie im Flug und die Nächte verbringt Ceci wiederholt in Andreas' Zimmer. Die alte Vertrautheit und Harmonie hat sich auch in dieser Hinsicht wieder eingestellt. Nur Strolch zieht sich in diesen Nächten zum Schlafen auf den Treppenabsatz zurück – er ist beleidigt!

Sylvester und Neujahr sind vorbei und Ceci muss nachhause zurück. Am Abschiedsabend sitzen die Freunde lange in den bequemen Sesseln vor dem Kamin. „Wann kommst du denn wieder?" fragt Andreas, um einen leichten Tonfall bemüht.

Ceci seufzt: „Keine Ahnung! Vielleicht hast du sogar eher Gelegenheit, dir einmal meine Wohnung anzuschauen, als ich, hierher zu fahren. Ich bin eben immer noch auf meine begrenzten Urlaubstage und den Segen des Chefs angewiesen. Daran hat sich nichts geändert."

Andreas nickt: „Wenn ich jemanden finde, der Gino und Susi mal für ein paar Tage hütet, komme ich dich mit Strolch besuchen. Darauf kannst du dich verlassen." Er streckt ihr die Hand entgegen und Ceci schlägt ein. So bleiben sie Hand in Hand in den gemütlichen Polstern sitzen, bis das Kaminfeuer endgültig herunter gebrannt ist.

Am nächsten Morgen fällt Ceci der Abschied unendlich schwer. Immer wieder birgt sie den Kopf an Ginos oder Susis weichem Hals und atmet ganz tief den Pferdeduft ein. „Es ist so wunderbar beruhigend bei den Beiden." zwinkert sie Andreas mit verdächtig glitzernden Augen zu. „Ich weiß!" lacht er „Also wenn das kein gutes Argument für eine baldige Rückkehr ist." neckt er sie.

Strolch hat sich noch vor dem Frühstück neben Cecis Reisetasche gesetzt und ist sogar durch den leckeren Duft von Rührei nicht zu bewegen, seinen Platz zu verlassen. Eigentlich zählt das zu seinen Lieblingsspeisen, aber er merkt, dass sich hier etwas tut und will nichts versäumen. Also passt er auf!

Dann ist es Zeit abzufahren. Im strahlenden Sonnenschein sieht Ceci das Friesenhäuschen im Rückfenster des klapprigen Jeeps immer kleiner werden. „Gar kein Wetter zur Abreise." mault Andreas und Strolch pflichtet ihm mit einem abgrundtiefen Seufzer bei. Er liegt auf der Rückbank und bewacht immer noch die Tasche.

Ceci wickelt sich fest in ihre Jacke – der Sonnenschein täuscht, es ist immer noch empfindlich kalt. „Ich komme so bald wie möglich wieder." verspricht sie etwas leichtsinnig. „Hast du das gehört, Strolch?" frohlockt Andreas und Strolchs Bass bellt vergnügte Antwort.

In bester Stimmung kommt die kleine Gesellschaft vor dem Bahnhof an. Ceci verabschiedet sich liebevoll von Strolch - ein paar Tränen kann sie dabei nicht unterdrücken. Sie hat den großen Rabauken richtig ins Herz geschlossen. „Pass gut auf Herrchen und die Pferde auf und sei ein lieber Bub!" schärft sie ihm ein. Der Hund muss jetzt im Auto bleiben, was ihm gar nicht behagt und worüber er sich lautstark beklagt. Sein Heulen ist weithin zu hören.

„Fahr gleich los." bittet Ceci Andreas vor dem großen Gebäude. „Ich mag keine Abschiede auf dem Bahnsteig." Wie schwer ihr die Abreise fällt, will sie dem Freund nicht verraten. Sie hat während der vergangenen Tage ohnehin mehr von sich preisgegeben, als sie je wollte. „Na gut." Andreas umarmt sie fest und lang. „Pass auf dich auf, komm bald wieder und lass von dir hören, wenn du zuhause angekommen bist." Ceci verspricht es und dann stößt sie energisch die Tür zur Bahnhofshalle auf – sie muss sich losreisen. Der Zug wird bestimmt schon bereit stehen und bis zur Abfahrt sind es nur noch ein paar Minuten.

So ist es auch. Ceci macht es sich gerade in einer Fensterecke gemütlich, als ein schriller Pfiff ertönt und sich der Zug in Bewegung setzt. Von ihrem Sitz kann sie den Bahnhofsplatz erkennen und sieht den Jeep stehen, daneben ein winkender Andreas und Strolch, der offensichtlich wild bellend um ihn herum hüpft.

Rasch zückt sie das Handy und schreibt dem Freund eine Nachricht: ‚Habe dich noch winken sehen. Vielen Dank für die schöne Zeit. Alles Liebe – auch an die Viecher!' Gleich darauf die Antwort: ‚Wir danken Dir. Auch alles Liebe!'

Ceci hat mit dem Abschied richtig zu kämpfen. Immer wieder kommen ihr die Tränen. Das gemütliche Friesenhäuschen und seine Bewohner fehlen ihr jetzt schon. Aber in ein paar Stunden wird sie wieder zuhause sein.

Zuhause? Ceci wird nachdenklich. Ist die kleine Wohnung bei Horsts Eltern wirklich ihr Zuhause? Oder vielleicht ihr altes Zimmer im Haus der Eltern? Oder doch Andreas gemütliches Häuschen? Ceci schüttelt seufzend den Kopf. Vielleicht findet sie irgendwann den richtigen Platz für sich. Inzwischen muss sie eben das Beste aus ihrem Leben machen.

Wütend meldet sich die erstaunlich lange verdrängte Sehnsucht nach Paul. Es ist ein unerwarteter Überfall und trifft sie bis ins Mark. Sie muss sich zumindest mit Elli aussprechen, nimmt sie sich vor. Es kann nicht angehen, dass ihre Freundschaft nur so oberflächlich gewesen sein soll.

Und tapfer die Tränen hinunter schluckend fasst sie auch den Entschluss, dass sie Elli zuliebe eben auch Paul und Maria als glückliches Ehepaar akzeptieren muss. Mit jedem Schienenkilometer reift der Gedanke, Paul zu sagen, dass sie ihm alles Glück der Welt wünscht und gönnt.

*****

214

Ein winziges Baby und eine traurige Nachricht

Das neue Jahr geht schon in die zweite Monatsrunde bevor Ceci sich irgendetwas Anderem als ihrer Arbeit widmen kann. Es ist jede Menge zu tun im Büro. Der Chef bemüht sich um einen Großauftrag und die damit verbundenen Recherchen und Ausarbeitungen halten Ceci auf Trab.

Fast jeden Tag kommt sie sehr spät nachhause und hat nach einem kleinen Abendessen Mühe, nicht gleich auf dem Sessel vor dem Fernseher einzuschlafen. Sogar am Wochenende sitzt sie zusammen mit dem Chef und - sehr zu Angelikas Missfallen - auch mit Horst am Schreibtisch.

An die Umsetzung ihres Vorhabens, sich mit Elli auszusprechen und zu versöhnen war bisher nicht zu denken. Auch die drängende Einladung von Rolf und Sigrid, sich doch endlich einmal die kleine Helene anzusehen, musste Ceci bisher ausschlagen.

„Ich glaube, ich bin schon wieder mehr als urlaubsreif." klagt sie Andreas ihr Leid, der sie zwischen Tür und Angel telefonisch erreicht hat. „Mir soll es Recht sein! Wann kommst du?" will er gleich wissen. Cecis tiefer Seufzer ist Antwort genug. „Schon gut." beruhigt er sie. „Hauptsache du weißt, dass du hier immer willkommen bist." Im Hintergrund ertönt zur Bekräftigung Strolchs auffordernde Bassstimme. Ceci muss lachen: „Das weiß ich doch. Ich melde mich, sobald ich mal wieder ein paar Tage frei habe."

Aber das nächste freie Wochenende führt sie erst einmal zu der neuen kleinen Erdenbürgerin. Ein wonniges Baby - Ceci ist gerührt. „Wie kann man nur sooooo klein sein?" bewundert sie die zierlichen Händchen und Füßchen. Klein-Helene gähnt ausgiebig und fuchtelt in der Luft herum. Ceci streicht vorsichtig über die erstaunlich langen blonden Haarsträhnen. „Sie bekommt richtige Locken!" freut sie sich.

215

Rolf ist scheinbar der stolzeste aller Väter und die kleine Tochter sein Augenstern. Ceci muss an den Weihnachtstag auf Sylt denken, als Andreas Mühe hatte, sie zu trösten. Aber das kleine Mädchen ist so niedlich und bezaubernd, Cecis schluckt ihren Kummer hinunter und gratuliert von Herzen. „Ich wünsche ihr alles Glück der Welt!" Cecis Geschenk – ein Gutschein vom ‚Haus des Kindes' - wird gerne und dankbar angenommen. „So könnt ihr selbst entscheiden, was Ihr noch für die Kleine braucht oder haben wollt."

Als Helenchen später im Bett liegt, sitzen Horst, Sigrid und Ceci am Esstisch und trinken noch einen Tee, bevor sich Ceci wieder auf den Heimweg macht. „Leider habe ich noch eine traurige Nachricht für dich." Mit bedrücktem Gesicht wendet sich Rolf zu Ceci. „Meine Mutter wollte Weihnachten und Neujahr mit Elli telefonieren, hat aber nie eine Verbindung bekommen. Irgendwann hat sie dann im Café gegenüber angerufen, um nachzufragen, was los ist. Stell dir vor, sie ist am Tag vor Weihnachten überraschend ins Krankenhaus gekommen und an Sylvester gestorben."

Ceci sitzt ganz still. Leichenblass ist sie geworden. Rolf legt eine Hand auf ihren Unterarm „Es tut mir so Leid. Eigentlich habe ich gehofft, Paul hätte dich schon verständigt, aber du hast nichts darüber gesagt." Wie in Trance schüttelt Ceci den Kopf: „Ich habe keinen Kontakt mehr zu ihm." Sigrid beugt sich besorgt über den Tisch „Ist alles in Ordnung?" - „Danke!" Ceci zwingt sich zu einem Lächeln und steht auf. „Entschuldigt, aber das muss ich erst mal verdauen!".

In der einsetzenden Dämmerung und durch leichtes Schneetreiben fährt Ceci langsam nachhause. Dort angekommen, knipst sie kein Licht an, sondern setzt sich - noch im Wintermantel – in ihren gemütlichen Sessel.

Durch das große Fenster zur Terrasse fällt das Licht der Straßenlaterne und Ceci starrt vor sich hin. Aus der kleinen Küche kommt das Summen des einsetzenden Kühlschrankmotors – über ihr in der Wohnung von Horsts Eltern schlägt eine Tür.

216

Ceci nimmt das Alles nicht wirklich wahr. Ihre Gedanken sind bei der verstorbenen Freundin, mit der sie sich jetzt nicht mehr versöhnen kann. Wie gut hat sie noch die rauchige Stimme im Ohr und das herzhafte Lachen.

Sie meint, den immer leicht amüsiert funkelnden Blick der grauen Augen, die denen von Paul so ähnlich sind, auf sich gerichtet zu sehen. „Ach Elli!" seufzt sie, „Warum waren wir Beide nur so stur?"

Wieder schlägt eine Tür in der oberen Wohnung. Dieses Mal holt das Geräusch Ceci aus ihrer Starre. Sie muss nach Almenthal fahren und Ellis Grab besuchen! Der Entschluss steht sofort felsenfest. Morgen ist Sonntag und sie wird in aller Frühe losfahren.

Gedacht – getan! Rasch packt sie ein paar Kleidungsstücke in die Reisetasche und stellt im Bad alles zusammen für den Kulturbeutel. Bei Angelika meldet sich nur der Anrufbeantworter.

Ceci hinterlässt eine kurze Nachricht für Horst „Muss überraschend am Montag Urlaub haben. Bitte entschuldige mich beim Chef." Eigentlich ist sie ganz erleichtert, dass die Freundin und ihr Mann nicht zuhause sind. Das erspart eventuelle Diskussionen mit Angelika über diese Fahrt. Ceci kann sich lebhaft vorstellen, dass ihre Freundin damit ganz sicher nicht einverstanden ist.

Erst als sie sich im Schlafzimmer für die Nacht fertig machen will, stellt sie fest, dass sie immer noch ihren Mantel trägt.

*****

217

Almenthal im Schnee

Wie geplant fährt Ceci schon sehr früh am nächsten Morgen los. Entgegen ihrer Stimmung zeigt sich der Tag von seiner besten Seite. Eine blasse Wintersonne gibt sich redlich Mühe, ein bisschen Wärme zu verbreiten. Die Luft ist klar und schneidend kalt.

Sonntägliche Ruhe herrscht um diese frühe Stunde auf den Straßen. Den großen Warmhaltebecher hat sie mit Kaffee gefüllt und einige Scheiben Brot zu Sandwiches verarbeitet, so kann sie während der Fahrt ein rasches Frühstück einnehmen und verliert keine Zeit.

Das schlechte Gewissen treibt Ceci an! Warum nur hat sie Ellis Abfuhr hingenommen und ist nicht einfach zu ihr gefahren? ‚Wenn du etwas zu sagen hast, dann sag es mir ins Gesicht!' Das wäre ein Argument gewesen, dem sich Elli sicher nicht verschlossen hätte. Aber nein! Sie musste ja ihren Stolz pflegen und das Selbstmitleid. Ceci schämt sich jetzt richtig dafür, dass sie in ihrem Kummer damals so viel Glück hatte, von guten Freunden aufgefangen zu werden. Wie mag es inzwischen wohl Elli ergangen sein? Sie wird es nicht mehr ergründen.

Ganz in der Trauer über den Tod der Freundin gefangen, hat sie heute sogar nicht einmal einen Gedanken für Paul. Ungeduldig wischt Ceci den Tränen weg, die immer wieder über ihr Gesicht rollen. Mit Paul wird sie sich später beschäftigen. Das Handy klingelt mehrmals mit Ausdauer. Ohne Hinzusehen weiß Ceci, das ist Angelika und drückt das Gespräch einfach weg. Sie hat jetzt keine Lust auf Diskussionen.

Gleich hinter München wird die Welt weiß. Ceci hat ganz vergessen, dass hier eigentlich noch tiefer Winter herrscht. Dennoch scheint die Sonne und das Alpenpanorama ist überwältigend. Als sie nach der Grenze auf die Landstraße überwechselt, türmen sich auf beiden Straßenseiten hohe Schneewände.

Viele Wochenendtouristen nutzen das schöne Wetter für die eine oder andere Abfahrt oder Schneewanderung oder wollen einfach nur das schöne Winterwetter genießen. Die Straßen sind verstopft und Cecis Geduld wird auf eine harte Probe gestellt, sie kommt nur noch im Schneckentempo voran. Aber irgendwann hat auch diese Fahrt ein Ende und Ceci fährt in Almenthal ein. Sie lenkt den Wagen gleich hin zu Kirche und Friedhof. Lange sitzt sie auf dem schmalen Parkplatz hinter dem Steuer und kann sich nicht aufraffen, auszu-steigen. Die Angst, sich der Wahrheit zu stellen, wenn sie Ellis Grab sieht, wird übermächtig.

Endlich gibt sie sich selbst energisch das Kommando und klappt die Wagentür hinter sich zu. Zögernd betritt sie den Friedhof. Die Gräber sind unter einer dicken Schneeschicht kaum zu sehen. Holzkreuze tragen hohe weiße Hauben und man kann unter kleinen Schneehügeln vereinzelte Gedenk-steine nur erahnen. Ceci ist verzweifelt – wie soll sie hier nur das Grab der Freundin finden?

Durch das geschlossene Kirchenportal wehen Töne eines Or-gelspiels. Ceci öffnete die schwere, hohe Holztür und betritt die Wärme des dämmrigen Raumes. Sie setzt sich in eine der alten Kirchenbänke und kommt langsam zur Ruhe. Die Musik steigert sich zu einem furiosen Ende und verklingt. Ceci bleibt reglos sitzen, jetzt ganz im Gebet für Elli versunken.

„Entschuldigen sie!" Jemand räuspert sich neben ihr. „Kann ich ihnen vielleicht helfen?" Ceci erkennt den Pfarrer des Or-tes. In Schal und Mantel steht er neben der Bank, das gutmü-tige Pausbackengesicht in kummervolle Falten gelegt. Die blonden Locken tanzen ungebändigt über seiner Stirn. „Ein alternder Botticelli-Engel!" so hat Paul ihn einmal zutreffend beschrieben.

Ceci richtet sich dankbar auf. „Ich wollte das Grab einer Freundin besuchen, aber ich weiß nicht genau, wo es liegt. Auf so viel Schnee war ich nicht gefasst." - „Das lässt sich aufklä-ren." lächelt der Pfarrer. Ceci nennt ihm Ellis Namen. „Sie ist zum Jahreswechsel verstorben, aber ich habe es erst gestern erfahren."

„Kommen sie." fordert der Pfarrer auf und gemeinsam treten sie aus der Kirche. Nur ein schmaler Trampelpfad ist übrig vom breiten Grasweg des Sommers, der um die Kirche führt. In der Nähe der Friedhofsmauer bleibt der Mann stehen. „Hier ist das Grab." deutet er auf eine hohe Schneewehe an der Mauer. „Aber leider können sie jetzt nichts erkennen." Ceci schaut stumm hinüber zur Mauer. „Letzten Herbst war Frau Elli bei mir und hat gebeten, dass sie sich eine Grabstelle aussuchen darf." Der Pfarrer spürt ihre Hilflosigkeit und legt den Arm um Cecis Schultern. „Ich glaube, sie hat gewusst, dass ihr nicht mehr viel Zeit bleibt, obwohl sie eigentlich nicht krank war. Aber sie wollte ganz dringend alles geregelt haben."

Er lächelt: „Jede Einzelheit hat sie mir aufgeschrieben. Welche Bibelstellen bei ihrer Trauerfeier gelesen werden müssen. Welcher Gärtner die Kränze zu fertigen hat, sogar welche Musik gespielt werden soll. Und eben diese Grabstätte an der Mauer wollte sie unbedingt haben. ‚Dann bin ich ganz in Gottes Hand!' hat sie gesagt. ‚Rundum geschützt und mit Aussicht auf meinen Lieblingsberg. Vielleicht kann ich ihnen sogar bei der Sonntagspredigt zuhören."

Cecis Gesicht ist tränenüberströmt. So genau kann sie sich vorstellen, wie Elli mit dem Pfarrer gesprochen hat – als sei sie dabei gewesen. Typisch Elli eben! „Vielen Dank, dass sie mir alles erklärt und gezeigt haben!" schluchzt sie. „Ich werde wiederkommen, wenn der Schnee weggetaut ist und mich dann um das Grab kümmern."

Sie machen sich auf den Rückweg über den schmalen Schneepfad und der Pfarrer bringt sie noch zum Auto. Ceci sieht ihm nach, wie er mit hochgezogenen Schultern rasch zum Pfarrhaus stapft. Ihm muss sehr kalt sein – man kann es richtig an seinem Rücken erkennen.

Inzwischen ist es dämmerig geworden. Ceci muss sich eine Unterkunft für die Nacht suchen. Aber zuerst fährt sie zu Ellis

Haus. Was wohl aus der Wohnung geworden ist? Den Wagen stellt sie auf einen freien Parkplatz des Cafés gegenüber und steigt zögernd aus.

Nun erst trifft sie die Tatsache von Ellis Tod mit voller Wucht! An den Fenstern der kleinen Dachwohnung sind die Klappläden fest verschlossen. Das ganze Haus ist dunkel und strahlt Ablehnung aus. Ceci umklammert den schneenassen Gartenzaun und weint zum Gotterbarmen.

„Hallo?!" Zuerst hört Ceci die Stimme und dann berührt eine Hand leicht ihre Schulter. Erschrocken fährt sie herum und blickt in das kummervolle Gesicht von Frau Eder, der Besitzerin des Cafés ‚Strudelstube'.

„Hab ich mich doch nicht getäuscht." meint diese. „Ich dachte gerade, das ist doch Ellis Freundin, die früher öfters hier war." Sie tätschelt Cecis Schulter. „Kommen sie mit rein. Hier draußen holen sie sich nur eine Erkältung."

Gehorsam folgt Ceci der netten Frau in die fast leere Gaststube. Frau Eder drückt sie auf eine der gemütlichen Bänke. „Ich hole ihnen Kaffee und einen Zirbengeist, damit sie wieder warm werden." Langsam beruhigt sich Ceci. In dem kleinen Café ist es warm und gemütlich und es duftet anheimelnd nach frischem Kuchen. „Dürfen wir zahlen?" Die letzten Kaffeegäste wollen aufbrechen. „Gerne!" ruft Frau Eder und stellt ein rundes Silbertablett mit Kaffeebecher, Sahne und dem ortstypischen Schnapsglas auf den Tisch vor Ceci. „Ich komme gleich." nickt sie und rückt den Zuckerstreuer dazu.

Ceci rührt langsam Sahne in den dampfenden Kaffee. Frau Eder verabschiedet die Gäste und verschließt fest die Tür. „Schluss für heute!" Gleich darauf sitzt sie Ceci gegenüber. Sie hat sich auch einen Kaffee und einen Schnaps eingeschenkt und hebt jetzt Ceci das Glas entgegen. „Lassen sie uns auf Elli anstoßen." lächelt sie „Auf einen der eigenwilligsten Menschen, die ich in meinem Leben kennen gelernt habe, aber auch auf einen der herzlichsten." Ceci schluckt die erneut aufsteigenden Tränen hinunter: „Da haben sie vollkommen

Recht!" Die beiden Frauen stoßen an und Ceci nippt an dem Zirbengeist. Wohltuende Wärme breitet sich sofort in ihr aus. „Das tut jetzt gut."

Aber dann erschrickt sie: „Sie haben doch jetzt Feierabend. Da will ich nicht weiter stören." Frau Eder legt eine Hand auf Cecis Arm. „Ach was! Ich habe niemanden, der auf mich wartet. Wir können noch ein Weilchen hier sitzen und reden. Sie waren schon lange nicht mehr hier?" fragt sie jetzt ganz direkt. Ceci nickt. „Ich hatte mich fürchterlich mit Elli zerstritten. Wir sind beide so richtige Sturköpfe, also hat keine nachgegeben und wir haben nicht mehr miteinander gesprochen. Von ihrem Tod habe ich erst gestern erfahren. Bitte, können sie mir sagen, was eigentlich los war?"

Frau Eder holt die Schnapsflasche und gießt ihrem Gast und sich erneut ein. „Das war schon eine eigenartige Sache. Elli hat von einem zum anderen Tag aufgehört zu arbeiten und alle Dinge, die ihr immer etwas bedeutet haben, an Freunde und Bekannte verschenkt. Sie hat mir erzählt, dass sie mit dem Pfarrer ihre Beisetzung besprochen hat und mir auch einen Brief für ihren Sohn gegeben, damit er weiß, was er mit ihrem restlichen Hab und Gut zu tun hat, wenn sie stirbt."

Cecis Gesicht ist schon wieder tränenüberströmt. „Aber ich denke, sie war überhaupt nicht krank?" fragt sie verzweifelt. „Das stimmt." antwortet Frau Eder. „Ich habe sie deswegen mehrmals gefragt, aber sie hat immer nur geantwortet, sie wisse, dass ihr nicht mehr viel Zeit bleibt und so war es auch." Sie seufzt: „Es gibt wohl wirklich Dinge zwischen Himmel und Erde, die den meisten Menschen verschlossen bleiben."

In der Caféstube ist es jetzt fast dunkel, nur ein paar Teelichte flackern noch auf den Tischen und aus der Küche hinter dem Tresen fällt ein breiter Lichtschein. Frau Eder knipst die Wandlampe neben dem Tisch an. „Elli hat mich angerufen, gerade als ich am Tag vor dem Heiligen Abend das Café abschließen wollte. Ob ich nicht rasch zu ihr hinaufkommen könne, hat sie gefragt. Sie würde sich nicht gut fühlen. Naja, ich bin natürlich gleich rüber. Es ging ihr überhaupt nicht gut und ich habe den

Notarzt gerufen. Sie hat sich noch von mir verabschiedet und mir gedankt – es war ganz eigenartig. Bei der Einlieferung ins Krankenhaus war sie schon bewusstlos und ist auch bis zu ihrem Tod ein paar Tage später nicht mehr zu sich gekommen." Auch Frau Eder weint nun.

„Es hat ein bisschen gedauert, bis wir Paul erreicht haben. Er hat es nicht mehr geschafft, sie im Krankenhaus zu sehen. Erst am Tag vor der Beerdigung kam er an." Ceci horcht auf. „Ich denke, er lebt mit seiner Frau in Wien?" Frau Eder schlägt die Hände zusammen. „Das wissen sie nicht? Er wohnt irgendwo im Ausland – Spanien, Italien, irgendwas Südländisches. Ellis Rechtsanwalt hat ihn ausfindig gemacht. Naja und verheiratet ist er auch nicht mehr. Elli war nicht böse darum. Sie hat mir einmal gesagt, wenn sie gewusst hätte, wie ihre Schwiegertochter wirklich ist, hätte sie alles versucht, ihren Sohn von dieser Ehe abzubringen." Vor Cecis Augen dreht sich der ganze Raum. Für sie sind das entschieden zu viele Informationen innerhalb von knapp 24 Stunden.

„Ist alles in Ordnung?" fragt Frau Eder besorgt. „Sie sind ja ganz blass geworden." Ceci nickt. „Wissen sie, wo Paul jetzt ist?" fragt sie atemlos. „Nein, tut mir Leid. Er hat Ellis Wohnung aufgelöst wie sie es haben wollte und dann ist er wieder abgereist. Vielleicht weiß der Notar etwas, aber ich glaube nicht, dass er das einfach so weitergeben darf." Das Teelicht auf dem Tisch verlöscht mit leisem Zischen. Auch die anderen sind inzwischen ausgebrannt.

Ceci steht auf und öffnet die Umhängetasche. „Vielen Dank, liebe Frau Eder, dass sie sich für mich so viel Zeit genommen haben." Die Wirtin schiebt Cecis Hand mit dem Geldbeutel weg: „Nein, nein! Ich habe sie gerne eingeladen. Sind sie eigentlich derzeit wieder auf Urlaub in Almenthal?"

Ceci verneint und erzählt Frau Eder, wie es zu der überstürzten Reise kam. „Jetzt werde ich mir ein Bett für die Nacht suchen und morgen fahre ich wieder zurück." Frau Eder drückt Ceci zurück auf den noch warmen Sitz: „Warten sie kurz, ich frage mal bei meiner Freundin nach, ob sie etwas frei hat, dann müssen sie nicht die Hotels einzeln abklappern. Es ist bei uns zu dieser Zeit wieder ziemlich voll."

Nach ein paar Minuten ist alles geklärt. Auch die Pension Schöllgruber gegenüber der Skischule ist eigentlich ausgebucht, aber dank Frau Eders guten Kontakten hat Ceci noch ein Zimmer für die Nacht bekommen. Ceci umarmt die nette Frau spontan und bedankt sich. „Morgen früh fahre ich gleich zurück, aber ich komme bald wieder." Frau Eder winkt hinterher, als Ceci vom Parkplatz fährt und die Dorfstraße ansteuert.

Frau Schöllgruber steht schon in der Eingangstür der schmucken Pension, als Ceci den Wagen auf dem hauseigenen Parkplatz abstellt. „Willkommen!" lacht sie und reicht die Hand zu einem kräftigen Händedruck. „Möchten sie noch etwas zum Essen? Ich kann ihnen gerne ein Schinkenbrot richten und einen Tee oder Wein?" Cecis Magen meldet sich hörbar. „Oh ja, ein Brot wäre gut und den Wein nehme ich auch gerne. Darf ich das mit ins Zimmer nehmen?"

Sie mag heute keine Menschen mehr sehen und sehr präsentabel ist sie auch nicht mit dem vom Weinen geschwollenen Gesicht. Frau Schöllgruber sieht zwar diskret darüber hinweg, aber sicher wurde sie von Frau Eder auch ausführlich informiert.

Wenig später sitzt Ceci in ihrem Zimmer vor einem riesigen Holzbrett mit dunklem Brot und Schinken, garniert mit Tomaten und Gurken und nippt dazu an einem Glas Lagrein Kretzer. Als der erste Hunger gestillt ist, schaut sie sich um und was sie sieht, gefällt ihr sehr gut.

Holzgetäfelte Wände und altersdunkle glänzende Holzdielen, bunte Vorhänge und Flickerlteppiche. Ein breites Bett und ein kleiner Tisch mit zwei gepolsterten Stühlen vor dem Fenster. Neugierig öffnet sie die Balkontür. Schneidend kalte Nachtluft weht ihr entgegen.

Vom Balkon kann sie die Umrisse der Berge erkennen und gegenüber den Lichtschein aus den Fenstern der ‚Hütte', dem urigen Lokal, in dem sie immer den Tag nach der Skischule beendet haben. Ihr ist kalt und rasch geht sie zurück ins Zimmer.

Erst als sie später im Bett liegt, kommen die Gedanken an Paul. Sie wird versuchen, ihn zu finden. Wenn sie sich schon mit Elli nicht mehr versöhnen konnte, muss sie sich auf jeden Fall mit Paul aussprechen.

Morgen wird sie Frau Eder nach dem Namen des Notars fragen, vielleicht hat sie Glück und kann über diesen doch Pauls Aufenthaltsort erfahren. ‚Ich darf mir aber nichts davon versprechen, wenn ich ihn wieder finde.' mahnt sie sich selbst eindringlich.

Es dauert trotz aller Erschöpfung lange, bis Ceci einschlafen kann. So viel ist seit gestern auf sie eingestürmt. Endlich fällt sie in einen unruhigen Schlaf und träumt von spöttisch blinzelnden Grauaugen, von denen sie nicht mit Bestimmtheit sagen kann, ob es die von Elli oder Pauls sind.

*****

Ceci verändert sich

„Ich weiß nicht, was ich noch machen soll!" seufzt Angelika am Telefon und aus dem Hörer kommt ebenfalls ein tiefer Seufzer. Andreas hat angerufen – die Beiden machen sich große Sorgen um ihre gemeinsame Freundin Ceci.

„Sie hat sich völlig zurückgezogen. Ich seh sie kaum noch." berichtet Angelika. „In jeder freien Minute hängt sie am PC und versucht auf abenteuerlichen Wegen irgendwo Paul ausfindig zu machen. Der Rechtsanwalt in Österreich hatte ihr zwar eine Telefonnummer genannt, unter der er Ellis Sohn nach ihrem Tod erreicht hat, aber inzwischen ist er dort auch wieder weg und keiner weiß, wohin."

„Ich habe sie schon so oft eingeladen, mal wieder nach Sylt zu kommen und sich tüchtig Seeluft um die Nase wehen zu lassen, damit sie auf andere Gedanken kommt." Andreas seufzt erneut: „‚Jaja, ich komme bald!' ist immer ihre Antwort und dabei bleibt es dann. Ich habe sie letzthin gefragt, ob ich zu ihr kommen soll, weil ich sie so lange nicht gesehen habe. Aber das will sie auch nicht."

Noch ein abgrundtiefer Seufzer auf beiden Seiten des Hörers, dann verabschieden sich die Freunde voneinander. „Wir bleiben in Verbindung."

Andreas wuschelt nachdenklich Strolchs Fell. „Was das nur werden soll?" fragt er in die großen dunklen Augen, aber Strolch hat auch kein Geheimrezept, um Ceci wieder auf die Insel zu locken.

Angelika nimmt den Hörer gleich wieder auf und wählt Cecis Nummer. „Hallo, hier ist Ceci. Leider kann ich das Gespräch im Moment nicht annehmen. Bitte hinterlasst eine Nachricht für mich, ich rufe so bald wie möglich zurück." Angelika wartet den Piepton des Anrufbeantworters gar nicht ab und legt gleich wieder auf. Wohin ist die Freundin wohl jetzt wieder unterwegs?

226

Seit ihrer Rückkehr aus Almenthal sind Frühling, Sommer und ein Teil des Herbstes vergangen. Aus Ceci ist ein ruheloser, hektischer Mensch geworden. Keine Theater- oder Konzertpremiere, die sie nicht besucht. Jeder neue Film muss angeschaut werden. Alles ist ihr Recht, wenn es sie nur von ihren traurigen, rastlosen Gedanken ablenkt. An den Wochenenden ist sie oft unterwegs quer durch Deutschland und Österreich zu irgendwelchen Leuten, von denen sie sich eine Nachricht über Paul verspricht. Manchmal fährt sie auch stundenlang nur so herum, um irgendwo einen Kaffee zu trinken und dann gleich wieder ebenso stundenlang nachhause zu gondeln.

Letzthin ist sie nur für einen Kirchenbesuch nach Salzburg gefahren, aber schon beim ersten Klang der Orgel hat sie fluchtartig die Kirche verlassen und dann auch die Stadt. Was soll sie hier ohne Paul?

Ein richtiger Fluchtpunkt ist Ellis kleines Grab geworden. Sie fährt nach Almenthal, nur um neu einzupflanzen oder rasch einen Blumenstrauß hinzustellen. „Man könnte meinen, du machst eine Wallfahrt!" Angelika muss endlich einmal ihre Meinung loswerden: „Du spinnst doch! Irgendwann baust du noch einen Unfall oder bleibst sonstwie auf der Strecke."

Na und wenn schon. Ceci hat nur die Schultern gezuckt, das ist ihr vollkommen gleichgültig. Schließlich ist sie für niemanden verantwortlich - niemand wartet auf sie zuhause. Andreas würde erschrecken, wenn er sie jetzt wiedersehen könnte. Ceci hat sehr viel Gewicht verloren. Die Kleider schlottern geradezu um ihre dünne Gestalt. Glanzlos strähnige Haare und richtig erloschen wirkende Augen machen Angelika Angst.

„Kannst du nicht mal mit dem Chef sprechen?" fragt sie ihren Mann. „Vielleicht kann er sie zu einer Kur oder irgendwas Ähnlichem überreden." Horst verspricht es.

Ein paar Tage später ergibt sich die Gelegenheit. Ceci macht Besorgungen in der Stadt und Horst klopft beim Chef an. „Hätten sie mal ein paar Minuten? Ich würde gerne mit ihnen über Ceci sprechen."

227

Der Chef legt erstaunt die Akte zur Seite, in der er gerade geblättert hat. „Selbstverständlich! Worum geht es denn?" Horst erklärt, was ihn zu ihm führt und setzt ihm Angelikas Idee auseinander.

„Ja, ich habe Ceci auch schon gefragt, was mit ihr los ist, denn ich mache mir Sorgen. Sie hat sich sehr verändert. Noch vor ein paar Monaten war sie der Sonnenschein unseres Büros, aber jetzt ist so ganz ohne Fröhlichkeit und Lebensmut. Aber ich kann sie ja nicht zwingen, mir zu sagen, was sie bedrückt." Er überlegt: „Sie hat noch fast ihren ganzen Jahresurlaub zu nehmen. Ich glaube, ich werde sie einfach für einige Zeit zwangsbeurlauben."

Horst wiegt bedenklich den Kopf. Ob das so eine wirklich gute Idee ist, bezweifelt er. Aber immerhin ist es einen Versuch wert. Er bedankt sich beim Chef und erzählt gleich seiner Frau die Neuigkeit.

Als Ceci aus der Stadt zurückkommt, steht der Chef in der Tür: „Wann wollen sie eigentlich einmal richtig Urlaub nehmen und ausspannen? Sie haben im ganzen Jahr immer nur vereinzelt ein paar Tage genommen für das eine oder andere lange Wochenende." Ceci schüttelt den Kopf. Wozu Urlaub? Sie will nicht ausspannen! „Ich brauche keinen Urlaub. Außerdem steht die Verhandlung des neuen Auftrages an. Da werden sie mich bestimmt brauchen."

Doch das lässt der Chef nicht gelten: „Ab nächsten Montag will ich sie hier für mindestens zwei Wochen nicht sehen! Sie müssen sich dringend ausruhen und erholen, sonst klappen sie mir noch am Schreibtisch zusammen." Murrend und den Tränen nah fügt sich Ceci.

*****

228

Zwangsurlaub

Also bleibt Ceci ab Montag zuhause und wie sie es befürchtet hatte, fällt ihr quasi die Decke auf den Kopf. Sie muss sich beschäftigen, sonst wird sie noch wahnsinnig. Die Gedanken scheinen aus jeder Ecke über sie herzufallen. Es ist richtig beängstigend!

Nach wenigen Tagen ist die ganze Wohnung auf Hochglanz poliert. In den Böden könnte man sich – wenn man denn wollte - spiegeln. Die Küchenschränke sind penibel ausgescheuert, sämtliches Geschirr abgewaschen und aufgeräumt, Vorräte geordnet. Der Kleiderschrank ist ausgesaugt, ältere Kleidung hat Ceci aussortiert und zur Sammlung gegeben. Fenster und Fensterrahmen sind blitzsauber, die Gardinen waren zuletzt beim Kauf so porentief weiß. Alles ist quasi keimfrei!

„Eigentlich könnte ich das Wohnzimmer mal streichen?" überlegt Ceci in einem Telefonat mit Angelika. Diese verzweifelt über die Sturheit der Freundin: „Jetzt hör' doch auch mal auf mit deiner Rumwurschtelei. Du sollst dich endlich ausruhen!"

Da verliert Ceci die Nerven: „Lass' mich doch in Ruhe!" schreit sie. „Jeder hackt immer nur auf mir herum und weiß genau, was angeblich für mich das Richtige ist. Warum könnt ihr mich nicht einfach leben lassen, wie ich es will.".

„Aber bitte – ganz wie du meinst." Angelika legt auf und ist eingeschnappt. Alles hat seine Grenzen, sogar ihre Geduld mit der Freundin. Ceci sieht sich in der Wohnung um – und was nun? Noch eine weitere Woche ist sie zu ungewolltem Urlaub verdammt. Was könnte sie damit anfangen, wen eventuell besuchen?

Andreas' Einladung kommt ihr in den Sinn. Vielleicht wäre keine schlechte Idee, nach Sylt zu fahren. Sie hätte schon mal wieder Lust auf einen Ausflug mit den Pferden und mit Strolch. Bei dem Gedanken an die Tiere wird ihr ganz warm ums Herz. Heute Abend wird sie bei Andreas anrufen. Hoffentlich ist er ihr nicht böse, weil sie so lange nichts von sich hören ließ. Aber jetzt wird sie erst einmal in die Stadt fahren, irgendwo einen Kaffee trinken, ein Mitbringsel für Andreas besorgen und das unerfreuliche Telefonat mit Angelika verdrängen.

Als sie den Autoschlüssel vom Haken neben der Wohnungstür nimmt, wird ihr plötzlich schwindelig. Ob der Chef vielleicht doch Recht damit hatte, dass sie urlaubsreif ist? Vielleicht sollte sie in Zukunft auch nicht mehr so viel rauchen. Ihr Zigarettenkonsum ist in letzter Zeit sprunghaft angestiegen. Vorsichtig tastet sie sich zurück ins Wohnzimmer. Vor ihren Augen verschwimmt alles, die Beine knicken weg und sie spürt kaum den harten Sturz auf den Boden.

Angelika wird von ihren Schwiegereltern alarmiert, nachdem diese zwei Tage nichts von Ceci gehört, aber gesehen haben, dass das Auto unverändert auf dem Parkplatz steht.

Ceci ist sehr erleichtert, als ihre Freundin plötzlich in der Wohnung steht. Sie hat furchtbare Stunden hinter sich, in denen sie nicht einmal die Kraft hatte aufzustehen. Ihre schwachen Rufe haben Horsts Eltern nicht gehört und das Telefon lag für sie unerreichbar auf dem Fensterbrett in der Küche – das Handy steckte in der Umhängetasche an der Flurgarderobe.

Ceci konnte mit viel Mühe bis zur Couch kriechen und sich von dort eine Decke herunter ziehen, in die sie sich fest eingewickelt hat. In den letzten beiden Tagen hat sie nichts gegessen oder getrunken. Jeder Zeitbegriff ist ihr abhanden gekommen.

Angelika wählt sofort die Nummer des Rettungsdienstes und hält Ceci im Arm, bis der Wagen da ist. Der Notarzt schüttelt bedenklich den Kopf: Ceci hat eine Platzwunde am Hinterkopf und eine Gehirnerschütterung. Der große Fleck geronnenen Bluts auf dem Fussboden ist nicht zu übersehen. Aber das Alles ist nicht die eigentliche Ursache für ihren derzeitigen Zustand.

„Akute Erschöpfung!" diagnostiziert der Arzt. „Es wird höchste Zeit, dass sie in eine Klinik kommen. Außerdem sind sie stark dehydriert." Angelika schaut die Freundin vielsagend an und hebt eine Augenbraue. „Jaja, ich weiß" brummt Ceci „Du hast mich gewarnt."

Angelika packt der Freundin ein Köfferchen mit allem, was sie für das Krankenhaus braucht. Zwei Sanitäter heben die schmale Gestalt auf eine Trage. „Bitte warten sie!" Cecis Gesicht ist tränenüberströmt und sie greift verzweifelt nach Angelikas Hand. „Kommst du mit?" Angelika muss erst einmal den dicken Kloß aus dem Hals räuspern, bevor sie antworten kann:„Na klar! Aber ich muss hier erst noch ein bisschen hinter dir her räumen, dann komme ich sofort nach." zwinkert sie aufmunternd.

„Und ich rufe deine Eltern an, sonst sind sie mir bis in die Steinzeit böse, dass ich sie nicht benachrichtigt habe. Bis du die Aufnahmeformalitäten erledigt hast, bin ich auch im Krankenhaus – fest versprochen!"

Da ist Ceci einigermaßen beruhigt und lässt sich aus der Wohnung bringen. Horsts Mutter steht am Krankenwagen und ist in hellem Aufruhr. „Ich mach mir solche Vorwürfe, dass wir nicht früher bemerkt haben, dass etwas nicht stimmt." „Damit hören sie gleich mal wieder auf." brummt einer der Sanitäter. „Alles nur halb so schlimm. Sie wird schon wieder." Ceci versucht ein zuversichtliches Lächeln und winkt matt, als sich die Tür des Wagens schließt.

*****

231

Freunde

„Eigentlich sollte man dir den Hintern versohlen!" konstatiert Andreas energisch. Ceci zieht den Kopf ein. Der Freund ist richtig sauer!

Die Beiden sitzen im Park des Krankenhauses – Ceci dick eingepackt gegen den herbstlichen Wind – und genießen die wohl letzten Strahlen einer müden Sonne. Sie hat nicht mehr viel wärmende Kraft und wird sich bestimmt bald in die Winterruhe zurückziehen. Dieser kleine Ausflug war die einzige Möglichkeit, Ceci ihren dringenden Wunsch zu erfüllen, Strolch zu sehen, denn Hunde dürfen bekanntlich nicht in ein Menschenkrankenhaus und diesen großen Zottelhund kann man nun wirklich nicht einfach so an der Pforte vorbei schmuggeln.

Andreas hat sich nach Angelikas Anruf gleich in Bewegung gesetzt. Die Pferde werden inzwischen von einem Nachbarn versorgt und Strolch saß sowieso als Erster im Auto.

„Wie kannst du nur so stur sein?" nimmt Andreas das Gespräch wieder auf. „Angelika hat dich doch extra gebeten, mehr auf dich zu achten und auszuruhen. Sie hat mir erzählt, wie leichtsinnig du mit deiner Gesundheit umgegangen bist." - „Alte Petze!" brummt Ceci, aber es klingt sehr zärtlich. „Nix Petze! Außerdem: Wenn ich gewusst hätte, dass du Urlaub hast, hätte ich darauf bestanden, dass du zu uns kommst."

Ceci seufzt. Andreas hat ja Recht, das weiß sie auch. Sie krault Strolchs lockiges Fell. Der Hund hat sich nach der stürmischen Begrüßung der Menschenfreundin sofort auf ihre Füße gelegt als wolle er sagen ‚Jetzt ist aber mal Ruhe!' Andreas schaut zwischen den Beiden hin und her. Er würde gerne eine bestimmte Frage stellen, aber zum Einen weiß er nicht, ob Ceci sie als Einmischung auffasst und zum Anderen befürchtet er, dass mit ihrer Antwort eine endgültige Entscheidung fällt und zwischen ihnen zukünftig nur noch eine – hoffentlich immerhin innige – Freundschaft besteht und weiter nichts.

Sein alter Spruch „Ich mag dich mehr als Mögen für mich bedeutet" kommt ihm in den Sinn. Eigentlich ist das viel zu wenig, um seine Gefühle für Ceci zu beschreiben. Aber das versteht er erst jetzt, wo er weiß, dass er schon vor langer Zeit die Gelegenheit verspielt hat, mit Ceci eine gemeinsame Zukunft zu haben.

Andreas seufzt tief und pflückt Cecis Hände aus dem dichten Hundefell. „Du musst mir mal was erklären." beginnt er mit klopfendem Herzen. „Ich weiß, da gibt es einen Paul. Und ich weiß, das ist der Sohn deiner Freundin Elli, die ich in Almenthal kurz kennen gelernt habe. Angelika hat mir erzählt, dass Elli gestorben ist und wie sehr du dich darüber grämst." Cecis Augen werden ganz dunkel und Andreas befürchtet schon, dass sie ihm die Hände entzieht und ihn alleine auf der Bank sitzen lässt.

„Nicht böse sein!" Er lächelt sie an und umfasst liebevoll ihre Hände fester. „Ich mache mir eben auch so meine Gedanken. Und so kam ich darauf, dass im Grunde dein ganzer Kummer und Zusammenbruch irgendwie mit diesem Paul zusammen hängen. Magst du mit mir darüber reden?" bittet er eindringlich. Cecis Schweigen zieht sich lange – Andreas verflucht inzwischen insgeheim seine Initiative. Doch da kommt endlich wieder Bewegung in die wie erstarrte Gestalt der Freundin.

„Das ist nicht so einfach zu erklären." Cecis Stimme ist ein leises Flüstern, Andreas muss sich richtig anstrengen, zuzuhören. Ihre fahrigen Hände beschäftigen sich wieder intensiv mit Strolchs Fell, der geduldig still hält. Und dann – Andreas kann es kaum glauben und ist mucksmäuschenstill – beginnt sie stockend zu erzählen.

Von ihrer ersten Begegnung mit Paul noch vor ihrer Hochzeit, von der sofortigen Vertrautheit zwischen ihnen Beiden und dem ersten gemeinsamen Ausflug. Cecis Blick ist in weite Ferne gerichtet, aber Andreas spürt genau, dass nichts von der Umgebung wirklich bis zur ihr vordringt. Die Freundin schaut zurück in die Vergangenheit und inzwischen fließen Tränenströme über ihre Wangen, die sie offensichtlich noch nicht einmal bemerkt. Von ihrer tiefen Liebe zu Paul spricht sie – Andreas muss erkennen, dass außer Paul kein anderer Mensch, auch nicht er selbst, nur annähernd diese bedingungslose Liebe von Ceci erfahren hat und auch niemals erfahren wird. Ob es ihr selbst wohl klar ist, dass nichts, was Paul ihr – ob bewusst oder unbewusst – in der Vergangenheit angetan hat, jemals diese Liebe zerstören konnte?

Ceci ist in ihrer Erzählung an dem Punkt angelangt, als Paul für lange Zeit ins Ausland gegangen ist und sie inzwischen alles für den Umzug nach München in die Wege geleitet hatte. Ihre Gestalt verkrampft sich und die Stimme wird immer höher, schrill und gehetzt. Andreas legt den Arm um sie und streichelt ihren Rücken. Strolch leckt hingebungsvoll Cecis Hände. Da wird ihr Erzählfluss wieder ruhiger und sie entspannt sich etwas.

Der letzte Teil der Geschichte ist dann rasch erzählt: „Paul und Maria haben geheiratet und Elli wollte nichts mehr mit mir zu tun haben." Ceci schluchzt verzweifelt auf. „Jetzt ist Elli tot. Ich habe zwar gehört, Paul hätte sich von Maria getrennt, aber wo er sich aufhält weiß niemand. Ich habe alles verloren!"

Ceci birgt das Gesicht an Andreas' Schulter und weint zum Gotterbarmen. Auch Andreas hat feuchte Augen – der Kummer der Freundin geht ihm wirklich nahe. Wenn er nur irgendwie helfen könnte! Strolch legt den Kopf auf Cecis Schoß und winselt leise. Offensichtlich hat er den gleichen Gedanken wie sein Herrchen.

„Ach hier sind sie!" Eine der Krankenschwestern hat sie auf der Parkbank gefunden. „Wir haben sie schon überall gesucht." Erschrocken bemerkt sie Cecis Situation. „Um Gottes Willen, was haben sie gemacht?" fragt sie Andreas ganz entsetzt und hilft Ceci beim Aufstehen.

„Es ist alles in Ordnung!" Ceci wehrt den Arm der Frau ab und streichelt den großen Hund, der keinen Blick von seiner Menschenfreundin lässt. Dann umarmt sie Andreas: „Danke dir fürs Zuhören und für deinen Besuch. Kommst du noch mal, bevor du wieder nachhause fährst?" - „Na klar!" versichert der Freund, um einen lockeren Ton bemüht und fasst Strolchs Halsband fest, der sonst mit in die Klinik gehen würde. „Inzwischen kannst du mich bei Angelika erreichen. Sie hat mir Asyl gewährt." Ceci schmunzelt „Darin hat sie richtig Übung." und dann geht sie an der Seite der Krankenschwester zurück ins Haus.

„Irgendwas muss man doch tun können?" überlegt Andreas am abendlichen Essenstisch bei Angelika und Horst. „Heutzutage und im Zeitalter von Internet und Facebook kann ein Mensch doch nicht so einfach verschwinden." Angelika legt Messer und Gabel zur Seite „Wenn Paul nicht gefunden werden will, schafft er das auch." stellt sie fest. „Außerdem weiß ich – ehrlich gesagt – nicht einmal, ob es für Ceci gut wäre, wenn er wieder auftaucht."

Horst wiegt bedenklich den Kopf: „Ich denke, ihr habt Beide Recht. Aber ich meine auch, es wäre für Ceci eventuell leichter, wenn sie das ‚Kapitel Paul' irgendwie abschließen könnte. Im Moment bleibt immer noch der Restzweifel ‚Was wäre gewesen, wenn…?'."

„Ich versuche einfach mal mein Glück!" beschließt Andreas.

*****

235

Ceci muss zur Kur

Der Krankenhausaufenthalt zieht sich über einige Wochen. Die äußeren Verletzungen am Kopf sind rasch verheilt, aber die Wunden auf der Seele brauchen eine längere Zeit.

„Jetzt soll ich auch noch zur Kur." beklagt sich Ceci bei Andreas, der jeden zweiten Tag anruft, seit dem er wieder zuhause auf Sylt ist. „Ich wollte den Doc überreden, mir ein paar Tage Sylt zu verschreiben, aber er ist nicht zu erweichen. Irgendwo im Harz hat er mich angemeldet." Andreas lacht: „Lass mal, das ist ja schon fast der halbe Weg, so kann ich dich besuchen."

Als Ceci erfährt, dass sie zwischen Krankenhausaufenthalt und der Fahrt zur Kurklinik nicht mehr nachhause kommen soll, verzweifelt sie fast. „Das wird mich noch meinen Job kosten!" weint sie sich bei Angelika aus.

„Ach was!" Die Freundin nimmt sie in den Arm. „Das ist doch Blödsinn. Sieh mal, so oft hat der Chef schon angerufen und sich nach dir erkundigt. Jedes Mal versichert er, dass er dich vermisst und die Dame von der Zeitarbeit nur ein vorübergehender und absolut nicht vollwertiger Ersatz ist. Horst hat gestern Abend wieder erzählt, dass der Chef sagt, du hättest alle Zeit der Welt, dich deiner Erholung zu widmen, damit du wieder ganz in Ordnung kommst."

Ceci ist dennoch nur halb getröstet. Da wird Angelika energisch: „Jetzt hör aber mal auf zu jammern! Ich werde alles zusammenpacken, was du für die Kur brauchst und dann wirst du vom Krankentransport hingebracht. Alles was dein Chef, wir und sämtliche Freunde von dir verlangen, ist, dass du gefälligst wieder auf die Beine kommst. Darum kümmerst du dich und um sonst nix!" Ceci zieht den Kopf ein und nickt Zustimmung. Was bleibt ihr auch anderes übrig?

Zwei Tage später wird sie vom Krankentaxi in die Kurklinik gebracht. Der nette junge Fahrer hat die Zeit kurzweilig gestal-

236

tet und sich mit ihr ausführlich und witzig über sein bevorstehendes Jurastudium unterhalten. Winkend verabschiedet sie sich vor dem Portal und nun steht sie da mit Koffer, Reisetasche, Umhängetasche, dem Mantel auf und einer Mappe mit den Einweisungspapieren unter dem Arm.

„Sie reisen ja nicht gerade mit leichtem Gepäck!" spöttelt eine weibliche Stimme. Hinter Ceci steht eine sehr rundliche Dame mit lustig blitzenden Augen. „Warten sie, ich hole ein Wägelchen." Und schon ist die Dame verschwunden. Offensichtlich ist sie ebenso beweglich wie rund. Ceci fühlt sich an einen Gummiball erinnert – Vollgummi!

„So, da wären wir!" Der Gummiball schiebt einen kleinen Kofferkuli vor sich her. Ceci legt erst einmal Mantel, Papiere und Tasche ab, damit sie die Hände frei hat. „Hallo, ich bin Ceci!" streckt sie der Dame die Hand entgegen. „Sind sie hier auch Patient?" Cecis Hand wird kräftig geschwenkt. „Ja, ich bin seit gestern hier. Mein Name ist Eva, aber sagen wir doch gleich ‚du'."

Dann hilft Eva, Koffer und Reisetasche aufzuladen und schiebt munter plaudernd den Wagen durch die Schiebetüren des Klinikportals. „Dahinten ist die Aufnahme." zeigt sie den Weg. „Um sieben Uhr gibt es Abendessen. Ich warte auf dich vor dem Speisesaal." Und schon ist sie wieder weg. Ceci fragt sich, warum Eva wohl hier ist, an Erschöpfungszuständen scheint diese muntere Dame nicht gerade zu leiden.

Die beiden nächsten Stunden hat sie aber keine Zeit, einen Gedanken an die neue Bekannte zu verschwenden. Die Aufnahmeformalitäten beanspruchen ihre ganze Aufmerksamkeit. Dann bekommt sie in der ersten Etage ein freundliches Zimmer zugewiesen. Einfache helle Möbel, ein kleines Duschbad und sogar ein Balkon mit Blick auf den Kurpark – Ceci ist zufrieden.

„Morgen nach dem Frühstück ist eine Führung für unsere neuen Patienten, damit sie alle Einrichtungen kennen lernen und nach der Arztvisite bekommen sie ihren ausführlichen

Kurplan." Die junge Krankenschwester in der schlichten hellblauen Kleidung schaut sich um: „Kann ich ihnen noch mit irgend etwas helfen?" Ceci bedankt sich: „Ich werde jetzt auspacken und mich dann ein bisschen umsehen."

Die Tür schließt sich hinter der netten jungen Frau und Ceci setzt sich auf einen der beiden schmalen Stühle an dem kleinen quadratischen Tisch, der wohl auch als Schreibtisch fungieren soll. Das ist also ihr Zuhause für die nächsten mindestens drei Wochen! Ceci schluckt mühsam einige aufsteigende Tränen hinunter. Da klopft es schon wieder!

„Entschuldigung, dass ich noch mal störe, aber ich musste erst Vasen besorgen." Die Krankenschwester hat Mühe, mit dem Ellbogen die Türklinke herunter zu drücken. Sie balanciert zwei kunterbunte Blumensträuße und zwei Tonkrüge. Ceci springt rasch auf und nimmt ihr die Krüge, die offensichtlich als Vasen fungieren sollen, ab.

„Die Blumen wurden gerade eben abgegeben." lächelt die Schwester und Ceci freut sich. Jemand hat an sie gedacht, das erleichtert schon ein bisschen das Eingewöhnen.

Als sie wieder allein im Zimmer ist und die Blumen Tisch und Fensterbank schmücken, liest sie die angehängten Karten. Von Angelika und Andreas! Ceci ist gerührt über die Fürsorge der Freunde und ihre Stimmung hat sich sofort wieder aufgehellt.

Mit neuem Mut packt sie jetzt endlich Koffer und Tasche aus und richtet sich in Zimmer und Bad häuslich ein.

*****

238

Alte und neue Freunde

Ceci muss dem Krankenhaus-Arzt ihrer Heimatstadt Abbitte leisten. Diese Kur hat sie wirklich gebraucht! Sie wird so richtig verwöhnt und kann sich erholen. Vorsichtig und fast wie nebenbei wird ihre ziemlich in Mitleidenschaft gezogene Psyche wieder aufgebaut.

„Schau mal, ich hab sogar schon wieder zugenommen!" freut sich Ceci und schiebt die Hand in den Hosenbund, um zu zeigen, wie viel enger dieser geworden ist. „Hör bitte auf, mich zu deprimieren!" seufzt Eva, mit der sie gerade durch den Kurpark schlendert. „Mein Arzt hat mir zwar einen strengen Diätplan ausgearbeitet, aber in den letzten beiden Wochen habe ich kein Gramm abgenommen." Ceci umarmt die rundlich Mitstreiterin: „Das wird schon noch, du wirst sehen." tröstet sie. „Schließlich hast du bestimmt auch nicht von heute auf morgen dein jetziges Gewicht erreicht. Sowas braucht einfach seine Zeit."

Die Beiden waren sich vom ersten Kennenlernen am Klinikportal an sympathisch und haben sich in den vergangenen Wochen richtig angefreundet. Zwar haben sie unterschiedliche Kuranwendungen und sehen sich tagsüber nur wenig, aber die freien Abend- und Wochenendstunden verbringen sie zusammen.

Der „Gummiball", wie Eva insgeheim von Ceci genannt wird, kommt aus dem Schwäbischen und ist ein sehr humorvoller und gebildeter Mensch. Stundenlang können sich die beiden Frauen über alle möglichen Themen unterhalten und diskutieren. Die anderen Patienten bezeichnen die Zwei schmunzelnd als ‚Pat und Patachon' und zwinkern sich zu, wenn die kleine runde und die hochgewachsene schmale Gestalt irgendwo zusammen auftauchen.

„Immerhin – nicht Dick und Doof'!" Evas dröhnendes Lachen, als sie davon erfährt, lässt die Stämme der alten Bäume im Kurpark erzittern. Ein letztes verlorenes Blatt nutzt die Gelegenheit, sich fallen zu lassen und sinkt müde auf die nächste Bank.

Ja, der Herbst hat sich mit grandiosem Farbspiel verabschiedet, das Ceci jeden Morgen von ihrem Mini-Balkon herab bewundert hat. Jetzt müssen sie schon dicke Jacken anziehen, wenn sie ihre täglichen Runden im Park drehen. Eva hat gestern sogar Wolle und Stricknadeln gekauft, um für sich und Ceci einen Schal zu stricken. „Man muss vorsorgen. Immerhin sind wir noch zwei weitere Wochen hier und wärmer wird es ganz bestimmt nicht mehr."

Beide haben jetzt schon eine Woche Verlängerung für ihren Kuraufenthalt zugesagt bekommen. Ceci ist eigentlich sogar froh darüber, denn sie merkt, wie gut ihr der Aufenthalt hier tut.

„Übermorgen kommt meine Freundin Angelika übers Wochenende zu Besuch." freut sich Ceci. „Ihr werdet euch bestimmt gut verstehen." - „Hoffentlich ist sie nicht auch so ein Hungerhaken wie du." knurrt Eva „Sonst bekomme ich irgendwann wirklich Depressionen!". Ceci schweigt sich darüber vorsichtshalber aus, denn Angelikas tadellose Figur zeigt nun wirklich kein Gramm zu viel.

Sie hat der Freundin im kleinen Hotel gegenüber der Kurklinik ein Zimmer reserviert. „Wir können uns fast zuwinken!" freut sie sich, als sie Angelika am Telefon die Buchung bestätigt. „Gib mir doch bitte den Namen des Hotels und die Telefonnummer, damit ich Horst einen Zettel ans Telefon legen kann." bittet Angelika.

„Dein Göttergatte wird ja mal zwei Tage ohne dich auskommen." murrt Ceci, gibt aber gleich die gewünschten Informationen durch. „Also dann − bis übermorgen." verabschieden sich die Freundinnen. Ceci kann es wirklich kaum abwarten bis Angelika kommt. Sie hungert richtig nach Klatsch und Tratsch von zuhause. Aber die beiden Tage vergehen zum Glück in Nullkommanix und am frühen Freitagabend können sich die Freundinnen endlich in die Arme schließen.

„Möööönsch, siehst du gut aus!" Angelika ist ganz begeistert. „So richtig erholt. Man könnte fast neidisch werden." Ceci wehrt ab „Da hab ich noch ein bisschen Arbeit vor mir. Aber es geht mir inzwischen wirklich gut." räumt sie ein.

„Hab ich es mir doch gedacht: Noch ein Hungerhaken!" stellt Eva fest, die gerade die Treppe herunter kommt. „Ich bin die Eva." stellt sie sich selbst vor und streckt Angelika die Hand entgegen. „Von dir hab ich schon viel gehört." - „Und ich von dir!" kontert Angelika. „Ich bin sehr froh, dass Ihr Zwei Euch so gut versteht." Ceci hakt sich bei Beiden unter: „Wenn ihr euch genug gelobt habt, könnten wir eigentlich mal rüber ins Hotel gehen. Ich möchte Angelika einquartieren und dann stoßen wir mit einem Gläschen Sekt auf das Wochenende an."

Gesagt, getan! Bald darauf sitzen die drei Damen im gemütlichen Plüsch des Empfangsraums und stoßen miteinander an. „Das tut gut nach der Fahrerei." Angelika schließt genießerisch die Augen.

Ceci schaut auf die Uhr: „Ich will ja nicht hetzen, aber ich habe uns einen Tisch beim Italiener bestellt. Wir sollten losgehen." Eva verdreht die Augen: „Ist sie zuhause auch so fürchterlich organisiert?" fragt sie Angelika. Die prustet vor Lachen: „Und wie! Aber ich glaube, das ändert sich nie, so ist sie eben."

Also sitzen sie bald darauf in dem kleinen italienischen Restaurant. Eva hat ergebend seufzend einen großen gemischten Salat bestellt „Sonst bekomme ich am Montag Ärger mit meinem Doc." und verfolgt – leicht neidisch – wie Angelika und Ceci Lasagne ordern. „Keine Ahnung wie ihr damit eure Figuren haltet. Ich muss mal meinen großen Bruder fragen, ob das was mit den Genen zu tun haben kann. Der ist auch nicht gerade ein zierliches Büberl."

Angelika lehnt sich entspannt zurück und macht ein geheimnisvolles Gesicht. „Für Morgen habe ich eine Überraschung für Ceci." Aber alle entsprechenden Fragen der Freundin verneint sie mit amüsiertem Lächeln: „Kommst du nie drauf. Warte doch einfach ab!" Aber Warten ist nicht Cecis Stärke. Immer-

241

hin kann sie Angelika entlocken, dass es eine sehr positive Überraschung sein wird.

„Jetzt bin ich aber mal gespannt, was deine Freundin im Schilde führt." grübelt Eva, als sie Angelika vor ihrem Hotel abgeliefert haben und zurück zur Klinik gehen. Ceci nickt „Oh ja, ich auch!".

Am nächsten Tag gibt sich Angelika weiterhin geheimnisvoll. „Vor der Mittagszeit wird es nix mit der Überraschung, so lange musst du schon noch aushalten." wehrt sie alle Fragen ab.

Zu Dritt streifen sie durch das kleine Städtchen und Angelika lässt sich von Ceci und Eva die Kureinrichtungen und die kleine Einkaufsstraße in der Innenstadt zeigen. In einem gemütlichen Café wärmen sie sich auf. Es ist heute empfindlich kalt.

„Wir müssen zurück in die Klinik." erinnert Eva. „Ich habe ausgerechnet heute Mittag noch einen Gesprächskreis. Hoffentlich verpasse ich nicht deine Überraschung!"

Angelika und Ceci bringen die Freundin zur Klinik und verabschieden sich am Portal. „Ich hab schon wieder Hunger." seufzt Angelika. „Das macht die gesunde Luft hier oben!" Ceci versetzt ihr einen Klaps: „Ach was, du suchst nur eine Ausrede, wieder das nächste Café anzusteuern."

Angelikas Handy klingelt und sie schaut prüfend auf das Display. „Mein lieber Ehemann! Kannst ja schon mal in den Park vorgehen. Ich komme gleich nach." Ceci fällt überhaupt nicht auf, dass Angelika zwar einen normalen Tonfall anschlägt, aber einen hochroten Kopf bekommt und ihre Hände zu zittern beginnen. „Flirte nicht zu lange und grüße Horst von mir!"

Unbefangen schlendert sie zum Eingang des kleinen Kurparks. „Hallo Ceci!" grüßt Andreas von der ersten Bank. Jubelnd fällt sie dem Freund um den Hals: „Du bist die Überraschung! Ach, wie schön! Hast du auch Strolch mitgebracht?"

Andreas wirkt merkwürdig befangen. „Ich bin nur ein Teil der Überraschung und Strolch habe ich auch dabei. Komm setz dich zu mir, ich muss dir etwas erzählen."

Er weicht ihrem misstrauischen Blick aus und zieht sie neben sich auf die Bank. „Ich habe etwas zu beichten!" beginnt er zögernd. „Nachdem du mir von Paul erzählt hast, habe ich auch versucht, ihn zu finden. Ein Freund von mir ist ein richtiger Spezialist in diesen Dingen und er hat ihn auch ausfindig gemacht."

Ceci zieht ihre Hände aus dem liebevollen Griff des Freundes. Sie zittert am ganzen Körper. „Wo ist er?" Ihre Stimme ist ein heiseres Flüstern. „Er war in Südamerika. Ich habe Kontakt mit ihm aufgenommen und nachgefragt, warum er so sang- und klanglos aus deinem Leben verschwunden ist. Nach deiner Erzählung hatte ich schon vermutet, dass Maria irgendwie darin verstrickt gewesen sein muss und ich hatte Recht.

Sie hat damals deine Briefe unterschlagen und angebliche Telefonate weitergegeben, damit Paul sich von dir trennt und sie hat das so geschickt angefangen, dass er nicht einmal auf die Idee kam, mit dir Verbindung aufzunehmen. Auch Elli hat sie auf diese Weise getäuscht." Cecis Augen sind tränendunkel und riesengroß. „Wie konnte sie uns das nur antun?" stammelt sie entsetzt.

„Naja, Paul hat dann aber bald gemerkt, dass er mit Maria nicht zusammen leben kann und sich von ihr scheiden lassen. Es muss eine sehr unschöne Angelegenheit gewesen sein, zumal Maria wohl auch Pauls Mutter mit hinein gezogen hat." Über Cecis Gesicht strömen inzwischen die Tränen. Andreas nimmt sie tröstend in den Arm. „Ich habe mich bemüht, die Missverständnisse einigermaßen aufzuklären, auch wenn das leider für Elli zu spät kommt."

Ceci richtet sich mit einem Ruck auf – der Tränenfluss versiegt abrupt. „Bitte, Andreas, gib mir Pauls Telefonnummer. Ich muss ihn sofort anrufen." Andreas lächelt: „Damit wartest du lieber noch ein bisschen. Die Zeitverschiebung, weißt du!" Ein

243

ungläubiger Blick trifft ihn – wie kann er nur verlangen, dass sie jetzt noch Geduld hat.

„Inzwischen präsentiere ich dir lieber Teil 2 der Überraschung! Du hattest doch nach Strolch gefragt?" Auf Andreas' schrillen Pfiff erhebt sich ungestümes Gebell hinter dem nächsten, spärlich belaubten Busch und ein schwarzlockiger Wirbelwind versucht, so schnell wie möglich zu ihnen zu kommen. „Strolch!" ruft Ceci voll Freude und das Bellen verwandelt sich in hohes ungeduldiges Winseln.

Der Hund kommt allerdings nicht so rasch vorwärts wie er es gerne möchte, denn er ist fest angeleint. Mit dem anderen Ende der Leine kämpft ein hoch gewachsener, breitschultriger Mann, bis er endlich aufgibt und die Leine loslässt. Strolch springt begeistert an Ceci hoch, aber sie hat keine Augen für den vierbeinigen Freund. Ihr Blick saugt sich fest an dem Mann, der jetzt mit ausgebreiteten Armen auf sie zukommt.

Dunkle Samtaugen strahlen aus dem tiefgebräunten Gesicht und braune Locken tanzen über die Stirn. Endlich löst sich Cecis Erstarrung und sie springt in Pauls Arme, die sie sofort festhalten, als wollten sie nie mehr loslassen.

„Na endlich!" Angelika hakt sich fest bei Andreas ein. „Das hast du gut gemacht." Andreas lacht: „Nein, das haben wir gut gemacht. Meinst du, wir können das junge Glück schon stören?" Angelika zieht ihn mit sich: „Na klar! Damit müssen sie leben. Eva wird nachher Augen machen, was sie alles verpasst hat." – „Wer ist denn jetzt schon wieder Eva?" fragt Andreas verwundert.

„Stelle ich dir später vor." lacht Angelika und zusammen mit dem ungeduldig zappelnden Strolch gehen sie Ceci und Paul entgegen.

*****

244

EPILOG

Das Telefon klingelt – schrill und sehr, sehr ungeduldig. Jemand hämmert entschlossen mit der Faust an die Tür des Hotelzimmers.

Langsam kommt Ceci aus tiefen Gedanken versunken wieder in die Gegenwart zurück.

„Moooooment bitte!" ruft sie Richtung Tür und hebt zögernd den Hörer ab. „Ja bitte?" meldet sie sich. „Sag' mal, wie lange willst du uns denn noch warten lassen?" fragt Angelika. „Deine Gäste stehen sich die Beine in den Bauch."

Ceci erschrickt - ach du lieber Gott, wie lange nur hat sie so vor sich hin geträumt? Von der Tür kommt erneut lautstarkes Hämmern. „Ja doch!" Ceci brüllt es fast. „Irgendwer möchte die Zimmertür einschlagen." informiert sie ihre Freundin aufgeregt, doch die lacht nur: „Das wird Andreas sein. Er hat sich schon wieder Sorgen gemacht."

„Ich komme sofort." Ceci legt auf und hastet zur Tür. „Mensch, du kostest mich Nerven!" schnauft Andreas. „Können wir jetzt endlich?"

Ceci wirft einen prüfenden Blick in den Spiegel an der Wand zum Badezimmer. Naja, etwas müde sieht sie schon noch aus. Kein Wunder, die Feier gestern hat bis spät in die Nacht gedauert. Paul hatte sämtliche Freunde eingeladen und es sind auch wirklich alle gekommen. Ein wunderschönes Fest war es und heute soll es noch viel schöner weitergehen.

Andreas' Fingerspitzen trommeln an den Türrahmen. „Sag einfach nur Bescheid, auf wann wir die ganze Sache verschieben sollen. Bestimmt hat jeder Verständnis." knurrt er.

Ceci streicht ein letztes Mal den Seidenrock glatt und gibt dem Freund einen Kuss auf die Nasenspitze. „Quatschkopf!" versetzt sie liebevoll und huscht an ihm vorbei zur Treppe, die sie trotz der hohen Absätze ihrer Pumps eilig hinunter springt. Andreas hat richtig Mühe, zu folgen.

Eine elegante Gesellschaft hat sich im Foyer versammelt. Ceci schaut in bewundernde und fröhliche Gesichter. Aber heute hat sie keinen Blick für die Freunde - sie sieht nur ihren Paul.

Der steht am Fuß der Treppe – die dunklen Samtaugen strahlen. Ceci fliegt in seine Arme und er küsst ihren lachenden Mund. „Jetzt aber los!" kommandiert Andreas hinter den Beiden und gibt Paul einen wunderschönen Strauß lachsroter Rosen – die gleiche Farbe wie damals die Wiener Rosen, deren getrocknete Knospen Ceci all die Zeit über aufgehoben hat.

Paul überreicht seiner Ceci die Blumen und sie hakt sich bei ihm ein. Unter dem Jubel der ganzen Gesellschaft und dem Beifall der Hotelangestellten gehen sie zum Ausgang.

Andreas und Angelika folgen ihnen Arm in Arm, sind diese Beiden doch die zweitwichtigsten Personen der ganzen Gesellschaft, denn sie sollen heute die Liebe von Ceci und Paul bezeugen.

Vor dem Hotel warten blumengeschmückte Fiaker. Die Kutscher schnalzen mit den Peitschen in die laue Frühlingsluft, Pferdehufe klappern in fröhlichem Rhythmus über die Pflastersteine und das volle Tönen der Glocken schwingt über die Dächer der Stadt. In strahlendem Sonnenschein fahren sie der goldenen Domkuppel entgegen.

Heute ist der Hochzeitstag von Ceci und Paul.

Sie heiraten in Salzburg – wo denn auch sonst?!